Die Reise

EMMA TRAUM

Die Reise

Bibliografische Information der Deutschen Nationalbibliothek:
Die Deutsche Nationalbibliothek verzeichnet diese Publikation
in der Deutschen Nationalbibliografie; detaillierte bibliografische
Daten sind im Internet über http://dnb.dnb.de abrufbar.

© 2018 Emma Traum
Satz, Umschlaggestaltung, Herstellung und Verlag:
BoD – Books on Demand

ISBN: 978-3-7528-0813-1

1

Wie so häufig in der letzten Zeit lag ein schwach rötlich-ockerfarbener Schleier über unserer Lebensspenderin, unserem wundervollen und einzigartigen Stern – der Sonne. Ein Dunst waberte in der flirrenden Luft an diesem bereits weit fortgeschrittenen unsagbar heißen Julitag, ein unerklärlicher Nebel, der nahezu den gesamten Himmel bedeckte, insbesondere aber dessen »Zentrum«.

Die Sonne stand hoch im Zenit und dennoch war sie nicht gleißend. Es war möglich – entgegen allen üblichen Warnungen aus früheren Zeiten – nach oben zu blicken, die perfekte Rundung zu erkennen und sich dabei nicht die Augen zu verblenden. Es hatte eher den Anschein, man schaue in den hellweißen Vollmond. In der Tat kam es auch zu Verwechslungen der Gestirne in jenen Tagen, insbesondere in den frühen Abendstunden. Häufig ließen sich Kinder von den eigentümlichen Himmelserscheinungen täuschen, wenn sich wieder dieser unheimliche Nebel über den Horizont legte, die Luft zum Atmen schwerer wurde und die unerfahrenen Kleinen statt unserer Sonne den Mond zu erblicken glaubten. Eine Unvorstellbarkeit noch Jahre zuvor, doch ein Phänomen, das den Erdlingen, zumindest den Wachen und Aufmerksamen unter ihnen, immer häufiger auffiel und sie zum Nachdenken veranlasste.

Just an diesem glühend heißen Julitag ereignete sich etwas noch nie zuvor Geschehenes oder Beschriebenes, in keiner menschlichen Historie Erwähntes, von Menschen Erdachtes oder gar Erträumtes.

Etwas absolut Unvorstellbares vollzog sich an diesem Tag, etwas, was sich in das Kollektivgedächtnis der Menschheit auf der gesamten Erdkugel einbrennen würde, in ihre Seelen und in ihre Herzen.

Ein riesiges Etwas, ein schwarzes Objekt von perfekter Rundung und gewaltiger Größe erschien in großer Distanz wie aus dem Nichts am Himmel. Dieses riesenhafte Etwas schob sich lautlos ganz allmählich wie in Zeitlupe, doch mit konstanter Geschwindigkeit, aus östlicher Richtung über den Zenit und erreichte ohne erkennenswerte Beschleunigung oder Verlangsamung unsere Sonne.

Hannah schwitzte in ihrem kleinen Lädchen, das sich in einer nicht ganz so geschäftigen Nebengasse befand, und bereute zum x-ten Mal, den Rat ihrer klugen Luise noch immer nicht befolgt zu haben, sich endlich eine Klimaanlage anzuschaffen. Ihr schwarzes Haar kräuselte sich im Nacken. »Das ist meine bequeme Seite«, murmelte sie vor sich hin, und stimmte dann unbewusst eine aus Kindertagen bekannte Melodie an.

Doch an diesem Sommertag vermochten weder die Erinnerung an die beglückende letzte Nacht, noch eine Schachtel ›weißer Träume‹ ihre Stimmung zu heben.

Nichts wollte ihr heute glücken, nein, heute war definitiv nicht ihr Tag. Auch ließ sich kaum ein Kunde in ihrem mit viel Liebe zum Detail eingerichteten Souvenir-Laden blicken. Nur eine junge chinesische Touristin schien sich in ihre Gegend verirrt zu haben. Und obwohl Hannah sie äußerst freundlich und hocherfreut sogar auf Chinesisch begrüßte und ihr überdies ein Glas Limonade zur Erfrischung anbot, die sie übrigens selbst gern bei diesem Wetter trank, nippte die junge Frau nur ein Mal kurz an dem gereichten Glas und erstand lediglich eine bunte Postkarte, wohl eher aus Höflichkeit denn aus Interesse.

Vielleicht sollte sie doch auf Luise hören und entweder eine Klimaanlage installieren, oder … oder aber ihr Geschäftchen aufgeben und sich ihrem wahren Talent und ihrer wahren Leidenschaft zuwenden. Dann würde sie wohl auch leichter ihre inzwischen unübersehbaren überzähligen Pfunde verlieren, denn sie wäre an der frischen Luft, würde sich mehr bewegen und einfach glücklicher sein … vielleicht … ja, und vielleicht würde sie in ihrem neuen Leben gar ihren geliebten Pralinen, ihren ›weißen Träumen‹, leichter widerstehen können … apropos … sie müsste doch, fiel ihr ein, noch drei dieser Köstlichkeiten im Kühlschrank liegen haben. Bei diesem Wetter wäre es eine Sünde gewesen, die erlesenen Stückchen auf der Theke, in einer eigens dafür aufgestellten Vitrine, aufzubewahren, so wie sie es sonst immer tat, nein, heute war es wirklich sehr, sehr warm und ihre Leckerbissen schmelzen zu lassen würde ihr nie in den Sinn kommen, sie zerfließen zu sehen, nein, das würde ihr in der Seele leidtun. Nicht, dass ihr die Schokolade im geschmolzenen Zustand nicht auch gemundet hätte, nein, nein, das nicht, doch mit dem Genuss dieser kleinen runden schneeweißen Trüffeln in ihrer braunbeigefarbenen Mandelkrokantummantelung verband sie ein besonderes Ritual, und wenn ein Mensch ein Ritual pflegt, dann geht der Mensch mit allem, was dazugehört, sehr behutsam um. In Hannahs Fall bedeutete es, dass sie die ›weißen Träume‹ stets sorgsam und wohl temperiert aufbewahrte. Sie wusste, ihre ›Pralinenversessenheit‹ (so bezeichneten Luises Kinder ihre Leidenschaft für diese Delikatessen scherzhaft) war ein Spleen von ihr, doch sie liebte es, sich in aller Seelenruhe ein Kügelchen auszusuchen und es mit Ehrfurcht von allen Seiten zu betrachten, den feinen Schokoladenduft wahrzunehmen und schließlich den Geschmack voll auszukosten und dieses eine, wenn sie sich allein wähnte und ihre Laune es zuließ, sogar anzulächeln und fröhlich zu begrüßen. Obwohl alle ihr immer wieder aufs Neue versicherten, dass all diese Köstlichkeiten gleich aussahen und auch schmeckten, wusste sie, dass sie irrten, jawohl, denn jede von ihnen war besonders und einzigartig und verdiente eine angemessene Behandlung. Respekt eben. Nur Luise machte sich nie lustig über ihre Vorliebe, sondern lächelte verständnisvoll und nannte Hannahs Kult liebevoll ›Hannahs Pralinenmeditation‹.

Diese Frau war so wissend, so besonders, nein, sie konnte nicht von dieser Welt sein, dachte Hannah zum millionsten Mal.

Sie wollte sich noch ein Trüffelchen gönnen, dann ihren Laden schließen und nach Hause radeln, wo bereits wie jeden Mittag ein von Luise köstlich und mit viel Liebe zubereitetes Essen auf sie wartete.

Sie nahm eine Kugel und drehte sie zwischen Daumen und Zeigefinger. Die Farbnuancen veränderten sich, wenn sie sie bewegte und das Licht in unterschiedlichen Winkeln auf die Oberfläche fiel. Was würde ein ET von einem fremden Stern denken, wenn sie ihm eine solche Praline vorsetzen würde? Würde er sie zu würdigen wissen? Sie biss behutsam und voller Demut in die kleine Kugel, schloss ihre Augen, vernahm das Knacken der Mandel-Krokant-Kruste, spürte den Geschmack, nahm ungeahnte Geschmacksnuancen wahr, konzentrierte sich auf die Kaubewegung und darauf, wie sich die Praline auf ihrer Zunge auflöste. Doch plötzlich verharrte sie in dieser Bewegung. Unsanft wurde sie aus ihren Träumereien, ihrer Meditation, gerissen, da eine lärmende, offenkundig äußerst aufgeregte Schar ausländischer Touristen die Gasse hoch in ihre Richtung flüchtete. Sie öffnete die Augen und blickte durch das Schaufenster. Diese Menschen, unter ihnen auch die junge chinesische Kundin, würdigten ihr Lädchen keines Blickes, sie blickten panisch um sich und auch ›gen Himmel‹, um unmittelbar vor ihrer Ladentür in die Seitengasse einzubiegen. Ihre Stimmen überschlugen sich, die Absätze auf dem Kopfsteinpflaster knallten wie Schüsse, um mit zunehmender Entfernung immer mehr zu verhallen. Hätte sie ihre Sprache gesprochen, hätte sie verstanden, was geschehen war, doch zu mehr als einem »Herzlich willkommen« und »Danke« reichten ihre Chinesisch-Kenntnisse nicht.

Verwundert und leicht nervös trat sie vor ihre Tür. Und zum ersten Mal in ihrem Leben ließ sie den Rest ihrer angebissenen Kugel achtlos irgendwo auf der Theke liegen.

2

Luise pflanzte soeben kleine junge Salatpflänzchen in dem an das Haus angrenzenden Garten ein, sie nannte sie zärtlich »Babys«, und mit ihren Gedanken war sie bei Hannah. Seit geraumer Zeit fiel ihr auf, dass ihre Partnerin an Gewicht zulegte und manchmal traurig wirkte. Sie kannte den Grund. Hannah war schon lange keine glückliche Ladenbesitzerin mehr. Die Geschäfte liefen nicht besonders gut, selbst nicht in der Hauptsaison, im Sommer. Dabei gab sich Hannah die allergrößte Mühe. Sie hatte den Laden in ein Schmuckkästchen verwandelt und kümmerte sich liebevoll um jeden Touristen, der ihr Geschäft betrat, und dennoch. Mit ihrem Angebot an Souvenirs erzielte sie längst keine Gewinne mehr. Touristen kamen in diese Gegend der Uckermark, um die lieblichen sanften grünen Hügel zu erklimmen und um sich nach einer solchen Wanderung in einem der zahlreichen Seen abzukühlen; die Dörfer dieser so dünn besiedelten Region besichtigten anders als zu früheren Zeiten inzwischen nur noch die wenigsten.

Die Gedanken an Hannah zerstoben augenblicklich in ihrem Kopf. Auf dem lehmigen Boden hockend, die Sonne im Rücken, starrte sie auf die Pflanze in ihren Händen.

Etwas Sonderbares, Unerklärliches überzog zu ihrer Rechten das Kräuterbeet. Sie sah dieses Etwas, verstand es aber nicht.

Ein unnatürlich großer Schatten wanderte über die Petersilienblätter, die Thymiankräuter und die Rosmarinpflanzen, bedeckte sie und wuchs weiter. Nun lagen auch ihre älteren Salatpflanzen sowie die Erbsen in dieser gespenstischen Dunkelheit.

Nahezu über ihrem gesamten Garten herrschte plötzlich Finsternis.

Das war unmöglich, sie kannte die Landschaft in ihrem

Rücken zu gut, um zu wissen, dass dieser Schatten nicht natürlichen Ursprunges sein konnte. Wiesen, Hügel und ein See. Mehr gab es hier nicht.

Sie starrte noch immer auf das Salatpflänzchen in ihren kaltnassen Händen und eine Art lähmendes Entsetzen packte sie, alle Klarheit wich aus ihrem Kopf. Ihr Herz raste, es trommelte gegen ihre Brust. Mit aller ihr zur Verfügung stehenden Kraft zwang sie sich, ihren Kopf zu drehen und nach oben zu blicken!

Sie sah es! Ein riesiges schwarzes rundes Objekt hatte sich über unsere Sonne geschoben, es hatte fast exakt deren Größe. Nur noch eine kleine Sonnensichel war erkennbar. Nach einer gefühlten Ewigkeit, in der es sich Millimeter um Millimeter weiter fortbewegte, verharrte es und blieb in dieser Position, komplett vor der Sonne, unserer Sonne, von der nun nur noch ein Lichtkranz zu erkennen war.

Luise sprang mit einem entsetzten Schrei auf. Ohne den Blick abzuwenden, rannte sie ins Haus und schrie den Namen ihres Sohnes. Sie rief ihn wiederholt, wobei ihr ihre Stimme fremd erschien. Das war nicht mehr ihre Stimme, und die Beine, die sie trugen, waren auch nicht mehr ihre Beine. Sie rief ihn und stürzte in sein Zimmer, ohne – wie sonst immer – anzuklopfen oder zu horchen, ob er überhaupt wach sei. Sie stürmte hinein und stolperte über seine auf dem Boden zerstreut liegenden Kleidungsstücke und Schuhe, und zum ersten Mal in ihrem Leben störte sie sich weder an seiner Unordnung noch an der schlechten verbrauchten Luft in seinem Zimmer, an den Ausdünstungen, die seinem Alkohol- und nur der Himmel weiß, was sonst noch -konsum geschuldet waren. Sie störte sich nicht nur nicht daran, sie nahm es auch überhaupt nicht wahr. Sie hastete zu ihm und rüttelte ihn: »Konstantin, werde wach!«

Der junge Mann blinzelte und zog sich reflexartig die Decke über den Kopf – so wie früher, tagein, tagaus, wenn sie morgens in sein Zimmer kam und ihn weckte, weil das Frühstück und die Schule auf ihn warteten. ›Warum weckst du mich, es ist doch noch dunkel draußen, es ist doch noch gar nicht Tag‹, wollte er beleidigt entgegnen, schließlich drang durch seine geschlossenen Fensterläden kein Lichtschimmer. Doch irgendetwas in ihrer Stimme und an ihrer Haltung ließ ihn diesen Satz nicht aussprechen, sondern alarmiert aufhorchen. Von einem Augenblick auf den nächsten war er hellwach.

Seine Mutter schaltete das Licht ein und Konstantin erschrak. Noch nie in seinem Leben hatte er diese starke Frau so aufgewühlt und verstört gesehen, und er fühlte, wie ihm sein Blut in den Adern gefror. Er begann zu zittern, er spürte, dass etwas Furchtbares geschehen sein musste. Er wollte es nicht wissen, er wollte es nicht hören, es wird doch nicht seiner großen Schwester Sophie etwas zugestoßen sein? Sein hübsches jungenhaftes Gesicht wurde kreidebleich, und seine Mutter zog ihn aus dem Bett. Diesen großen sportlichen jungen Mann zog sie mit einer Leichtigkeit hoch, als wäre er noch ein Schuljunge, und führte ihn zum Fenster, und er ließ sich führen und sich das Unaussprechbare zeigen. Luise sagte nichts, ihre Kehle war viel zu trocken, um auch nur einen verständlichen Laut von sich geben zu können. Sie öffnete die Fensterläden und beide schauten hinaus. Und sie sahen Finsternis.

Das kleine unschuldige Salatpflänzchen entglitt Luises Hand.

»Ich hatte einen Traum, der keiner war.
Die Sonne war erloschen, und die Sterne,
verdunkelt, schweiften weglos durch den Raum,
kein Mond, die Erde schwang im Äther, blind
und eisig sich verfinsternd; kam der Morgen
und ging und kam – er brachte keinen Tag …«

Aus: »Finsternis« von Lord Byron

3

Panik ergriff sie, sie schnappte sich ihr Rad und radelte los. ›Nach Hause, nach Hause‹ waren ihre einzigen Gedanken, und sie trat in die Pedalen wie noch nie zuvor. Dunkelheit herrschte um sie herum, die Natur schien stumm, kein Vogelgezwitscher war zu vernehmen, dafür durchbrachen Sirenen und aufgeregtes, vielstimmiges und sich überschlagendes Hundegebell in den Gärten die Stille.

›Was ist das, um Himmels willen?‹ Ihr Herz hämmerte. Sie spürte, wie ganze Schweißbäche über ihren Nacken und ihr Gesicht rannen, schwindelig fühlte sie sich, nicht nur vor Furcht, sondern auch von dem ungewohnten Tempo, das sie vorlegte. Später würde sie sich an die zurückgelegte Strecke, an die Menschen, die panisch ihren Weg kreuzten, an deren Schreie und an die stetig zunehmende Kälte nicht mehr erinnern, lediglich das Chaos in ihrem Kopf würde sich in ihr Hirn einbrennen. ›Den Laden nicht abgeschlossen, fahr schneller, Hannah! HANNAH, fahr! Alles im Laden vergessen, Tasche, Rucksack, alles … Laden nicht abgeschlossen! Was ist das? Kommen sie?‹ Und immer wieder: ›Heut ist nicht mein Tag!‹

Sie erreichte das Haus, warf ihr Rad von sich und fühlte sich einer Ohnmacht nah. Ihr war speiübel, sie konnte keinen Schritt mehr tun, ihre Beine waren bleischwer und ihr Kopf auch. Das Letzte, was sie sah, waren zwei schemenhafte Gestalten, die ihr entgegeneilten. Sie waren nur vage zu erkennen, sie wirkten geisterhaft. »Ich sterbe, Luise …«, flüsterte sie. Und plötzlich, wie von Zauberhand – Stille. Keine Regung. Kein Gedanke. Nichts.

»Sie wird schon wieder zu sich kommen, Mama, mach dir keine Sorgen, sie ist vor Überlastung kollabiert und ich habe sie rechtzeitig aufgefangen, sie ist nicht verletzt.« Luise ergriff Konstantins Arm und drückte ihn. Stolz war sie auf ihren Sohn, sehr stolz. Diese Geste war ihm wohlbekannt und er spürte ihre Verbundenheit. Trotz dieses ganzen Wirrwarrs hatte sie an ihn gedacht, seine Mutter war wirklich einzigartig. Und er war ihr dankbar, denn sie war es, die ihn stets zum Training fuhr, die dafür sorgte, dass er seinen geliebten Sport ausüben konnte, und die ihn unzählige Male zum Durchhalten motiviert hatte und die an ihn glaubte, oft als Einzige. Ohne sie hätte er nicht so viel Kraft entwickelt und hätte die arme Hannah nicht auffangen können. Sie hätte sich sicher schlimm wehgetan. In diesem Augenblick spürte er in seinem Rücken ein Ziehen. ›Hannah ist nicht so leicht wie die Mädchen, mit denen ich ausgehe‹, dachte er bei sich und ein Grinsen machte sich breit.

In diesem Augenblick schlug Hannah die Augen auf. »Warum grinst du so, Konstantin?«, gab sie gedehnt von sich. »Ach, ich sehe sicher lustig aus!« Hannah nahm im Halbdunkel wahr, wie sich nun auch Luise über sie beugte und ihr Gesicht mit Küssen bedeckte. Sie kam langsam wieder zu sich und fragte: »Luise? Luise, was ist passiert?«

»Du bist so schnell nach Haus geradelt, WELTREKORDVERDÄCHTIG«, scherzte Konstantin, »ich melde deine Leistung dem Guinness-Buch.«

»Die Telefonleitungen sind tot. Wir haben versucht, dich im Laden und Sophie auf ihrer Arbeit zu erreichen, nichts geht mehr«, sprach Luise. »Fernseher ist auch hinüber«, warf Konstantin ein. »Kein Minecraft mehr, kein Game of Thrones«, und verzog gespielt bekümmert sein Gesicht. Konstantin war wohl bemüht, die Stimmung aufzulockern, doch die beiden Frauen nahmen keine Kenntnis davon.

Sie waren inzwischen ins Haus getreten. »Meinst du, sie kommen?«, fragte Hannah leise und bemerkte, dass im Wohnzimmer zwei Kerzen entzündet waren und etwas Licht spendeten.

»Ich weiß es nicht! Aber ich weiß, alles wird gut!«, lächelte Luise, seit Stunden wohl zum ersten Mal, und schaute zum Fenster. Konstantin und Hannah folgten ihrem Blick und sahen nur Nacht.

»Nichts wird gut, Mama! Die Erde geht unter, wir werden alle sterben, das Ganze hier ist schlimmer als jeder Katastrophenfilm, den ich kenne!« Verzweiflung schwang in seiner Stimme mit. Luise musste lediglich in seine Richtung abwinken und schon verstummte der junge Mann.

»Strom haben wir auch keinen mehr, aber Wasser, wir zwei haben bereits alle unsere Wasserkanister, Schüsseln, Waschbecken und die Badewanne gefüllt. So, wie wir es besprochen haben, für solch einen Fall. Konstantin, sei so gut und gehe in den Keller und schau nach unseren Vorräten.«

»Oh, das ist ja Wahnsinn, im tiefsten Inneren hätte ich nie gedacht, dass es wirklich zu so einem Fall kommen wird, oh, Luise, aber es ist jetzt so weit, oh, was wird passieren? Wie gut, dass wir uns auf eine solche Situation vorbereitet haben, hoffentlich haben wir an alles gedacht, oh, Luise, ich habe Angst!« Luise nahm sie in ihre Arme. »Ich habe auch Angst, aber auch eine gottverdammte Zuversicht, dass alles gut wird. Hannah, alles wird gut, sogar besser, ich fühle es und du doch auch, oder nicht?« »Doch, ja, das tue ich, das weißt du. Verstehst du das Ganze? Was ist das? Was wird geschehen? Was meinst du?« Das war typisch für Hannah, sie bombardierte ihre Frau gern mit Fragen; zahllosen Fragen, die gleichzeitig auf Luise einprasselten und diese somit vor große Herausforderungen stellten, weil sie nicht wusste, welche sie zuerst beantworten sollte. Und bevor sie überhaupt zu einer Antwort ansetzen konnte, hagelte es weitere Fragen: »Es kann doch keine Sonnenfinsternis sein, oder? So lange doch nicht, oder? Aber es sieht genauso aus, oder? Aber der Mond müsste sich doch weiter bewegen, oder? Oder die Sonne? Ach, ich bin so nervös, ich kann nicht mehr denken, vielleicht hat mein Gehirn durch meine Ohnmacht Schaden genommen? Ach, was rede ich, Luise, nun sag doch endlich etwas! Was denkst du? Kann es der Mond sein, der sich direkt vor die Sonne geschoben hat? Ist das möglich? Oder ist es ein Ufo? Ist es ein Planet? Meine Güte! Hast du Sophie erreicht? Was sagt sie? Wie kommt sie zu uns? Luise, ich habe den Laden nicht abgeschlossen, soll ich schnell hinfahren und zuschließen? Luise!?« Sie warf die Decke, die ihr Luise umgelegt hatte, von sich, sprang auf, ihre Übelkeit kehrte zurück, doch tapfer, wie sie sein konnte, ließ sie sich davon nicht abhalten und rannte in die Diele, zur Haustür hinaus und verschwand in der Dunkelheit. Luise holte sie nach etwa einhundert Metern ein. Sie war um einiges fitter als Hannah. »Wo willst du denn um Himmels willen hin? Deinen Laden wird niemand plündern, niemand vermutet, dass die Türen nicht zugeschlossen sind, und außerdem sind darin keine Dinge, für die sich die Menschen JETZT interessieren! Hannah, besinn dich bitte! Dreh nicht durch!« Hannah war zu kurzatmig, um zu antworten. Sie schnappte nach Luft und ließ sich auf die Erde fallen. Luise setzte sich neben sie und die beiden Frauen schauten gemeinsam nach oben. Von der Sonne war nur ein Lichtkranz übrig geblieben und dieser veränderte sich um keinen Deut. »Gespenstisch«, flüsterte Luise und schaltete für einen Moment ihre mitgebrachte Taschenlampe aus. Die Finsternis verschluckte die beiden Frauen.

4

Was tat die Welt?

Sektenführer Adamekishvar rief seine Gefolgsleute auf, sich am Berg des Heiligen Propheten zu versammeln und sich gemeinsam auf die Reise vorzubereiten. Der Messias sei gekommen, um sie zu erretten, nur sie, die an ihn, den einzig wahren Erlöser, glaubten; endlich sei es so weit, er habe es schon immer gewusst und gepredigt, dass der Tag nah war. Dies war das Zeichen, das er ihnen sandte. Nun sei er gekommen, und es sei so weit. Die Seinen folgten seinem Aufruf in Scharen. Tausende Menschen begingen gemeinsam Selbstmord.

Ultraorthodoxe bildeten spontane Prozessionszüge, tausende und abertausende Menschen schlossen sich an und zogen durch die Straßen ihrer Dörfer und Städte. Allen voran die Priester und Popen, die sich ununterbrochen mit der rechten Hand bekreuzigten und mit der linken ein Kruzifix gen Himmel hielten, in Richtung Sonne, dabei ihre Gebete herausstießen, so als wollten sie Exorzismus betreiben und die Apokalypse und den Tag des Jüngsten Gerichts abwenden.

Die Hopi-Indianer in einem Reservat in Arizona vermuteten hinter diesem Ereignis das Werk der »Kachinas« und fühlten Aufregung und Freude zugleich.

Derweil wurde in sämtlichen Kriegsgebieten dieses Planeten weitergekämpft und gestorben. Der Krieg relativiert vieles, so auch dieses.

5

Sophie trat ein und die drei eilten ihr entgegen und schlossen sie in ihre Arme. Wenigstens waren sie nun alle beisammen, das war ein tröstender Gedanke.

»Alles ist zusammengebrochen, es ist furchtbar, was passiert mit unserer Sonne? Meine Kollegen und ich haben versucht, die Systeme in der Firma nach dem Ausfall wieder in Gang zu setzen, doch nichts ging mehr, selbst mit den Notstromaggregaten war keine Kommunikation mit den Servern möglich. Da Panik ausbrach und jeder nur nach Hause wollte, hat der Chef uns bis auf Weiteres freigestellt … es muss mehr dahinterstecken als ein einfacher Stromausfall. Wollen wir uns nicht setzen? Fühl mich sonst noch zappeliger!« Sie nahmen am Esstisch Platz und sie fuhr atemlos fort: »Die Straßen sind verstopft. Überall Stau. Zum Glück kenne ich Schleichwege. Und welch ein Segen, dass ich gestern auf dem Nachhauseweg getankt habe, sonst würde ich jetzt immer noch in einer der Schlangen vor den Tankstellen stehen und durchdrehen! Überall herrscht Chaos. Befände sich unsere Firma im Stadtzentrum, wäre kein Entrinnen möglich gewesen. Zwei meiner Kollegen habe ich mitgenommen, sie haben hier Verwandte, sie denken, auf dem Land sind sie sicherer als in Berlin.« Sie zuckte zusammen. »Mein Gott, hätt ich keinen Sprit gehabt, was hätt ich dann gemacht?« Sie erschauerte bei dem Gedanken daran. »Und ich hätte euch nicht mal anrufen können.«

»Ja, wir haben auch versucht, dich in der Firma zu erreichen, doch dein Handy war …«, irgendetwas schien Konstantin abzulenken, denn er brach mitten im Satz ab, riss die Augen auf und starr vor Entsetzen stotterte er: »Oh, m… m… mein Gott!« Hannah fühlte sich angesprochen, sie saß ihm am Tisch gegenüber und im schwachen Kerzenlicht bemerkte sie nicht, dass er nicht *sie* anblickte, sondern an ihr vorbei aus dem Fenster schaute. »Was ist«, fragte sie verstört, »was ist an mir?«

Er schob seinen Stuhl nach hinten, mit solch einer Hast und Heftigkeit, dass dieser mit lautem Gepolter umfiel. Sophie stöhnte wütend auf, denn sie kannte Konstantins Hang zur Theatralik und zu heftigen Gefühlsausbrüchen und da sie immer noch nicht aufhörte, ihren Bruder zu erziehen, sagte sie streng: »Konstantin, warum benimmst du dich selbst in solch einer Notlage wie ein Kleinkind? Das kann doch nicht wahr sein!« Und dann ließ sie ein langgezogenes »Maamaa!« folgen, dessen Bedeutung allen Anwesenden sehr gut bekannt war. Und um dem Ganzen Nachdruck zu verleihen, gab sie noch einen für sie typischen missmutigen Laut von sich und legte ihren Kopf auf die verschränkten Arme. Dabei entging ihr völlig, dass ihre Mutter, die neben Konstantin saß, ebenfalls entgeistert nach draußen blickte. Spätestens jetzt wurde Hannah klar, dass nicht sie gemeint war, und sie wagte es, ihren Oberkörper Richtung Fenster zu drehen und sich umzugucken. Dabei rüttelte sie wortlos an Sophies Arm, die noch immer ihren Groll pflegte und von der Szenerie am Esszimmertisch nichts mitbekam.

Luise löste sich als Erste aus der Starre und wagte, das Unfassbare in Worte zu fassen. »Das ist … das kann nicht sein, das kann doch nicht wahr sein, oh, mein Gott …«, stammelte sie entsetzt, »das ist doch der M a r s! Oh, mein Gott, er kommt immer näher!«

Hannahs erster Impuls war, nach draußen zu rennen, doch die drei hielten sie fest. »Wo willst du denn hin?«, schrien sie sie an. »Wir bleiben im Haus! Dreh nicht durch!« Je hysterischer Hannah wurde, umso ruhiger wurden die anderen. »Wir müssen uns ducken«, kreischte Hannah, »los, Kinder, los Luise, wir verstecken uns!«

»Was soll denn das bringen?!«, fragte Konstantin und drückte sein Gesicht an die Fensterscheibe. »Wir werden alle sterben!«, schrie Hannah schrill. »Wir sterben bald, oh, ist das furchtbar! Lasst uns in den Keller gehen! Sofort!« Sie war völlig außer sich.

»Ich versteck mich nicht, ich will gucken!«, entgegnete der junge Mann. »Was willst du da gucken?«, fragte Hannah zornig. »Du siehst doch, was passiert, der Planet stürzt auf uns, Luise, sag doch etwas! Die Planeten fliegen uns um die Ohren! Das ist unser aller Ende, oh, Luise, sag was!!«

»Wir bleiben zusammen und bleiben hier«, pflichtete Luise wie unter Hypnose ihrem Sohn bei, der daraufhin eine Siegesfaust machte, »und gucken, was passiert. Aufhalten oder ändern können wir sowieso nichts.«

Konstantin murmelte geistesabwesend ein »Yup, danke, Mama!«. Das war Luises nüchterner Pragmatismus, der auch jetzt durchkam und der Hannah wie üblich umstimmte.

Sophie war nicht in der Lage, sich zu äußern, nickte lediglich wie in Trance.

Also blieben sie im Wohnzimmer und schauten angsterfüllt in den Himmel. Sie hielten die Luft an. Ihre Hände suchten die Hände des jeweils Nächsten. Verschwitzte zitterige Hände, die sich aneinanderklammerten. Vier Herzen schlugen im Galopp. Wegrennen könnten sie jetzt eh nicht mehr. Zu spät, um sich in Sicherheit zu bringen. Sicherheit? Gab es sie überhaupt noch irgendwo?

Langsam und bedrohlich senkte sich der Mars und kam der Erde immer näher, als würde er in Kürze mit ihr kollidieren. Er hatte dabei die Größe unseres Vollmondes in seiner nächsten Erdenbahn angenommen. Rot schien er und gewaltig war er, er schien auf die Erde fallen zu wollen. Kurz vor dem erwarteten Aufprall duckten sich alle vier, bedeckten ihre Köpfe mit den Armen und schrien und weinten mit aufgerissenen Augen um ihr Leben, konnten sich aber von dem Schauspiel nicht losreißen. Hannah wagte lediglich mit einem Auge über die Fensterbank zu lugen und zu wimmern. So vergingen Minuten. Nichts geschah. Die erwarteten Detonationen und Feuersbrünste und Erschütterungen blieben aus. Ihre Schreie verwandelten sich in schockierte Sprachlosigkeit. Ihre Beine fühlten sich betäubt an. Wächsern. Leblos.

Es dauerte eine halbe Ewigkeit, bis sie verstanden, dass die Katastrophe ausgeblieben war, dass sie überlebt hatten, dass der Mars nicht mit der Erde kollidiert, sondern offenbar an ihr vorbeigezogen und langsam aus ihrem Blickfeld verschwunden war. Sie starrten in den finsteren Himmel. Sollte die Gefahr vorüber sein?

»Boah, Leute«, Konstantin löste sich als Erster aus der Starre. »Bin ich groggy! Was für ein Ritt!«, flüsterte er heiser und warf sich auf die Couch. »Was für ein Ritt! Millionen Himalayas fallen mir vom Herzen! Wir leben noch! Wir haben's überstanden!« Mit diesen Worten sprang er kraftvoll auf und sang plötzlich: »We are the Champions, my friends. And we'll keep on fighting till the end …« Die anderen drei stimmten nacheinander lauthals mit ein. Plötzlich lagen sie sich singend und jubilierend in den Armen und beglückwünschten sich, noch am Leben zu sein. Sie fassten sich wie ausgelassene Kinder an den Händen und tanzten gar im Kreis. »Verrückte Zeiten nenn ich mein, lasst uns ein wenig albern sein, du bist bang, wir sind bang, vielleicht leben wir nicht mehr lang!«, reimte Konstantin und juchzte und hüpfte. Hannah hatte nicht die Kondition der anderen drei und löste sich von ihnen bereits nach ein paar gedrehten Runden. Die Luft wurde ihr knapp und heftiger Schwindel quälte sie. Sie hastete in die Küche und öffnete zur Feier des Tages eine Flasche Wein, um auf … ja, auf was eigentlich? … anzustoßen.

Sie füllte sich ein Glas und beobachtete zufrieden ihre Familie, die immer noch einen Reigen tanzte und jauchzte. Sie leerte ihr Glas in einem Zug.

Selten hatte ihr der Wein so gut geschmeckt, ach, den hatte sie sich mehr als verdient, was für einen Tag erlebte sie heut! Ja, sie verdiente fraglos noch ein weiteres Glas. Und auch eine oder zwei Pralinen. In diesem Moment fiel ihr brennend heiß ein, dass sie gar keine Pralinen im Haus hatten und diese auch nicht auf der Vorratsliste für den ›Ernstfall‹ standen. Sie brach in lautes Wehklagen aus und die drei Tanzenden lösten sich abrupt voneinander. »Was ist, Hannah?«, Luise eilte zu ihr. Doch diese hyperventilierte bloß und stammelte Silben wie Pra-, Pra-. Zu mehr reichte ihre Luft nicht.

»Holt eine Tüte, Sophie, Konstantin, schnell!!«, forderte Luise.

Sie stülpten sie ihr über Mund und Nase und ließen sie hineinatmen. Allmählich beruhigte sich Hannah und kam wieder zur Besinnung.

»Leute, sind wir denn von Sinnen?«, fauchte Sophie. »Die Sonne ist immer noch verdunkelt und nichts ist gut, was feiern wir gerade?? Wir sollten uns lieber fragen, warum der Mars an uns vorbeistürzte!« Recht hatte sie. Plötzlich war die Stimmung gedämpft. Ihnen wurde allen bewusst, dass sich ihre Situation kein bisschen verbessert hatte, im Gegenteil, sie steuerten wohl auf eine Katastrophe zu. Dass sie mit dieser Einschätzung richtig lagen, wurde ihnen in den nachfolgenden Sekunden klar. Sophie erblickte ihn als Erste. Riesig. Einfach nur riesig. Diese enorme Größe. Atemberaubend. Aus der gleichen Richtung wie der Mars kommend, doch gigantischer. Luise hauchte: »Jupiter!!!« Wie gebannt starrten alle aus dem Fenster, Hannah jammerte leise: »Oh, nein, er ist zu groß, er wird uns treffen!«

Die anderen schwiegen und konnten den Blick nicht von dem Geschehen abwenden. Sollten dies ihre letzten Minuten sein?

Langsam wuchs der Jupiter auf eine unvorstellbare Größe an, was nur bedeuten konnte, dass er der Erde immer näher kam. Doch im letzten Moment vor einem möglichen Zusammenprall nahm auch er die Bahn des Mars, zog an der Erde vorbei und entschwand.

Dieses Mal dachte keiner an einen Freudentanz – zu groß war die Angst vor einer Wiederholung des Grauens.

»Die Planeten drehen durch! Welcher ist der Nächste? Lasst uns Wetten abschließen! Leute, wir sollten Abschied nehmen voneinander! Wir sterben bald!«, rief Konstantin hektisch aus und umarmte beherzt seine Schwester. Weinend und zusammengekrümmt saß Hannah auf dem Boden. Luise setzte sich zu ihr und schlang ihren Arm um sie. Die beiden Kinder hockten sich schließlich auch hin, alle fanden sich nun auf dem Boden ein und nichts wussten sie zu sagen. Nur Hannahs leises Weinen durchbrach die Stille. Minuten vergingen.

Auf einen für andere unsichtbaren Wink von Luise erhob sich Konstantin und verschwand, um kurze Zeit später wieder aufzutauchen. »Hier, Hannah, schau, was Mama für dich im Keller aufbewahrt hat!« Er zauberte eine Schachtel ›weißer Träume‹, ihre Lieblingssorte, hinter seinem Rücken hervor. Hannah riss die Augen auf und ihr Jammern verwandelte sich in lautes Schluchzen, diesmal vor Rührung. »Aber …, aber …, Luise, ich dachte …« »Ach, für eine Schachtel war noch Platz, Liebling! Ich weiß doch, wie sehr du sie magst.«

Nun gab es kein Halten mehr, Hannah heulte laut und hemmungslos.

Sophie unterbrach Hannahs Weinen: »Was meint ihr? Was passiert hier gerade? Wie kann es sein, dass die Planeten uns so nahe kommen?« Sie sah ihre Mutter an. Immer wenn Luise das Wort ergriff, wurde ihr ungeteilte Aufmerksamkeit zuteil und sie konnte sich sicher sein, dass alle an ihren Lippen hingen.

Auch Konstantin richtete seine Augen auf seine Mutter und Hannah hörte augenblicklich mit dem Weinen auf, trocknete ihr Gesicht, schnäuzte sich laut und öffnete dann so leise wie möglich ihre Schachtel. Dies waren vielleicht die letzten Pralinen, die sie jemals wieder genießen würde; sie würde jeden Tag nur eine halbe Praline essen, nahm sie sich vor, oder vielleicht auch nur ein Viertel davon. Ja, sie würde sie sich einteilen. Und falls sie doch heute stürben? Dann blieben ja viele übrig. Das wäre Verschwendung. Hannah hatte nun tatsächlich ein Problem. Doch damit wollte sie in diesem Moment keinen belasten.

»Eigentlich kann das hier alles nur eins bedeuten, nicht wahr? Die Planeten haben ihre Bahn verlassen. Sonst wären sie uns niemals so nah gekommen. Ich frage mich, warum sie nicht mit uns kollidiert sind. Wenn im Universum etwas aus der Ordnung gerät, ist es, ist es …«, Luise suchte nach den richtigen Worten, »… extrem gefährlich. Wisst ihr, was mich quält?«
»Was? Sag es, Mama!«, baten Sophie und Konstantin wie aus einem Mund.

Mit vollen Wangen und genüsslich schmatzend ermunterte auch Hannah sie zum Fortfahren. Es war klar, wie die Einteilung ihrer Pralinen am vernünftigsten war. Ihre Schachtel war leer. Den letzten weißen Traum stopfte sie sich gerade in den Mund. »Ja, mjampf, schwlak, Luizzz.« »Hannah, man spricht nicht mit vollem Mund, das hast du mir früher immer gesagt!«, warf Konstantin belustigt ein. Hannah winkte nur ab und schluckte gierig. »Dreikäsehoch, du«, begann sie ihre Belehrung, »es gibt Situationen im Leben, in denen man Prioritäten setzen muss.« Mit diesen Worten stand sie auf, holte die geöffnete Flasche Wein und spülte im Stehen die Süßigkeit mit großen Schlucken hinunter. Sie machte sich keine Mühe mehr, den Wein in ein Glas zu gießen.

»Also! Also, ich fürchte, auch wir haben unsere Bahn verlassen!

Schaut nach draußen!« Die drei standen auf, Hannah wankte nach dem Genuss des Weines auf dem Weg zum Fenster inzwischen gefährlich. »Seht ihr? Als sich das Objekt vor die Sonne schob, ist mit der Zeit der Sonnenkranz immer kleiner geworden, und dabei veränderte die Sonne ihren Stand nicht. Das kann nur eins bedeuten!« »Dass wir uns von der Sonne entfernen?«, fragte Sophie zaghaft. »Oh, mein Gott, wir bewegen uns nicht mehr!«, rief sie aus. Hannah fiel ihr ins Wort. »Wer bewegt sich nicht mehr? Hick! ICH beweg mich nicht mehr, ich bin betrunken, und ich bleibe hier, Luizzz«, lallte sie.

»Die Erde rotiert nicht mehr, nicht wahr? Das muss es bedeuten! Sonst würde die Sonne über den Himmel wandern und müsste jetzt«, die junge Frau schaute auf die Kuckucksuhr im Esszimmer, »tief im Westen stehen.« Sie zeigte mit ihrem Finger in die Richtung. »Und wo ist sie? Sie steht immer noch an der gleichen Stelle wie heute Mittag, als sich das Objekt vor sie schob. Nur viel kleiner ist sie jetzt.« »Eine Mini-Sonne, eine Schrumpf-Sonne, eine …«, Konstantin verstand und erbrach sich im selben Augenblick.

»Lass uns Holz im Ofen anzünden!«, schlug Luise vor. Sophie nickte und folgte ihrer Mutter in den Garten. Es war verdammt kalt. Mitten im Juli. »Was denkst du, Mama, werden wir eine Eiszeit bekommen? Und elendig erfrieren?« »Ich denke, nicht. Nein. Niemand weiß, was passieren wird. Wir können nur aus jedem Moment das Beste machen und hoffen und vertrauen.« Dröhnender Lärm ließ beide zum dunklen Himmel aufblicken. Ein Geschwader, bestehend aus zehn Militärjets, überflog sie im Tiefflug. Sophie hielt sich die Ohren zu und sie schauten sich kurz an. Dann nahm jede ein Bündel Holz mit ins Haus. Luise zündete den Kachelofen an und das Holz begann nach wenigen Minuten zu knistern.

»Was unsere Regierung jetzt wohl unternimmt?«, fragte Sophie.

»Die Regierung?«, Konstantin hatte sich wieder gefangen. »Die da oben, die sitzen doch längst in ihren Luxusbunkern. Es kümmert die herzlich wenig, was mit uns geschieht.«

»Es ist egal, wo sie sitzen; sie sitzen definitiv MIT UNS in einem Boot!«, entgegnete Sophie.

Inzwischen entfaltete sich eine wohlige Wärme im Wohnzimmer. Hannah schlief tief und fest auf der Couch, nur hin und wieder gab sie einen schmatzenden Laut von sich. »Sie hat's gut«, schmunzelte Konstantin. Und an die Mutter gerichtet, fragte er: »Was tun wir jetzt?« »Abwarten. Wir haben Vorräte für zwei Wochen angelegt. Wisst ihr noch, als die Regierung die Bürger dazu aufrief?« »Hat doch keiner ernst genommen! Ich kenne keinen außer uns, der das gemacht hat!«, brach es aus Konstantin heraus. »Ich schon«, meinte Sophie, »nur es stimmt, die allermeisten werden es nicht getan haben, ach, was wurde darüber gewitzelt. Viele sitzen bestimmt jetzt schon auf dem Trockenen.« Ein Frösteln ergriff sie.

»Meint ihr, die Supermärkte haben noch offen? Es ist doch mitten in der Woche! Die lassen sich doch das Geschäft ihres Lebens nicht entgehen. Jetzt wollen sich doch ALLE einen Vorrat anlegen.« »Ach, Brüderchen, wie denn, wie sollen sie das anstellen ohne Strom? Die elektrischen Türen gehen nicht, die Kassen funktionieren nicht, nichts, nothing, niente. Und außerdem werden sich die Leute sicher nicht brav in einer Reihe anstellen und Lebensmittel zivilisiert unter sich aufteilen, selbst wenn sie genug Bargeld haben, wovon nicht auszugehen ist, wer zahlt schon in bar? Leute, es wird Mord und Totschlag geben! Die Geschäfte haben sicher geschlossen.« Bei dieser Bemerkung wurde Hannah munter, sie schlief wohl doch nicht so fest, wie man meinen konnte, es war eher ein unruhiges Schlummern und das eine oder andere Wort schnappte sie auf. »Nein, ich habe meinen Laden NICHT abgeschlossen, ich war so kopflos und in Angst …« Die drei fanden Hannah nun dermaßen komisch, dass sie alle gleichzeitig schmunzelten. »Hannah, ich meine nicht abgeschlossen, sondern geschlossen!« »Nein, auch das habe ich nicht getan, mein Laden ist nur geschlossen, wenn er abgeschlossen ist, sonst kann ja jeder reingehen!!« »Hannah, schlummer weiter, niemand braucht die Sachen aus deinem Laden in dieser Situation.« Hannah gehorchte Konstantin willig. Dann war ja alles gut. Sie ließ ihren Kopf wieder auf das Kissen sinken und fiel sogleich zurück in ihren unruhigen Schlaf.

»Kommt, Kinder, wir müssen jetzt auch versuchen, etwas zu schlafen. Wir können im Moment nichts ausrichten. Wir werden unsere Kräfte noch brauchen. Lasst uns alle im Wohnzimmer bleiben, holt eure Schlafsäcke, hier ist es am wärmsten und wir bleiben beisammen.«

»Ich bin aber noch nicht müde!«, protestierte Konstantin. Diesen Spruch hatten sie von klein auf von ihm gehört. ›Immer wenn's spannend wird, muss ich ins Bett!‹, das war sein allabendlicher Protest. »Es ist echt erstaunlich, dass ich noch in deinem Alter meine Autorität raushängen lassen muss«, zwinkerte Luise ihm zu, »los, jetzt wird geschlafen! Alles wird gut!«

Luise legte sich zu der schlafenden Hannah auf die Couch. Selbst im tiefsten Schlaf spürte diese wie immer Luises Gegenwart, drehte sich zu ihr und die beiden Frauen umarmten sich innig.

Die Kinder lagen nah beieinander in ihren Schlafsäcken am Boden und ihre Gedanken drehten sich wie im Karussell. »Sophie?«, flüsterte Konstantin. »Schläfst du schon?« »Ja!«, kam die prompte Antwort. Grinsend fuhr er fort: »Soll ich das Licht ausknipsen? Ähm … ich meine, die Kerzen auspusten?« »Nein, du hast doch gehört, Mama möchte, dass die beiden Kerzen anbleiben. Warum hörst du nie richtig zu?« »Es stimmt doch gar nicht, das hat sie nicht gesagt!«, brummte ihr Bruder. »Frag sie doch!«, knurrte Sophie zurück.

Luise schmunzelte. Es ist wie früher. Nur die Stimmen klingen erwachsener und sind tiefer geworden.

»Sophie? Bist du böse auf mich?« Stille. Keine Antwort. »Sophie? Du liebste, beste Schwester aller Universen! Es tut mir leid, verzeih mir!« Nun war es an Sophie zu grinsen. Doch sie lag von ihm abgewandt, er sah es nicht.

»Sophie, wann hast du das letzte Mal in diesem Schlafsack geschlafen?« Sophie dachte nach. Sie wusste es nicht mehr. »Erinnerst du dich noch an unseren Urlaub in Finnland? Schwesterherz? Weißt du noch, als wir unter freiem Himmel übernachtet haben, tausend tanzende Sterne über uns, und wie wir die Polarlichter beobachtet haben? Und wie bitterkalt es war?« »Ja, ich weiß es noch. Und du hattest dir in die Hose gemacht, weil du Angst hattest, die Eisbären könnten uns fressen«, platzte es aus Sophie heraus, »und weder Mamas Zuspruch noch ihre Belehrung, dass es in Finnland gar keine Eisbären gibt, noch Hannahs leidenschaftliche Bekräftigung dessen konnten dich beruhigen.« »Ja, wie denn auch, Schwesterchen, du hast mir ganz schön Angst gemacht! Du tatest so, und das *verdammt* glaubwürdig, als hättest du auf deiner Nachrichten-App von einer aus einem Zirkus entflohenen Eisbärengruppe gelesen, und ich musste dir schwören, davon nichts Mama zu erzählen, sonst würdest du mir nie mehr ein Geheimnis anvertrauen. Du sagtest, du würdest nun prüfen, ob ich schweigen könne, das weiß ich noch, als wäre es erst gestern gewesen«, flüsterte Konstantin. Seine Stimme klang amüsiert, weniger beleidigt, Sophie staunte.

Luise lachte in sich hinein. Oh ja, das war ihr erster gemeinsamer Urlaub zu viert. Konstantin war noch so klein, vielleicht vier? Viereinhalb? Und die jugendliche Sophie bekam nach etwa einer Viertelstunde Dauergebrüll des kleinen Bruders

Gewissensbisse und beichtete. Doch da war es bereits zu spät, das Malheur war schon geschehen und der kleine Konstantin verbrachte den Rest der Nacht bei der Mama im Schlafsack, zuvor notdürftig abgetrocknet und gewaschen.

»Wo ist der Ausgang?«, fragte eine heisere Stimme von der Couch her. Konstantin und Sophie lachten hell auf. Hannah war aufgewacht. Und die vier gaben wie jedes Mal bei dieser Erinnerung ihr Erlebnis, einen beliebten gemeinsamen Witz, zum Besten: »Oh ja, wisst ihr noch? Wir waren alle vier im Roten Meer schnorcheln und das Meer war sehr unruhig. Die Wellen schlugen sehr hoch. Doch Konstantin wollte unbedingt im Wasser bleiben und mit seiner Unterwasserkamera noch einen Feuerfisch filmen. Entsinnt ihr euch noch?«, fragte Luise lächelnd. Die anderen drei nickten heiter. »Und ich habe es ihm erlaubt, doch nur, nachdem er vorher seine Schwimmflügel umgetan hatte. Konstantin, du warst nicht mal sechs Jahre alt und kein begnadeter Schwimmer.« Die anderen drei erinnerten sich. Und als der Speicher von Konstantins Kamera voll war, wollte Hannah wieder an Land, denn der Sog drohte sie hinauszutreiben, der Himmel hatte sich verdunkelt, ein Gewitter zog auf. Hannah guckte sich suchend nach der Stegleiter um, doch weil ihre Brille beschlagen war und sie sie nicht abnahm, sah sie nur verschwommen und fragte: ›Wo ist der Ausgang?‹ Sophie hörte Hannahs Frage und antwortete: ›*Hier*!‹, und der kleine Konstantin, dessen Ohren wohl voll Wasser waren, schoss mit seinem Köpfchen nach oben, spuckte seinen Schnorchel aus und schrie panisch: ›Wo ist das *Tier*?‹

Die vier brachen in Gelächter aus und wiederholten ihren Witz mehrmals. Hannah fragte: »Wo ist der Ausgang?« Sophie antwortete: »Hier!« Und Konstantin panisch: »Wo ist das Tier??«

Sie prusteten immer wieder los. »Sind wir nicht irre, dass wir in dieser Situation so lachen können?«, wunderte sich Sophie.

Kaum hatte sie ihren Satz beendet, ertönte von draußen Sirenengeheul, unterbrochen von einer Megaphondurchsage. Luise rannte zum Fenster und öffnete es, damit sie den Wortlaut verstanden. Ein kalter Luftzug drang in den Raum. »Achtung, Achtung! Dies ist eine Durchsage im Auftrag der Regierung! Unsere Staatsorgane versuchen, die Ereignisse des heutigen Tages aufzuklären!« »Was wollen die da aufklären?? Es ist doch alles klar! Bilden jetzt sicher 'nen Untersuchungsausschuss!«, höhnte Konstantin. »Psst!«, zischten die drei Frauen in seine Richtung. Sophie schaute ihn wutentbrannt an und schüttelte mit dem Kopf. »… werden aufgefordert, die Ruhe zu bewahren. Bürgern, die keinen Vorrat angelegt haben, wird die Möglichkeit geboten, sich montags und donnerstags um zwölf Uhr mittags am Standort der Feuerwehr eine Notration abzuholen. Die Ausgabe erfolgt nur gegen Vorlage des Personalausweises. Medizinische Notfälle wenden sich an das nächstgelegene Krankenhaus. Die Stromversorgung konnte bisher nicht stabilisiert werden, so dass die Netzbetreiber nur eine tägliche Notstromstunde von siebzehn bis achtzehn Uhr bereitstellen können. Wir bitten Sie, den Verbrauch auf das absolut Nötigste zu reduzieren, da ansonsten ein Totalausfall droht. Die Regierungsmitglieder arbeiten hart an der Lösung der Probleme und werden Sie über die Entwicklung der Lage auf dem Laufenden halten!«

An Schlaf war nicht zu denken. Zwar nickten die vier immer wieder ein, jedoch stets nur für kurze Zeit, weil sich ständig einer von ihnen regte, etwas fragte, etwas erzählte oder spontan zu einem der Fenster stürzte. Würden sie sterben? Was geschah mit der Erde? Würde es eine Kollision mit einem Asteroiden oder einem Planeten geben? Würden sie elendig erfrieren? Beklommenheit war allgegenwärtig.

Nach dem vielleicht fünften oder sechsten Erwachen in jener Nacht fühlte sich Sophie so gerädert wie noch nie in ihrem bisherigen Leben und sie brauchte zunächst einige Augenblicke, bis sie erkannte, dass sie in ihrem Schlafsack im Wohnzimmer auf dem Boden lag und warum. Allmählich erschien ihr alles wieder vor Augen. Sie konnte es kaum glauben, dass das Erlebte wahr sein sollte. Doch das war es. Oder? Vielleicht war ja inzwischen alles wieder normal geworden? Klopfenden Herzens stand sie auf und ging leise zum Fenster und lugte durch den Vorhang, den sie vor dem Schlafengehen zugezogen hatten. Und sie sah ... nichts. Nun, vielleicht hatten sie ja noch tiefste Nacht? Dabei lächelte sie schief über dieses Wortspiel. Sie schaute auf ihre Armbanduhr und diese zeigte unbarmherzig 6:51 Uhr an. Im Juli müsste es schon hell sein um diese Uhrzeit, wäre alles wieder normal. Sie kniff ihren Mund zusammen. Erst da entdeckte sie ihre Mutter am anderen Fenster stehen und in den Himmel schauen. Sophie war also nicht die Einzige, die wach war.

»Sophie?«, flüsterte Luise. »Ich beobachte schon seit einer Weile den Himmel, seit zwei Stunden vielleicht, unbekannte Sternenkonstellationen sehe ich, es ist unheimlich, wir haben unsere Himmel verlassen!«

»Müsste nicht bald die Sonne aufgehen?«

»Welche Sonne? Unser Stern ist weit weg, weit, weit weg ...« Luises Stimme klang gedankenverloren. »Ich mache uns einen Kaffee. Überm Ofen müsste es gehen!« Mit zwei Bechern und ein paar Keksen auf einem Tellerchen kehrte sie zu ihrer hochgewachsenen Tochter zurück, stellte das Mitgebrachte auf das Fensterbrett und fragte: »Und?«

»Nichts! Alles wie gehabt!«, schnaubte diese und rügte sich im gleichen Atemzug für ihre nüchterne und rüde Antwort.

›Meine Güte, du antwortest, als wärst du auf der Arbeit‹, dachte sie streng. Daher fuhr sie versöhnlicher fort: »Danke, Mama! Danke! Du warst gefühlte zehn Wochen weg. Soll ich noch Holz reinholen?« »Nein, wir haben noch genug!« »Mama, es ist alles so furchtbar, so sinnlos, mein Einsatz umsonst! Wir standen kurz vorm Durchbruch mit unserem Videtor-Projekt, mein Team und ich! Und nun? Alles umsonst, alles verloren, wir sind bald tot! Ich will nicht sterben! Ich will nicht, dass wir sterben!« Luise nahm sie fest in ihre Arme und im selben Augenblick erfasste Sophie ein Heulkrampf. Ihr Körper bebte. Wie früher, dachte Luise, so tapfer war ihr Mädchen, bis zu dem Moment, in dem die Mama sie zu trösten begann oder ihr einfach nur tiefer in die Augen schaute, dann gab es kein Halten mehr, dann fiel die Maske, dann flossen Tränen. Ihr Bruder verhielt sich genauso. War dieses Verhalten allen Kindern gemein oder nur den ihren? Sophies Schluchzen weckte Hannah auf – diese räkelte sich und gähnte. »Oh, hat mein Wecker schon geklingelt? Oh, Luise, ich mag heut nicht in den Laden! Ich würde sooo gern zu Hause bleiben!«, schmollte sie. Schlagartig fielen ihr im nächsten Moment die letzten Stunden siedend heiß ein. »Oh nein, oh nein, was tun wir bloß? Ich muss eingeschlafen sein!?!« Dass diese Hannah aber auch immer so unfreiwillig komisch sein musste. Luise wusste nicht, ob sie weinen oder lachen sollte. Sophie trocknete sich unterdessen die Tränen, nippte an ihrem Kaffee und zog die Vorhänge weit auf.

Es war der erste Morgen in der Geschichte der Erde, an dem es nicht heller wurde und an dem Konstantin nicht aus dem Bett gezerrt werden musste.

6

Das Klopfen an der Tür klang sehr zudringlich. Wer konnte das sein? Waren es die Nachbarn? Luise eilte zur Haustür, vom Rest der Familie gefolgt. Zwei Männer in dunkelgrauen Anzügen grüßten knapp, fast unfreundlich, und schauten sich suchend um. Lediglich zwei Worte kamen dem Älteren über die Lippen, und es klang gepresst, während der Jüngere schwieg und starrte: »Sophie Pixel?« Sophie trat zögernd vor. Er zeigte ihr seinen Ausweis, Sophie nickte. »Wir sollen Sie abholen! Unverzüglich!«

Das kleine Gerät mit einem Arm schwang träge hin und her. Auf der einen Seite machte es Tick, auf der anderen tack. Tick … tack … tick … tack … Ganz langsam. Genauso gemessen und höchst konzentriert bewegte er sich, achtete auf seine Beinstellung, seine Balance, bewegte einfach nur eine Hüfte, in ganz kleinen Schwüngen, drehte den Oberkörper hin und her, um seinen Mittelpunkt zu finden. Baute einfache Basics ein, gängige Combos, simple Schritte. Dann beschleunigte das Gerät und auch er zog das Tempo an. Im Takt, den das Metronom vorgab, wurde er immer schneller und baute weitere Kombinationen ein, Chocks und Kicks und Teeps. Er stellte sich Gegner vor, große, kleinere, aggressive, passive, kämpfte gegen sie alle, antwortete souverän auf all ihre Techniken. Tick, tack, tick, tack. Konterte, schützte sich, verteidigte seine Familie, er schwitzte. Das Metronom beschleunigte noch ein weiteres Mal. Das eigene Ego abschalten, das fiel ihm beim Training nie schwer. Das Ego kann eine große Hürde sein. Die Worte seines Meisters über die wichtigste Regel beim Kampfsport klangen ihm in den Ohren: »Mann vergleicht Mann – Mann vergleicht sich mit totem Mann. Vergleichst du dich mit

anderen, ist das dein Tod. Du musst dein Ego im Griff haben!«
Er trainierte gern mit nacktem Oberkörper und Shorts aus
Satin, und selbstverständlich barfuß, so auch an diesem Morgen. Sein muskulöser Oberkörper glänzte vor Schweiß und in
dem schwachen Kerzenlicht sah Konstantin sehr ernst und entschlossen aus. Komme, was wolle, er würde da sein und seine
Schwester beschützen. Die beiden Männer hatten versprochen,
Sophie spätestens am Abend wieder nach Hause zu bringen,
es ginge um ihre Erfindung, Sophies TOPSECRET-Projekt.
Sie erzählte ihm hin und wieder einiges darüber, wenn sie gut
gelaunt war, er spürte jedoch, dass seine Mutter und Hannah
im Gegensatz zu ihm ganz genau über Einzelheiten informiert
waren. Sie traute ihm wohl doch nicht blind. Er würde ihr beweisen, dass er würdig war, dass er schweigen konnte, dass sie
ihm vertrauen konnte.

7

Ich bin auserwählt! Ich muss auf eine Mission, in zwei Stunden werde ich wieder abgeholt.«

Aufgeregt bedrängte ihre Familie Sophie nach ihrer Rückkehr mit Fragen. Alle verstummten auf einen Schlag, als die junge Informatikerin das Wort ergriff. »Mein Kommunikationstransformator, ihr wisst schon, meine Erfindung, für die ich vor fünf Tagen das Patent angemeldet habe, sie ist für die Mission unserer Regierung wichtig. Oh, mir ist ganz schwindelig, ich weiß nicht, ob ich das schaffe! Gleich geht es los und ich bin mir nicht sicher, ob ich stark genug bin. Vielleicht erhoffen sie sich zu viel von mir, ich habe Zweifel, ob ich es packe.« Sophie war sichtlich nervös, und wie immer, wenn sie aufgewühlt war, biss sie sich auf die Unterlippe und schlug die Fingerkuppen gegeneinander. »Du BIST stark genug, Sophie, und du WIRST es schaffen, aber *ich* will, dass wir zusammenbleiben! Du, dein Bruder, Hannah und ich, wir bleiben zusammen! Wenn die Regierung dich braucht, ist das okay. Aber sie *muss* auch mit uns vorliebnehmen!« Hannah nickte energisch, Konstantin bekam eine Gänsehaut, seine Mutter sprach ihm aus der Seele.

Die junge Frau brach plötzlich in Tränen aus. Sie berichtete von dem Tumult, dessen Augenzeugin sie auf der Hinfahrt zu der Regierungsstelle geworden war. »Sie haben unseren Apotheker umgebracht, oh, ich habe gesehen, mit welcher Brutalität sie es taten. Eine ganze Meute warf sein Schaufenster mit Steinen ein und etliche leuchteten mit Taschenlampen in das Innere der Apotheke. Und der arme alte Mann erschien, oh, Mama, er hatte immer noch seinen weißen Kittel an. Er winkte ihnen, wahrscheinlich um sie zu beschwichtigen, und deutete auf die Eingangstür, dann schloss er sie auf, oh, ich sah seine leicht gebeugte Statur, sein schmales eingefallenes Gesicht, seine dicke Brille, sein schütteres graues Haar. Er schloss also auf und was taten diese Verbrecher? Sie fielen über ihn her, dabei kannten sie ihn doch auch. Ich habe geschrien, noch nie im Leben habe ich so geschrien, noch nie sah ich solch eine Unmenschlichkeit, Mama!« Ihr Körper bebte unter Schluchzen, die anderen drei waren wie versteinert. Sie kannten und schätzten den Apotheker alle. Sophie fuhr fort: »Ich schrie die drei Männer im Auto an: ›Wir müssen dem Apotheker helfen!‹, doch der Fahrer gab umgehend Gas. Warum haben die das getan, Mama, es waren Nachbarn, Leute aus unserem Viertel. Er hätte ihnen doch alles gegeben, was sie wollten. Er war so ein friedliebender, gutmütiger Mensch, er hätte ihnen alles geschenkt. Und wahrscheinlich noch ein paar Traubenzuckerbonbons mit eingepackt«, schloss Sophie mit bitter spöttischem Unterton und biss sich wieder auf die Lippe. Konstantin ballte seine Hände zu Fäusten. Er mochte diesen alten Mann sehr. Er war gütig und fröhlich und hatte für den kleinen Konstantin stets einen Scherz oder ein Traubenzuckerbonbon übrig, und für den mittlerweile großen Konstantin immer ein nettes Wort. Und dieser Mann sollte von einer wütenden Meute umgebracht worden sein? Aber warum?

»Die Menschen drehen durch, sie verrohen, sie prügeln sich um Medikamente, um Nahrungsmittel. Es war furchtbar. Und das ist erst der Anfang. Ich habe solche Angst«, fuhr Sophie fort. »Auf dem Rückweg versperrte uns eine Gruppe junger Männer den Weg. Ich war starr vor Furcht, doch meine Begleiter eröffneten sofort das Feuer, als sie an dem Wagen rüttelten und ihn umzuwerfen drohten. Ich wusste bis dato gar nicht, dass sie bewaffnet waren, es war ein Trommelfeuer. Und der Fahrer fuhr stur geradeaus weiter, beschleunigte sogar, oh, Mama, wir haben Menschen überfahren.«

Konstantin sprang mit zornverzerrtem Gesicht auf, wusste nicht, wohin mit seiner Wut. Luise und Hannah spürten

Schmerz und große Trauer. Die Nackenhaare sträubten sich ihnen. Die Kehlen waren trocken. Der Kloß saß ihnen im Hals, doch wenn sie nun Tränen zuließen, würden sie nie mehr aufhören können zu weinen.

Irgendwann fand Luise die Sprache wieder. Sie stand mit einer für sie charakteristischen Handbewegung auf und die anderen drei schauten sie erwartungsvoll an. Sie wiederholte ihre Worte mit fester Stimme: »Wir bleiben zusammen!«

8

»Ich fass es nicht, was soll das? Was sollen wir bitteschön mit zwei alten Weibern und einem Knaben an Bord? Die gefährden unsere ganze Mission! Kontaktier den General, Tom!« »Das kann ich nicht, Major Berg!«, antwortete der jüngere Uniformierte. »Sie wissen doch, all unsere Kommunikationsinstrumente sind ausgefallen, aus diesem Grunde haben wir doch die junge Informatikerin bei uns. Und sie bestand darauf, die beiden Damen und ihren Bruder dabeizuhaben.« Der junge Soldat hatte Manieren, er gefiel Hannah auf Anhieb. Sie fand, dass diese Szene in dem Nebengebäude eines kleinen Militärflughafens, zu dem man sie alle vier gebracht hatte, nicht der Komik entbehrte. »Ich kann das nicht dulden«, tobte der Major weiter, »sie gefährden unsere Arbeit. Schon genug, dass diese Informatikerin eine Zivilistin ist! Warum haben die uns überhaupt eine Frau geschickt? Und was ist mit diesem rauchenden Lackaffen? Auch ein Zivilist! Tom, wenn die Lage nicht so verdammt ernst wäre, würde ich auf der Stelle die Aktion abbrechen.« Tom schwieg. Er kannte seinen Major gut genug, um zu wissen, dass dieser nicht aus Hartherzigkeit so wütete, sondern weil er sich um das Gelingen der Mission sorgte. Er fühlte sich für deren glücklichen Ausgang und auch für das Überleben aller Anwesenden an Bord des Militärhubschraubers, der seinem Befehl unterstand, verantwortlich. Er war der Boss, und es befanden sich einfach zu viele Zivilisten in seiner Obhut, und Zivilisten, das weiß jeder Militär, sind unberechenbar. Sie sind schwach, egoistisch und disziplinlos, kurz: Sie sind lästig und stören. Und außerdem ist sein Major ein anderer Mann geworden, sei…, seit *sie* ihn verlassen hat. Seitdem geht er mit verschlossenem Herzen durchs Leben.

»Die drei sind überflüssig, Tom! Halt sie mir vom Leib!!«,

bellte der Major. »Er spricht ja so, als wären wir nicht anwesend«, flüsterte Hannah. Luise zog ihre rechte Augenbraue hoch, zwinkerte ihr zu und schenkte ihr, knapp nickend, ein kurzes verschwörerisches Lächeln. Hannah liebte diese Geste, sie bedeutete, dass sie einer Meinung waren. Der rauchende Lackaffe, der ein hochangesehener Astrophysiker mit doppeltem Doktortitel war, kam durch die offene Tür in den Raum, schmunzelte, ihn schien die Unterhaltung, die er offensichtlich mit angehört hatte, zu erheitern und er meinte gespielt geistesabwesend: »Mönch und Soldat wird man aus Verzweiflung. Chinesische Weisheit.« Hannah lachte auf. »Der Spruch ist gut! Wie heißen Sie, junger Mann?« Major Berg drehte sich zu ihr um, er machte seinem Namen alle Ehre und baute sich bedrohlich vor ihr auf, seine lange spitze Nase berührte fast die ihre. Er schaute ihr tief in die Augen und zischte wutentbrannt nur ein einziges Wort: »Maulhalten!«

Hannah rückte ein wenig von ihm ab und dann tat sie etwas absolut Unerwartetes: Sie schlug kichernd die Hacken zusammen (dass sie sich dabei wehtat, verbarg sie erfolgreich), und schrie grinsend: »Jawoll, Herr Major!«, machte anschließend eine exakte Kehrtwende auf der Ferse des einen und der Zehenspitze des anderen Fußes.

Nun konnte sich niemand mehr das Lachen verbeißen, niemand außer dem Major und Tom.

Den Astrophysiker verleitete Hannahs Auftritt zu tosendem Applaus und ihre Familie ebenso. Konstantin pfiff sogar mehrmals auf zwei Fingern, sie lachten und klatschten Beifall, kurzum, Hannah wurde umjubelt, als sei sie eine glorreiche Theaterdarstellerin, und sie genoss den Moment sichtlich. Alle schienen ihr wohlgesonnen, alle, außer dem Major und Tom.

»Ahoi! Ich freue mich sehr, Ihre Bekanntschaft zu machen, Ladys! Ich heiße Christopher, meine Freunde nennen mich Chris, ich bin Doktor der Astrophysik und der Astronomie und ich bin sehr gespannt, was wir auf unserer gemeinsamen Reise erleben werden! Ich schätze, sie wird sehr aufregend werden! Sie fängt ja bereits vielversprechend an! Ich liebe Abenteuer mit unbekanntem Ausgang!« Er schmunzelte und machte eine galante Verbeugung vor Hannah und Luise.

»Ja sind wir denn hier im Zirkus?«, der Major schien nach Atem zu ringen. »Nein, das muss ich mir nicht bieten lassen!«

»Ach, Herr Major, warum verstehen Sie keinen Spaß? Es ist doch alles gut! Wissen Sie, bei allem Respekt, Herr Major, ich denke, nicht *wir* gefährden diese Mission, sondern *Sie* mit ihren schlechten Manieren!«, Hannah schien in Hochform zu sein. Daraufhin folgte ein kurzer Blick zu Luise, und da diese keine warnenden Zeichen gab, sondern sie bewundernd ansah, fuhr Hannah selbstsicher fort: »Nun, Herr Major, wir zwei Ladys und unser Junge sind dabei, finden Sie sich damit ab! Und noch eins: Ihre Einschüchterungsversuche fruchten bei mir nicht!«

Der Major schaute grimmig drein und sagte kein Wort. Tom tat es seinem Vorgesetzten gleich, wenn auch sein Gesichtsausdruck milder schien.

»Oh, Herr Major«, witzelte Hannah theatralisch, »ich bedaure zutiefst, Euer Missfallen erregt zu haben, das war niemals meine Absicht! Bitte verzeiht mir, Herr Major, und reicht mir Eure Hand!« Sie machte mit ausgestreckten Armen einen Schritt auf ihn zu.

Der Major zog die Augenbrauen hoch, atmete tief ein und dann wieder aus und verschanzte sich auf dem Stuhl hinter seinem Schreibtisch. Dann schaute er Hannah ernst an und sagte in einem drohenden Ton: »Wir gehen uns am besten aus dem Wege! Sonst erschieße ich Sie am Ende! Ich warne Sie!« Auf seinem Gesicht spiegelten sich Wut und Abscheu zugleich. Dann sah er zum Fenster hinaus. Die Stimmung kippte. Niemandem war mehr nach Lachen und Klatschen zumute. Luise spürte einen eisigen Hauch im Nacken. Sie schaute zu Hannah, die eine unsichtbare Stelle auf dem Boden anstarrte und mit einem Mal sehr zerknirscht aussah, und sie wusste genau, welche Gedanken Hannah gerade quälten – ›Bin ich zu weit gegangen, Luise? Hätte ich mich mäßigen sollen?‹ »Herr Major, ich habe doch nur Spaß gemacht«, begann Hannah reumütig. »Wissen Sie, ich mag es, Menschen zum Lachen zu bringen, und ich dachte, Ihnen würde ich auch zumindest ein schwaches Lächeln abringen können. Glauben Sie mir bitte, das Letzte, was ich will, ist Streit und Missmut auslösen. Die Situation, in der wir uns befinden, ist so vertrackt, da dachte ich, ein wenig Frohsinn würde uns allen guttun.« Der Major strafte sie mit Verachtung. Er reagierte nicht auf ihre Erklärung, sondern schaute wutschnaubend aus dem Fenster. Hannah schwieg und schaute hilfesuchend zu Luise. Diese verstand und ging auf den Major zu, streifte im Vorbeigehen liebevoll Hannahs Arm, der diese Berührung Zuversicht schenkte, und nahm dem Major gegenüber Platz.

Die Situation war hochexplosiv. Sie musste deeskaliert werden. Nur wie? Dieser Mensch wirkte impertinent und er strahlte bösartige Entschlossenheit aus. Das Ziel seiner Wutausbrüche schien Einschüchterung zu sein. ›Ich muss den Stier bei den Hörnern packen‹, ging es Luise unwillkürlich durch den Sinn.

Sie saß einfach nur da und schaute ihn an. Nicht herausfordernd oder angriffslustig. Sondern wohlwollend und nachdenklich. Er hat bestimmt auch seine guten Seiten und alles wird gut, sagte sie sich.

Mal schaute sie auf den Stuhl, auf dem er saß, nahm den rostigen Nagel in dem vorderen rechten Stuhlbein wahr, dann wanderte ihr Blick nach unten, sie blickte auf seine Schuhe, die überraschenderweise nicht blank geputzt waren, dann guckte sie auf seine Hände, die auf dem Schreibtisch lagen, und dann wieder dezent zur Seite. Sie saß ihm gegenüber und sagte nichts. Sie nahm seine stattliche Statur, seine breiten Schultern und sein markantes Gesicht mit den wachen Augen wahr. Augen, die eine Wärme ausstrahlten, die man hinter der Fassade dieses starken Mannes nicht vermutete.

Hannah beäugte ihn mit Misstrauen, allzeit bereit, sich auf ihn zu stürzen, sollte er zu Luise grob werden wollen. Gleichzeitig spürte sie aber, dass alles gut würde, dass es Luise gelingen würde, die Wogen zu glätten. Wem, wenn nicht ihr, dieser intelligenten und scharfsinnigen Frau? Oder sollte sie sich diesmal irren? Hannah blieb konzentriert und wachsam.

Konstantin bereiteten die Situation und die angespannte Stille großes Unbehagen und er war bereit zu kämpfen, sollte es erforderlich sein. Da bemerkte er Christopher, der es sich auf dem Boden im Schneidersitz gemütlich machte und sich köstlich zu amüsieren schien. ›Eine Tüte Popcorn gefällig? Du Hampelmann … Freunde werden *wir* zwei nicht‹, dachte Konstantin voller Inbrunst.

Sophie sah beunruhigt zu ihrer Mutter und sie fühlte sich furchtbar. Vielleicht hätte sie einschreiten sollen? Schließlich war es *ihre* Mission, sie müsste Klartext mit diesem Major reden und nicht ihre Mutter die Situation retten lassen.

Luise atmete ganz ruhig und entspannt. Durch ihr jahrzehntelanges Yoga- und Meditationstraining war sie in der Lage, in kürzester Zeit ihren Puls und ihre Atmung zu beruhigen, und das war sehr nützlich in dieser gefährlichen Atmosphäre. Sie strahlte eine kraftvolle Autorität aus, wirkte dabei aber respektvoll und liebenswürdig. Sie sprach immer noch nicht. Der Major schien sie nicht wahrzunehmen. Er schaute an ihr vorbei. Doch sein Gesicht wirkte nicht mehr so herausfordernd und angespannt wie noch Minuten zuvor. Und auch seine Körperhaltung schien weniger gewaltbereit. Luises Nähe schien ihn allmählich zu beruhigen.

Luise spürte die Wandlung und räusperte sich leise. »Herr Major Berg?« Er schaute sie an.

»Herr Major Berg«, fuhr sie mit unbeirrbarer Sicherheit fort, »atmen Sie in Ihr Herz, Herr Major!« Christopher lachte los. Doch niemand beachtete ihn, außer Konstantin, der ihn mit einem bösen Blick bedachte. Luise sprach freundlich und ruhig weiter. »Seien Sie versichert, meine Familie und ich hegen großen Respekt für Ihre Arbeit und wir halten große Stücke auf die Militärs. Wir sind hier in einer üblen, äußerst schwierigen Situation und wir sitzen alle in einem Boot. Wir sollten versuchen, ein Team zu werden. Nur als ein echtes Team können wir diese Mission zum Erfolg führen. Wir haben nicht freiwillig diese Reise angetreten, glauben Sie uns, wir wären lieber in unserem Haus geblieben und hätten darauf vertraut, dass tapfere Menschen wie Sie uns retten. Doch diese Wahl hatten wir nicht, wir müssen beziehungsweise dürfen Sie begleiten und wir werden unser Möglichstes tun, um Ihnen behilflich zu sein! Hannah und ich sind Macherinnen, wir sind Mitanpackerinnen mit Sportgeist! Wir werden Ihnen nicht im Weg stehen! Auch Konstantin wird Sie nicht behindern! Bitte kommen Sie uns entgegen und begegnen auch Sie uns mit dem gebotenen Respekt, selbst wenn wir bloß Zivilisten sind und in Ihren Augen minderwertig.«

Luise lächelte. »Diese Auseinandersetzung belastet Hannah und mich ungemein, lassen Sie uns doch bitte neu beginnen, tun wir doch so, als wären wir uns jetzt erst begegnet. Jede Situation verdient eine zweite Chance. Herr Major Berg, lassen Sie uns nach vorn schauen und aus dieser Lage das Beste machen!« Ihr Lächeln war gewinnend.

Christopher erwartete einen weiteren Wutausbruch des Majors und fühlte tatsächlich Enttäuschung, denn nichts dergleichen geschah. Der Major schaute Luise unverdrossen an und regte sich immer noch nicht. Doch seine Gesichtszüge entspannten sich und er schien gar zu einem Lächeln bereit zu sein. ›Luise, du bist großartig! Du hast ihn gezähmt!‹, dachte Hannah.

Der Major stand unvermittelt auf. »Gut, es kann losgehen, bereit zum Beladen und Starten. Mylady!«, und er machte eine knappe und ehrlich gemeinte Verbeugung vor Luise.

9

Der Militärhubschrauber hob ab. Der Major steuerte die Maschine, Tom fungierte als Copilot. Sie wollten sich in regelmäßigen Abständen abwechseln. Hannah und Luise staunten über die Größe dieses Hubschraubers, der sogar Schlafmöglichkeiten für acht Personen bot. Jeder von ihnen führte eine kleine Reisetasche Gepäck mit sich, und nun saßen sie alle angegurtet und aufgeregt auf ihren Plätzen – bereit für den Weg in die ungewisse Zukunft. Luise und Hannah hielten Händchen. Konstantin schlief ein, sobald der Hubschrauber sich in der Luft befand, und Sophie und Christopher vertieften sich in ein wissenschaftliches Gespräch.

»Sie scheinen sich zu mögen, Luise, oder? Was denkst du?«, konnte sich die scharf beobachtende Hannah nicht enthalten festzustellen. »Könnte sein, zumindest reden sie sehr lebhaft miteinander und die Chemie scheint zu stimmen, das ist schon mal eine gute Voraussetzung.« »Ob er sie auf Händen tragen wird?«, spann Hannah ihre Zukunftsvision weiter. »Sie verdient einen Mann, der sie liebt und schätzt und begehrt und verehrt wie ich dich, Luise!«, schloss sie schmunzelnd mit gedämpfter Stimme. »Du bist so süß«, flüsterte Luise strahlend, »ja, ich hoffe auch, dass sie bald den wundervollsten und zauberhaftesten Mann an ihrer Seite hat, so wie ich die beste und schönste und zauberhafteste Frau die meine nennen darf.« Die beiden Frauen musterten ihn voller Skepsis. »Eigentlich zweifle ich daran, dass er kräftig genug ist, Sophie zu tragen, er ist so schmächtig. Er wirkt mir so … so unterernährt«, scherzte Hannah leise. Christopher war in der Tat deutlich kleiner als die junge Frau und seine Figur konnte man als knabenhaft bezeichnen.

Draußen war es düster. So hatten sie die Welt aus der Vogelperspektive noch nie gesehen. Sie waren in ihren gemeinsamen bald zwanzig Jahren sehr oft geflogen, auch viele Nachtflüge hatten sie erlebt, doch wenn sie früher aus den Bordfenstern hinausschauten, sahen sie meist Lichter, wenn sie Land überflogen, wenn auch manchmal nur vereinzelte. Doch an diesem Tag, in dieser Nacht, gab es keine Lichter. Es herrschte totale Finsternis.

Nach etwa viereinhalb Stunden Flug kündigte Tom die baldige Landung an. Sie würden in einer westeuropäischen Großstadt landen und niemand wisse, was sie erwarten würde. Sie müssten alle vorsichtig und wachsam sein, mahnte er. Sie würden eine Weile, wie lange, wisse er nicht, im Heli bleiben, bis sie weitere Instruktionen bekämen. Zum genauen Treffpunkt. Sie würden die ganze Zeit über zusammenbleiben, niemand dürfe den Hubschrauber verlassen und sie würden sich, wenn es so weit sei, gemeinsam zu einem Ort begeben, an dem ein anderes wissenschaftliches Team sie bereits erwarte. Der Major und er selbst seien bewaffnet und für ihre Sicherheit verantwortlich. Er warnte sie ausdrücklich vor Alleingängen. Tom würde vorangehen und der Major bildete die Nachhut. Darüber hinaus erklärte er ihnen, dass man diesen Hubschrauber, wenn der Motor ausgestellt war, unsichtbar machen konnte. Luise und Hannah staunten, diese Technologie kannten sie nur aus Science-Fiction-Büchern. Dann erläuterte er ihnen noch einige Sicherheitsanweisungen. Christopher war genervt von Toms Ausführungen, er fand sie langatmig und überflüssig und rollte unablässig mit den Augen. Zum wiederholten Male schimpfte Konstantin im Geiste über diesen Kerl, der sich der Gefahr, in der sie alle steckten, nicht im Geringsten bewusst zu sein schien.

Sie landeten auf einer Wiese.

Dunkelheit und Stille umfingen sie. »So, nun müssen wir

warten, bis sie sich melden«, sagte Tom, »macht ein Nickerchen und trinkt etwas! Sophie, auf den KT kann ich gern achten.« »Ach, geht schon, ich bleibe wach! Nach Schlafen ist mir nicht zumute«, antwortete die Angesprochene.

»Ich würde gern duschen«, meldete sich Hannah zu Wort, »geht das, Tom?« Tom nickte. »Den Göttern sei Dank!« Hannah klatschte erleichtert in die Hände. »Es ist wirklich dringend nötig. Das letzte Mal geduscht habe ich …«, Hannah überlegte. Es war an dem Morgen, bevor sie zur Arbeit fuhr. Am Morgen jenes Tages, der alles verändert hatte. Tom führte die überglückliche Hannah in einen kleinen Raum und erläuterte ihr kurz die Handhabung der Dusche. »Hannah, lass uns auch etwas Wasser übrig!«, rief Konstantin ihr hinterher. Und an Tom gerichtet, als sich dieser wieder zu ihnen gesellte, spöttelte er: »Du musst wissen, Hannah duscht stundenlang und das Wasser muss bei ihr heiß sein wie ein Geysir.« »Na, mach dir da mal keine Sorgen!«, antwortete Tom gelassen. »Es wird genug für alle da sein.« Was Konstantin und die anderen zu diesem Zeitpunkt nicht ahnten, war, dass jedem von ihnen nur eine Minute Zeit unter der Dusche zustand und dass das Wasser alles andere als wohl temperiert war.

Daher staunten sie, als Hannah schon nach kurzer Zeit wieder die Tür öffnete und sie keine Wasserdampfschwaden umwaberten. Hannah lächelte gequält und ihre Lippen waren leicht bläulich. Sie setzte sich wieder zu Luise. »Meine Güte, bist du kalt, Hannah!« Luise drückte ihre Hände.

»Das ist ja Wahnsinn, das wusste ich gar nicht!« Sophie klang sehr beeindruckt, um nicht zu sagen, enthusiastisch. Solch eine emotionale Regung war bei ihr eher selten, daher horchten Konstantin, Hannah und Luise gleichermaßen auf. »Wahnsinn!!! Wahnsinn! Ich fasse es nicht!«, rief Sophie euphorisch. Nun wurde Christopher die uneingeschränkte Aufmerksamkeit aller zuteil. »Ja, das war für uns alle eine große Überraschung. Wir sind erst am Anfang unserer Forschungen. Doch uns ist klar geworden, dass wir mit der heutigen Generation von Teleskopen schätzungsweise maximal zehn Prozent der Galaxien beobachten können. Die restlichen neunzig Prozent bleiben uns verborgen. Die zehn Prozent, die wir heute ins Visier nehmen können, entsprechen dabei mehr als einer Billion Galaxien.« Konstantin pfiff beeindruckt. Christopher fuhr fort: »Tja, Carl Sagan, ein US-amerikanischer Kollege, sagte schon vor Jahrzehnten, dass es im Weltraum mehr Sterne gibt als Sandkörner an einem x-beliebigen Strand der Erde. Recht hat er.« Alle lauschten Christopher gebannt. Mit seinem Team gemeinsam hatte er die Aufnahmen des Weltraumteleskops in eine dreidimensionale Ansicht des Universums umgewandelt. Er stand auf, holte seine Tasche und zauberte aus ihr ein großes Blatt Papier hervor und reichte es Sophie. »Das ist unsere Galaxie in 3D.« »Und wo sind wir?«, fragte Sophie. »Am Rande. Das Kreuz in der Mitte deutet das Zentrum an, von welchem die Balkenarme ausgehen. Schau, hier ist unsere Sonne, sie liegt im äußeren Drittel der Galaxis, der gelbe Punkt, siehst du? Unscheinbar, nicht wahr?« Alle standen auf, um einen Blick auf sein Blatt zu werfen. »Schaut her, da ist unser Sonnensystem. Und hier seht ihr die fünf Spiralarme, die dem zentralen Balken unserer Galaxie entspringen.« »Ach, kann es sein, dass diese Arme nach Sternbildern benannt sind? Scutum … Sagittarius …«, las Luise vor. »Korrekt, ja, Sie kennen sich ganz gut aus, sie sind tatsächlich nach den Sternbildern benannt, in deren Richtung sie liegen. Wir kennen außerdem den Perseus-, den Norma- und den Orion-Arm. Der Orion-Arm wird auch der lokale Arm genannt, weil sich unsere Sonne in ihm befindet. Seht ihr? Und seht ihr auch dies? Wir blicken lediglich auf die Kante unserer Galaxis. Eine sehr ernüchternde Erkenntnis, wie ich finde.« »Ja, wie wahr«, antwortete Luise. Christopher

bedachte sie mit einem zufriedenen Lächeln. »Die Spiralarme
sind ringartig angeordnet und die ganze Galaxis weist eine
wellenförmige Struktur auf. Unsere Galaxis, wir nennen sie
auch Milchstraße, beherbergt circa dreihundert Milliarden
Sterne. Unsere Sonne, unser Stern, ist also nur einer von unendlich vielen in unserer Milchstraße. Habt ihr überhaupt eine
Ahnung, wie groß die Milchstraße ist?« Er wartete mögliche
Antworten gar nicht erst ab, sondern fuhr fort: »Sie hat eine
unglaubliche, gigantische Ausdehnung. In der Länge über hun-
dertundfünfzigtausend Lichtjahre, das ist in Kilometern eine
Fünfzehn mit siebzehn Nullen. Ihre Höhe liegt schätzungsweise bei etwa sechzehntausend Lichtjahren.« Konstantin pfiff
erneut. »Stellt euch vor, wäre unser Sonnensystem so klein wie
eine CD«, dabei formte er mit seinen Händen die Größe einer
solchen, »hätte unsere Galaxis immer noch eine Ausdehnung
von über zwölf Kilometern Durchmesser. Wisst ihr, seit bald
hundert Jahren versuchen Astronomen durch Radiowellen
unsere Galaxis abzutasten. Könnt ihr mir alle noch folgen?«
Seine Zuhörer nickten. »Gut, nun, was schätzt ihr? Wie groß
ist die Reichweite prozentual gerechnet?« »Zwanzig Prozent?«,
riet Konstantin mutig. »Weniger!«, war Luise sich sicher. Die
anderen blieben stumm. »Weniger, ja, richtig, Luise, viel, viel
weniger, lediglich null Komma null ein Prozent der Gesamt-
fläche unserer Galaxis werden erfasst. Somit vermuten die re-
nommiertesten Wissenschaftler weltweit und auch ich, dass
allein in unserer Milchstraße über hundert andere intelligente
Zivilisationen existieren müssen.« Alle starrten Christopher an.
Luise meldete sich zu Wort: »Ja, die Einstellung, wir wären die
Einzigen, fand ich schon immer befremdlich. Ignorant. An-
maßend. Aber jetzt, da ich von einem Weltklasseastronomen
von diesen gewaltigen Zahlen und erstaunlichen Erkenntnissen
erfahren habe, bewahrheitet sich für mich mehr denn je, dass
wir nur ein kleiner Teil des großen Ganzen sind. Ich habe mich

oft gefragt, ob es uns nicht etwa so geht wie den Ameisen. Nehmen sie uns Menschen überhaupt wahr? Vielleicht spüren sie die Erschütterungen, die von uns, unseren Schritten oder Autos ausgehen. Doch sind sie in der Lage, uns Menschen zu erfassen, unsere Welt wahrzunehmen? Unsere Häuser? Unsere Flugzeuge? Wohl kaum … für sie ist ihre Welt, ich schätze, sie hat eine Reichweite von maximal einem Kilometer, *ihr* Universum.« »Richtig! So ist es!«, pflichtete Christopher ihr bei. »Oder womöglich geht es uns wie den Darmbakterien im menschlichen Darm?«, führte Luise ihre Gedanken weiter aus. »Irgendwann vermuten die klügsten unter ihnen, dass es nicht nur den Darm gibt, sondern auch andere ›Galaxien‹, nämlich die Harnblase, die Nieren, die Leber. Von vielen ihrer Artgenossen werden sie ausgelacht und denunziert. ›Hah, wir sind die *einzigen* intelligenten Lebewesen! Wir sind das Zentrum!‹« Konstantin unterbrach theatralisch seine Mutter, er sprang abrupt auf und schlüpfte in die Rolle eines Darmbakteriums. Er quäkte: »Lieber Darmbakteriengott, wir flehen dich an, wir beten dich an, öffne den Ungläubigen die Augen, zeige ihnen, dass du uns nach deinem Ebenbild erschaffen hast, oh, lieber Gott!« Die Frauen kicherten, die Männer grinsten und Konstantin machte ermutigt weiter: »Oh, lieber mächtiger Gott im Darmhimmel! Offenbare dich uns! Zeig uns deine Pracht und Allmacht! Schick uns ein Zeichen!« Und daraufhin – zum Entsetzen aller – pupste er. Dann faltete er die Hände zum Gebet, fiel auf die Knie und rief lauthals: »Oh, danke, lieber Gott, danke für dieses wundervolle Zeichen!« Es wurde gelacht. »Ja, so in etwa, Konstantin!«, tat Luise grinsend kund. »Doch die Vorreiter geben nicht auf. Sie beschließen, die Tapfersten unter ihnen in selbst gebaute Fahrzeuge zu setzen, damit sie diese fremden Galaxien erkunden können.« Die anderen sahen das von ihr kreierte Bild vor ihrem inneren Auge und lächelten nachdenklich. »Und irgendwann erkennen sie das große Ganze, dessen Teil sie sind, *DEN* Menschen.«

»Wahnsinn, ja, wer weiß«, Hannah ergriff das Wort, »vielleicht ist es so. Vielleicht ist unsere Erde ein Lebewesen, die Bäume ihre Haare, oder vielleicht ist die Erde nur ein Organ, nur ein Teil eines Lebewesens, dessen Pracht und Ausmaße wir uns nicht einmal in unseren kühnsten Träumen ausmalen können. Vielleicht ist unsere ganze Galaxie nur ein Fingernägelchen des Wesens.« »Oder ein Schamhaar«, bemerkte Konstantin.

»Möglich! Das ist alles durchaus möglich!«, warf Christopher ein. »Fast alle Sterne im Kosmos sind in Systemen vereint, den Galaxien. Eine Galaxie birgt nicht nur Sterne mit ihren Planeten, Monden und anderen Himmelskörpern, sondern auch wirklich riesige Gaswolken. Doch auch Galaxien sind nur Teil eines übergeordneten Systems, denn sie bilden mehr oder weniger große Galaxienhaufen, Cluster genannt. Innerhalb eines solchen Clusters können sich bis zu tausende Galaxien befinden. Und auch die Cluster tun sich zusammen, sie formieren sich zu Zusammenschlüssen, diese nennen wir Supercluster.« »Ist unsere Milchstraße auch einem Cluster zugehörig?«, fragte Konstantin. »Ja, sie gehört mit ihren beiden Begleitgalaxien, den Magellanschen Wolken sowie der Andromeda-Galaxie, zu einem solchen System, der sogenannten Lokalen Gruppe. Sie umfasst mehr als zwanzig Einzelobjekte, von denen die meisten Zwerggalaxien sind.« »Das ist wirklich unglaublich interessant und spannend«, bemerkte Luise, »wenn ich mich recht entsinne, habe ich mal gelesen, dass die Milchstraße sich mit vierhunderttausend Stundenkilometern auf die Andromeda-Galaxie zubewegt. Und dass sie irgendwann mit ihr verschmelzen wird. Stimmt das?« »Ja, es wird einen interstellaren Zusammenstoß geben, allerdings werden *wir* den nicht erleben. Das Spektakel wird in etwa vier Milliarden Jahren

zu beobachten sein.« »Wo wird dann wohl die Erde sein? Wo
sind wir *zurzeit*, was meinen Sie, Christopher?«, fragte Luise.
»Ahoi, endlich eine gute Frage. Also, unseren nächsten Stern,
zumindest früher war er das, den Alpha Centauri, haben wir
längst passiert. Somit haben wir schon viereinviertel Lichtjahre
zurückgelegt.« »Wow!«, entfuhr es allen Mündern fast gleichzeitig. »Wir rasen durchs Weltall! Und zwar, haltet euch fest,
mehrere tausend Mal schneller als um die Sonne. Wir haben
unseren Orion-Arm verlassen.«

Während die anderen versuchten, diese Information zu verar-
beiten und sich diese Geschwindigkeit annähernd vorzustellen,
grinste Christopher und fuhr triumphierend fort: »Wir nähern
uns dem Kern unserer Galaxis. Das ist so aufregend! Ich werde
so nah dran sein! Wenn wir das alles überstehen, bin ich der
nächste Nobelpreisträger!« Luise und Hannah lächelten, der
Rest rührte sich nicht. »Erstaunlicherweise gab es noch keine
Kollision, obwohl ich während unseres Fluges schon etliche
Beinahe-Zusammenstöße beobachten konnte. Ich bin mir daher sicher, dass die Erde gesteuert wird. Und mit uns unser
Mond. Ich habe gesehen, wie zahlreiche Asteroiden wie von
Zauberhand zurückgeschleudert wurden, bevor sie in unserer
Atmosphäre verglühen oder aber Katastrophen anrichten konnten.« »Wie? Ehrlich? Warum erzähltest du uns nichts davon,
von diesen Beinah-Kollisionen?«, fragte Sophie. Er schaute sie
gereizt an: »Tue ich doch jetzt!« »Hmpfm«, brummelte Sophie
und wich seinem Blick aus. Sie widmete sich wieder ihrem KT
und beschloss, es anzustarren. Als hätte ihr Blick das Gerät
zum Leben erweckt, ertönte es just in diesem Moment. Alle
zuckten zusammen. Die ersten Takte der Mondscheinsonate
erklangen. Sophie legte es in die linke Hand und meldete sich.
Die Melodie erstarb. »In exakt vierunddreißig Stunden wird
das Treffen stattfinden. Hier die Koordinaten.« Tom schrieb
hastig mit. »Also haben Sie genug Zeit zum Ausruhen und zum

Nachdenken. Bitte neue Erkenntnisse sofort melden«, teilte ihnen der Regierungsbeauftragte Steinzer mit.

»Ja, das machen wir!«, antwortete Sophie gewissenhaft. »Gut. Ende.«

»Vierunddreißig Stunden? O Mann, wir sind zu früh losgeflogen«, quengelte Konstantin, »das ist ja wie im Knast! Ach, schlimmer noch, wer im Knast sitzt, hat wenigstens Freigang!«

»Heulsuse!«, lästerte Christopher. Konstantin rümpfte die Nase, schwieg aber.

10

»Ich müsste unbedingt eine rauchen gehen!«, klagte Christopher. »Tja, das geht nicht. Wir befinden uns in einer Großstadt. Wäre zu gefährlich, uns hier zu zeigen. Hast du keine Nikotin-Kaugummis dabei?«, fragte Tom ihn. »Nein!« »Hmm, ich glaube, wir haben noch ein paar in Reserve, ich sehe mal nach!« Und tatsächlich, Tom wurde fündig. Christopher nahm sie entgegen, doch ohne ein Zeichen der Dankbarkeit. Das befremdete Tom und auch Luise, die die Szene beobachtet hatte. Hannah und Konstantin schliefen inzwischen, Sophie war mit ihrem KT beschäftigt, während der Major seit geraumer Zeit im Cockpit weilte. So vergingen die Stunden. Und irgendwann schlief auch Luise ein.

Sie erwachte, weil irgendjemand sich einen Kaffee zubereitete. Dieser Jemand bemühte sich nicht wirklich, dabei leise zu sein. ›Wie rücksichtslos‹, dachte sie bei sich und brauchte nicht zum Kaffeeautomaten zu schauen, um zu wissen, wer nicht schlafen konnte und auch den anderen die Ruhe nicht gönnte. Er ließ einen Löffel fallen, und als ob das allein nicht genug wäre, wünschte er ihn auch noch zum Teufel. In diesem Moment erwachte Hannah neben ihr und auch Sophie regte sich. Auf ihre innere Uhr konnte sich Luise immer verlassen, sie schätzte die Uhrzeit auf zwei, drei Uhr in der Nacht. Konstantin schlief noch immer tief und fest. Die Militärs waren offenbar beide im Cockpit. ›Die haben es gut, sie haben ihre Ruhe.‹ Luise drehte sich auf die Seite und blickte direkt in Hannahs warme braune Augen. ›Unsympathischer Kerl‹, schienen sie zu sagen.

»Müssen wir schon los?«, fragte Sophie verschlafen. »Nein, wir haben noch sehr viel Zeit!«, antwortete Christopher. »Magst du einen Kaffee, schöne Frau?« »Ja, warum nicht?« Er gesellte sich zu ihr und sie begannen ein Gespräch über künstliche Intelligenz, Sophies Steckenpferd. Sie erzählte ihm von ihrem Videtor-Projekt, bei dem es um die Sichtbarmachung anderer Dimensionen ging. Mittels einer von ihr und ihrem Team entworfenen Kappe konnte erstmalig eine gewisse Art von Frequenzen sichtbar gemacht werden, indem sie wie Hologramme vor den Augen schwebten und somit einen Blick in andere Dimensionen erlaubten. Sie standen kurz vorm Durchbruch. »Und nun«, fuhr sie enttäuscht fort, »nun ruht das Projekt. Bis auf Weiteres.«

Luise und Hannah nickten etwas ein, wurden jedoch immer wieder von Christophers lauter Stimme geweckt. Den beiden Frauen war eine solche Rücksichtslosigkeit fremd und irgendwann fasste sich Luise ein Herz und bat ihn freundlich, leiser zu reden und zu lachen. Er nickte, änderte sein Verhalten jedoch keineswegs. Sie konnte seine Beweggründe nicht nachvollziehen, ebenso wenig verstand sie, warum Sophie so wenig Empathie für die Familie zeigte und ihn nicht ermahnte. Es konnte nur einen Grund für ihr Verhalten geben. Also blieb den beiden Frauen nichts anderes übrig, als sich damit abzufinden. Ein ums andere Mal nickten sie ein, um wenig später unsanft wieder aufzuwachen.

»Habt ihr auch so gut geschlafen?«, fragte Konstantin, als er endlich aus seinem Tiefschlaf erwachte, seine Mutter. »Schau mich an, dann siehst du es!«, antwortete diese. Konstantin verstand nicht ganz, guckte seine Mutter erstaunt an. »Schau dir die Ringe unter meinen Augen an! Die sind doch Antwort genug, oder nicht?«, meinte Luise und lächelte daraufhin. Konstantin fand, sie sah genauso schön und munter aus wie immer, selbst ihre Haare waren perfekt hochgesteckt. »Zum Glück hast du noch den Schlaf eines Kindes!« »Warum? Habe ich etwas verpasst?« »Nicht wirklich, nein … du, Konstantin, Hannah duscht gerade, möchtest du nach ihr oder soll ich?« »Mach du, Mama, ich muss nicht, ich gebe euch auch meine Wasserration!« Luise grinste: »Und willst sie gegen was eintauschen?« »Lass mich nachdenken … gegen deine Schokolade und die Riegel?« Sein Grinsen wurde immer breiter. »Von mir aus! Aber du weißt, sie sind vegan …« »Besser vegan als ohne Zahn!« Seine Mutter nickte schmunzelnd. Da war etwas Wahres dran. Die Kekse, die ihnen als Essensration dienten, waren wirklich sehr hart, so hart, dass sie sie ungern zu sich nahm. Was würde sie tun, wenn ihr hier ein Stück Zahn abbräche? Nein, sie sollte besser kein Risiko eingehen und sich an die Flüssigkost halten. Und hin und wieder ihre Lieblingsspezialitäten naschen. Zehn Rohkostriegel, vier vegane Schokoladentafeln sowie eine Tüte Cashewkerne hatte sie in ihrer Reisetasche verstaut, während Hannah sich bewusst gegen Proviant entschieden hatte – ›Wenn schon, denn schon, dann speck ich halt ab‹, waren ihre Worte. Ob Sophie etwas Nervennahrung eingepackt hatte, wusste Luise nicht, wahrscheinlich war sie nicht dazu gekommen oder hatte einfach nicht daran gedacht. Es hatte alles so schnell gehen müssen beim Aufbruch, mehr als ein paar Kleidungsstücke und etwas Kosmetik hatte sie sicher nicht dabei. Und der gute Konstantin? Kaum hatten sie den Hubschrauber bestiegen, stellte er voller Bestürzung fest, dass sich sein Naschwerk nicht in seiner Tasche befand. Er beschwerte sich lautstark, dass ihm irgendwer seine Süßigkeiten aus seinem Gepäck entwendet haben musste. Er war sich sicher, dass dies Verbrechen beim Warten auf den Heli geschehen sein musste. Denn ihre Reisetaschen waren mehrere Stunden in einem der Räume in der Flughafenhalle gelagert worden. Unbewacht. »Ich weiß genau, ich habe vier Tüten belgischer Waffeln eingepackt. Mama hat mich daran erinnert, mir Süßigkeiten mitzunehmen … und auch einen Zitronenkastenkuchen und Gummibärchen. Ich bin in den Keller …

und habe ein paar Sachen herausgesucht. Und Kaugummis, die auch. Ich weiß es ganz sicher! Ich sehe sie genau vor mir!« »Und dann? Was hast du dann gemacht?«, fragte seine Mutter gelassen. Konstantin grübelte. »… als ich wieder oben war … hab ich sie eingepackt … oder nicht?« Leise Zweifel stellten sich bei ihm ein. Er kratzte sich am Hinterkopf. »Warte! Wie war das noch mal? Ich bin nach oben … meine Tasche hatte der Chauffeur schon mitgenommen … genau …« Er schlug sich mit der flachen Hand auf seine Stirn. »Menno, bin ich ein Idiot! Ich wollte mir dann einen Rucksack oder eine Tasche holen, bin mit den Knabbersachen in die Küche, hab sie auf der Spüle abgelegt … und dann, dann rief Sophie! Sophie ist schuld, sie hat mich gehetzt, sie schrie: ›Konstantin, wir fahren gleich ohne dich!‹ Ich hab mir darauf in der Hektik aus der Küche eine Flasche Orangensaft genommen und bin raus … mein Proviant muss also noch in der Küche sein …« Er schmollte und zürnte zugleich seiner Schwester. »Kein Gebäck im Gepäck!«, rappte er beleidigt und lachte schließlich über seine Zerstreutheit.

Sein Blick fiel auf seine Schwester und Christopher. Sie schliefen. »Mensch, die beiden schlafen aber lange …« Luise war zu müde, um zu antworten, und hoffte, dass das kalte Wasser ihr gleich etwas Frische verleihen würde.

11

»Sollte nicht jemand im Hubschrauber bleiben und ihn bewachen?«, fragte Christopher, als sie aufbrachen. »Das haben *Sie* nicht zu entscheiden! Und außerdem, wenn Sie Toms Ausführungen aufmerksam zugehört hätten, wüssten Sie, wie der Plan aussieht und dass das Bewachen des Hubschraubers nicht nötig ist. Und nun will ich keine Widerrede mehr hören!«, warf der Major ihm an den Kopf. Christopher schien streitlustig, er wollte gerade zur Gegenrede ansetzen, da packten ihn Luise und Hannah gleichzeitig an den Händen, hakten sich bei ihm unter, Hannah rechts und Luise links, lächelten ihn an und Luise flüsterte: »Christopher, seien Sie kooperativ, bitte, hier geht es um Leben und Tod! Wir müssen zusammenarbeiten, wir müssen zusammenhalten, wir sind ein Team, und wir brauchen den Major und Tom, sehr sogar!« Sie sprach bewusst sehr leise, so dass nur er und Hannah sie verstehen konnten, er sollte sein Gesicht vor den anderen Weggenossen wahren dürfen. Er schien besänftigt, doch die beiden Frauen spürten gleichzeitig, wie sich seine Arme anspannten, und es überkam beide ein Frösteln. Eine böse Vorahnung.

Sie hatten Nachtsichtgeräte um den Kopf geschnürt, andernfalls hätten sie sich in dieser Finsternis niemals orientieren und so zügig fortbewegen können.

Sie erreichten ein verlassenes Bankenviertel. Luise sah sich bestürzt um. ›Wie lebendig und geschäftig muss es hier noch vor ein paar Tagen zugegangen sein und wie unnütz doch heute alles ist, was darin jahrzehntelang verhandelt, beschlossen und getan wurde‹, dachte sie.

Kein Mensch begegnete ihnen, wohl aber einige Katzen und Hunde, die einen verstörten, hungrigen und furchtsamen Eindruck machten. »Wie kommt es, dass es hier so viele Streuner gibt?«, flüsterte Sophie. »Ich schätze, sie haben die Orientierung verloren, als es dunkel wurde«, antwortete Konstantin und Christopher unterbrach ihn: »Oder ihre Herrchen und Frauchen sind durchgedreht und wollten sie verspeisen und ihre Lieblinge sind dann geflüchtet.« »Das ist nicht witzig, Chris!« Sophie war ärgerlich. »Oh, ist er schon Chris für dich?«, schleuderte Konstantin seiner Schwester ins Gesicht. Sophie war überrascht über die Heftigkeit seiner Frage, dachte sich aber nichts weiter dabei, lediglich, dass ihr Bruder durchaus dazu neigte, ein wenig gereizt und hitzköpfig zu reagieren, wenn er nicht ausreichend Schlaf bekam oder aber hungrig war. Luise und Hannah hingegen konnten seine Reaktion nachvollziehen. Dieser Astrophysiker war zweifellos ein großartiger Wissenschaftler, jedoch menschlich ein Risikofaktor, sie mussten auf ihn aufpassen, sagten sie sich.

Noch nie war es so dunkel und so still in einer westeuropäischen Großstadt gewesen. Es war unheimlich, durch die leeren Straßen zu gehen, vorbei an Geschäften, Museen, Kneipen, Hotels. Alles schien wie ausgestorben. Kein Mensch war zu sehen, kein Geräusch, das auf die Anwesenheit von Menschen schließen ließ, zu hören. Sie sahen eingeschlagene Schaufenster, geplünderte Lebensmittelgeschäfte. Doch keine Menschenseele weit und breit. »Wo sind denn die Bewohner geblieben?«, fragte Sophie wohl mehr sich selbst als die anderen. Sie gingen an einem Restaurant vorbei und sahen durch die Fenster, dass auf etlichen Tischen noch gefüllte Teller standen, daneben Schüsselchen mit Salat, Baguettereste, halbvolle Weißweingläser oder Kaffeetassen. Wer saß wohl vor drei Tagen an diesen Tischen und aß zu Mittag und verließ dann atemlos das Restaurant? Die Zeit schien stehengeblieben zu sein, in just dem Moment, als sich das runde Objekt vor die Sonne schob und die Menschen um ihr Leben zu rennen begannen. Welche Szenen hatten sich wohl in dieser Stadt abgespielt?

Plötzlich hörten sie einen lauten Knall hinter sich, der Major reagierte prompt. Er bellte: »Runter!«, und schoss. Die fünf Zivilisten warfen sich auf den Boden, bedeckten ihre Köpfe mit ihren Armen in Todesangst, während beide Militärs schossen. Es wurde auch zurückgeschossen, jedoch nur fünf Mal.

Als die Gefahr vorüber schien, forderte der Major sie auf aufzustehen und weiterzugehen. Den Rest des Weges legten sie im Eiltempo zurück. Stumm. Endlich erreichten sie ihr Ziel. Es befand sich in der ersten Etage eines unscheinbaren Hauses.

Da Sophie mit Hilfe ihres KT ihre Ankunftszeit angekündigt hatte, wurden sie bereits erwartet. Ihre Kontaktleute entpuppten sich als ein äußerst sympathisches Zweierteam in den Fünfzigern. Amélie und Stéphane waren ein Ehepaar und enge Regierungsvertraute und mit der delikaten und drängenden Aufgabe betraut, die offiziellen Stellen über jede Vermutung und jede mögliche Erklärung für die Finsternis umgehend zu informieren.

Nachdem sie die Ankömmlinge auf landestypische Weise herzlich und mit Küsschen begrüßt hatten, baten sie sie in einen Raum mit einem großen runden Konferenztisch. Mehrere Sturmlaternen hingen an den Wänden und tauchten das Zimmer in warmes Licht. Der Raum war wohl temperiert und ein köstlich-pikanter Duft lag in der Luft. Von den Eintretenden fiel die Anspannung der letzten Stunden ab und sie waren dankbar für diesen sicheren Ort und die ungezwungene Atmosphäre. »Wir haben für euch eine französische Spezialität vorbereitet! Ihr seid bestimmt sehr hungrig?« Amélie sprach deutsch mit starkem Akzent, doch fehlerfrei. Wie auf Kommando gab Konstantins Magen ein lautes Knurren von sich und dies war Antwort genug. Alle lachten hell auf. »Habt ihr auch einen solchen Wunderkocher?«, fragte die Frau herrlich entspannt. Die Gäste schauten erstaunt auf die Kanne aus hochwertigem Edelstahl, auf die sie wies. Sie schien aus drei Teilen zu bestehen, einer Feuerschale, einem Wasserkocher und zuoberst einer Pfanne. »Nein? Aber wie bereitet ihr denn eure Mahlzeiten zu? Also, mit diesem tollen Ding können wir kochen, wo immer wir sind, ja, wir brauchen weder Strom noch Batterien. Die Lauchcremesuppe wird euch wärmen und stärken, ich schlage vor, wir essen zuerst und dann reden wir!« Nun wurden auch Luise und Hannah munter und erzählten Amélie und Stéphane von ihrem Flug und von dem Angriff in den Straßen der Stadt, dem sie nur dank der beiden Militärs unversehrt entkommen waren. »Was für ein Riesenglück, chers amis, dass ihr so gute Beschützer dabeihabt und so attraktive dazu, oh, là, là!!«, scherzte Amélie. Der Major und Tom reagierten nicht, sie unterhielten sich leise und ernst miteinander. Konstantin schien in Gedanken versunken und Sophie überprüfte ihren KT, während ihr Christopher dabei zusah. Das erste dampfende Schälchen reichte Amélie Konstantin, der es mit großen dankbaren Augen annahm. Es fiel ihm schwer, sich zurückzuhalten und zu warten, bis alle ihre Suppe bekommen hatten. ›Ach was … kosten kann ich sie … sie duftet himmlisch … wer achtet schon auf Knigge beziehungsweise auf mich?‹ Der Duft war definitiv zu betörend, um sich beherrschen zu können, er pustete ein paarmal flüchtig und setzte das Schälchen an die Lippen, verbrannte sich jedoch sogleich die Zunge. Hannah und Luise halfen Amélie beim Auffüllen der restlichen Schälchen und schnitten Baguettes in Scheiben. Dabei unterhielten sie sich angeregt über die welterschütternden Ereignisse der vergangenen Tage und auch über die jeweiligen persönlichen Erlebnisse. Stéphane hörte den drei Frauen geduldig zu, kommentierte das Gesagte mal auf Englisch, mal auf Deutsch. Er war ein untersetzter gemütlicher dickbäuchiger Mann mit Brille und einer Glatze und Amélie erschien nicht weniger wohlgenährt. Er wirkte unscheinbar, während sie eine gewinnende Ausstrahlung hatte. »Sag mal, chère Luise, warum

siehst du so französisch aus? Hast du französische Vorfahren?«
Amélie musterte Luise voller Neugier von oben bis unten und
wartete gespannt auf deren Antwort. Luise lachte auf und ver-
neinte die Frage in perfektem Französisch. »Hah, genau das,
liebe Amélie, habe ich Luise auch schon tausend Mal gefragt!
Ihre natürliche Schönheit, ihre jugendliche Ausstrahlung,
ihr Esprit … und die Eleganz, wenn sie schreitet, wenn sie
spricht …« Hannah geriet ins Schwärmen. »Oui, oui, chère
Hannah!«, bestätigte die echte Französin. »Ihre glänzenden
grauen Haare, die Fältchen um die Augen, die ihre Anziehungskraft noch betonen!« »Oh, jetzt hört auf, ihr beiden!«,
unterbrach Luise sie lachend. »Ich danke euch aber für die
vielen tollen Komplimente!« »Ach … Stéphane … das Leben
ist ungerecht! Schaut uns an, echte Franzosen, und so dick!«
Dabei tätschelte sie Stéphanes runden Bauch. Die vier brachen
in schallendes Gelächter aus.

»Eure Suppe, Amélie, weckt die Lebensgeister, sie tut so gut,
und das Baguette ist auch hervorragend. Eine wunderbare Ab-
wechslung zu unseren Mahlzeiten«, lobte Hannah. Sie brach
sich ein Stück von ihrem Baguette ab, tunkte es so oft in ihren
Suppenrest, bis ihre Schale spiegelblank glänzte. »Ach … Essen
beruhigt die Nerven!« Sie kaute genießerisch. »Oh, geht's mir
gut!« »Was gibt es denn bei euch an Proviant, chère Hannah?«,
erkundigte sich Amélie. »Nicht der Rede wert. Trinknahrung.
Sogenannte Astronautenkost!« »Vergiss nicht, die Panzerkekse
zu erwähnen, Hannah!«, warf Luise ein. Hannah schüttelte
sich. Amélie und Stéphane verzogen das Gesicht. »Das Leben
ist zu … wie heißt das, mon amour?« Stéphane schaute seine
Frau hilfesuchend an. »Zu kurz, um schlecht zu essen?« »Ja,
oui, das meine ich!«, nickte der Franzose. »Mein Reden!! Mein
Credo!«, rief Hannah begeistert. Luise schmunzelte und kostete
die inzwischen erkaltete, doch immer noch herrlich mundende
Lauchcremesuppe.

Nach der Mahlzeit bat Amélie die Ankömmlinge an den Besprechungstisch.

»Lasst uns Informationen austauschen. Wir erzählen euch, was wir beziehungsweise unsere Wissenschaftler und unsere Regierung über die Ursache der Katastrophe vermuten, und dann seid ihr dran. In Ordnung, chers amis?« Amélie schaute dabei direkt Luise in die Augen. Diese räusperte sich. »Ja, klar, gern, Amélie. Unser Astrophysiker Christopher«, sie deutete mit ihrer linken Hand auf den etwas abseits Stehenden, »hat schon viele Erkenntnisse gesammelt.« Christopher winkte grinsend. Amélie blieb ernst, nickte nur kurz in seine Richtung und wandte sich wieder an Luise. Diese Frau erschien ihr kenntnisreicher, verbindlicher und zuverlässiger als alle anderen. »Chère Luise … du hast hier sicher das … wie soll ich sagen? Das wissenschaftliche Kommando …?« Luise räusperte sich zum zweiten Mal. »Nein, nein, liebe Amélie, Hannah und ich sind lediglich Begleitung. Das wissenschaftliche Kommando hat ebendieser Christopher.« »Schade.« Mehr sagte Amélie nicht. Das war auch nicht nötig. Allen Anwesenden war klar, was es bedeutete. Christopher war Amélie auf Anhieb unsympathisch.

Sie begann zu sprechen und blickte dabei am häufigsten Luise und auch Hannah an, obschon sich diese beiden Frauen lediglich als Begleitpersonen geoutet hatten. Nichtsdestotrotz. Es tat ihr gut, in diese herzlichen und mitfühlenden Gesichter zu schauen, schließlich geschahen unvorstellbare, furchtbare Dinge da draußen und etwas Trost konnte Amélie durchaus brauchen. Und diese beiden Gesichter spendeten ihr Zuversicht und flößten ihr Mut ein.

»Die Nahrungsmittel- und Medikamentenausgabestellen, welche unsere Regierung eingerichtet hat, wurden nahezu im Minutentakt überfallen … die Menschen wurden … wie sagt man? … verrückt, taten sich zusammen und begannen zu plündern. Sie besorgten sich Waffen, ihr seid einer solchen

Bande ja offensichtlich begegnet … die Polizisten, die die Arbeit der Ausgabestellen kontrollierten, wurden verjagt, einige sogar umgebracht. Es werden Feuer gelegt, es wird geschossen, hier herrscht das totale Chaos. Weder die Polizei noch die Armee beherrschen die Situation. Sie sind machtlos. Sie sind nicht mehr auf den Straßen zu sehen. Die Stadt gehört den Banden.« Hannah überzog eine Gänsehaut am ganzen Körper, Luise schüttelte entsetzt ihren Kopf. Amélie seufzte kurz, wandte ihren Blick von den beiden Frauen aber nicht ab. »Unsere Zivilisation ist zusammengebrochen. Kein vernünftiger Mensch traut sich mehr nach draußen. Und wer es dennoch tut, weil ihn Hunger oder Durst plagen, wird mit großer Sicherheit beraubt, womöglich getötet. Wir wissen nicht, wie viele Menschen sich überhaupt Vorräte für einen Katastrophenfall angelegt haben, aber es ist zu befürchten, dass es nur eine kleine Anzahl ist …« »Ja, das wird bei uns nicht anders sein …«, sagte Luise mit belegter Stimme. Sie dachte an den grausamen Mord an dem Apotheker. Amélie nickte und fuhr fort. »Da die Verteilung am Boden nicht funktionierte, haben die Behörden angefangen, die Menschen aus der Luft zu versorgen. Nun werden Pakete mit Essensrationen und Trinkwasser abgeworfen. Sporadisch. Doch wen erreichen diese Pakete? Die Bedürftigen oder die Banden? Ihr könnt es euch denken. Es ist eine Katastrophe. Diese Kriminellen. Sie empfinden keine Moral, keine Menschlichkeit. Es müssen unendlich viele Menschen in Not sein. Warum können wir nicht alle teilen? Warum halten nicht alle zusammen in dieser schweren Stunde? Wie können Menschen bloß zu solchen Gräueltaten fähig sein? … Wir wissen nicht, wie viele bereits in ihren Wohnungen jämmerlich zugrunde gegangen sind. Die Zahl der Opfer dürfte hoch sein. Alte, junge Menschen, Kinder … verdurstet … ohne lebensnotwendige Medikamente elendig krepiert … Wenn ich ehrlich bin … fühle ich mich schuldig … wir sitzen hier wie die Maden im Speck … und die anderen?« Sie endete mit gedämpfter Stimme. Stéphane berührte seine Frau sanft am Arm und flüsterte etwas Tröstendes auf Französisch, was nur Luise verstand. Nicht nur, weil sie die Sprache beherrschte, sondern auch weil sie über ein erstaunlich gutes Hörvermögen verfügte.

Amélie blickte mit nassen Augen in die schweigende Runde. Luise und Hannah lösten sich gleichzeitig aus der Schockstarre, ergriffen Amélies Hände und drückten sie. Diese seufzte dankbar und fuhr fort: »Die Energieversorgung ist zusammengebrochen. Bei euch ebenfalls?« Luise und Hannah nickten stumm. »Und auch in Bezug auf die Ursachen der Katastrophe sitzen wir sprichwörtlich im Dunkeln. Wir wissen nichts Genaues. Wir erhoffen uns von euch mehr Informationen.« Sie unterbrach sich: »Stéphane, wann kommt der Bote?« »Wir haben noch Zeit«, antwortete dieser fast unhörbar. »Gut. Also, nach dem Wenigen, was wir wissen, befinden wir uns nicht mehr an unserem angestammten Platz im Sonnensystem.« Amélie schaute zum ersten Mal Christopher an. Dieser zog seine Augenbrauen hoch und fragte verdattert: »Wie? Ist das alles? Haben wir wegen *dieser* Information unser Leben riskiert?« Amélie schaute ihn herausfordernd an. »Wir sind hier nicht zusammengekommen, um uns gegenseitig zu beleidigen, *cher* Christopher.« »Ach … sei nicht so empfindlich!«, Christopher ereiferte sich. »Wir wären fast erschossen worden für eine Info, die sogar unserer Hobbyastronomin längst bekannt war.« Er schaute Luise zürnend an. »Sagen Sie doch etwas, Luise! Das Ganze hier kann doch nicht wahr sein, oder?« Er stand auf und ging zum Fenster. Dann schlug er seinen Kopf ein paarmal gegen die Fensterscheibe. »Das gibt es doch nicht! Wo bin ich bloß hineingeraten? Alles Dilettanten hier!« Stéphane erhob sich und ging zu ihm. »Freund, bitte bleiben Sie ruhig. Bitte kommen Sie an den Tisch zurück. Wir sind doch ein Team. Kommen Sie, Freund!« Er legte ihm den Arm um seine

Schulter, doch Christopher riss sich los. »Mon dieu, qu'est-ce que si passe avec ce type?« Stéphane schaute erschrocken zuerst seine Frau und dann Luise an. Luise musste intervenieren. »Christopher, bitte kommen Sie wieder in die Runde, wir bringen das hier zivilisiert zu Ende. Oder soll *ich* erzählen, was Sie entdeckt haben?« Christopher war es gleich – er zuckte mit den Schultern, raunte sein ›Ahoi‹ und verließ fluchtartig das Zimmer. Im nächsten Augenblick hörte man ihn die Wohnungstür zuschlagen. »Er geht sicher eine rauchen«, meldete sich Konstantin zum ersten Mal zu Wort. »Mon dieu, doch nicht draußen?« »Ach, machen Sie sich keine Sorgen, Madame, lebensmüde ist er nicht, er bleibt sicher im Hausflur«, bemerkte Konstantin. »Na gut, dann machen wir ohne ihn weiter, ist mir auch lieber. Chère Luise, bitte erzähl uns, was ihr wisst!« »Nun gut.« Luise richtete sich auf. »Habt ihr eigentlich auch gesehen, wie die Planeten an uns vorbeigestürzt sind? Meine Familie und ich waren … ähm … live dabei!«

»Ja! Wir auch! Wir konnten unseren Augen nicht glauben. Wir können es irgendwie immer noch nicht fassen. Wie kann das sein?« »Tja … es ist schier unbegreiflich! Wir rasen in der Tat durch das Weltall! Wir wissen nicht, auf welcher Bahn wir uns befinden, es gibt keine Bezugspunkte mehr. Unser Astrophysiker, ich meine, Christopher, ist sich aber sehr sicher, dass der Mond immer noch unser Begleiter ist, und er ist davon überzeugt, dass unsere Reise, unsere Erde … wie soll ich sagen? … *gesteuert* wird. Wie und wodurch, wissen wir nicht, aber wenn sie nicht gesteuert würde, hätten wir mit hundertprozentiger Sicherheit längst eine Kollision erleben müssen. Mit einem Asteroiden. Oder einem anderen Planeten. Doch nichts dergleichen ist geschehen. Irgendwie sind wir bisher keinem Himmelskörper so nah gekommen, dass es eine Gefahr für uns darstellte. Und er meint, dass das eigentlich nicht möglich sei. Er hat außerdem Berechnungen angestellt, nach denen wir uns zwar noch in unserer Milchstraße befinden, allerdings zehntausend Lichtjahre von unserer Sonne entfernt. Und dass wir uns in Richtung des Zentrums unserer Galaxie bewegen, das noch circa fünfzehntausend Lichtjahre weit weg ist. Er meint, diese Geschwindigkeit könnten wir unmöglich ohne verheerende Auswirkungen auf das Leben auf unserem Planeten, ohne Erdbeben und Vulkanausbrüche halten. Es ist einfach nicht möglich. Also nehmen wir wohl Abkürzungen, sagt er. Abkürzungen in Form von Wurmlöchern. Oder Dimensionssprüngen. Oder, ganz gewagt spekuliert, in Form von Teleportation.« Luise schaute Amélie an. Diese fragte erregt: »Wir werden *gesteuert*, sagt er? Mon dieu! Genau das sagen unsere Wissenschaftler auch! Aber wer steuert uns?« »Wer oder was, wissen wir nicht.«

»Mon dieu! Dann ist es wahr, das Ganze ist also eine Art K I D N A P P I N G ? Eine Entführung … im großen Stil sozusagen …«

Amélie war das Entsetzen ins Gesicht geschrieben. »Ähm … so habe ich das noch gar nicht betrachtet …«, beeilte Luise sich zu entgegnen. »Hannah und ich zum Beispiel denken, dass es gut für uns ist, für die Erde.« »Ein Kidnapping ist gut für uns? Warum sollte es? Oh, Stéphane, was wird bloß werden?« Amélie war am Boden zerstört. Ihre Stimme war kaum noch vernehmbar. »Wer steuert uns? … Was wird uns widerfahren?«, flüsterte sie resigniert. Schweigen. Konstantin nieste. Seine Mutter fuhr fort. »Also, wir denken, dass alles gut wird. Und dass es sein *muss*, dieses, ja, nennen wir es Kidnapping. Die Gründe kennen wir noch nicht, aber das alles hat anscheinend einen Sinn. Wir leben noch. Die Erde existiert noch. Also … es muss ein Plan dahinterstecken. Es *muss* einen geben.«

»Mon dieu! Ist eure Regierung informiert?« »Ja. Wir kontaktieren sie regelmäßig, wir haben hier ein großartiges Gerät. Es funktioniert wie eure Kanne, ohne Strom und ohne Batterien«, sprach Hannah voller Stolz. »Sophie, zeig doch bitte unseren französischen Freunden deine Erfindung.«

»Oh, ja, bitte, erklär es uns, aber so, dass Technik-Dummies es auch verstehen!«, bat die Französin schmunzelnd.

Sophie lächelte und legte ihren KT in ihre linke Hand. Dann gab sie die Koordinaten der Wohnung ein. Plötzlich leuchteten zwei Handys und auch der Monitor auf dem Konferenztisch auf und von jedem Gerät aus erklang die Mondscheinsonate. »So habe ich euch gestern kontaktiert und uns angekündigt.« Das Paar war hellauf begeistert. »Ja, und wir dachten zunächst, in unserer Wohnung spukt es!«, erinnerten sich die beiden.

»Als Energiequelle nutze ich mein körpereigenes Magnetfeld, das durch die elektrischen Ströme in meinem Gehirn, meinem Herzen, den Nerven, Muskeln und anderen Organen erzeugt wird. Ihr könnt es euch so vorstellen wie die Erweiterung des Schlüssel- Schloss- oder Hand-in-Handschuh-Prinzips. Es ist dem ›induced-fit-Konzept‹ ähnlich. Es ist nicht statisch, beide Systeme, also meine linke Hand und das Gerät, treten bei Kontakt in Wechselwirkung und mein Energiefeld wird dermaßen verstärkt, dass ich überall hin eine Kommunikation herstellen und Nachrichten übermitteln kann, ganz gleich ob Handys geladen oder Computer an Strom angeschlossen sind oder eben nicht.«

»Fantastisch«, rief Amélie, »geht es auch mit meiner Hand? Darf ich es auch probieren? Können wir unsere Freunde und unsere Regierung jetzt auch anrufen?«, bestürmte die Französin Sophie mit Fragen.

»Du hast doch gehört«, tadelte Stéphane seine Frau, »es ist wie Schlüssel-Schloss!«

»Ja, es funktioniert nur mit meiner linken Hand, der KT ist so konzipiert … und über Telefonnummern ist kein Zugriff auf Geräte möglich, ich benötige Koordinaten. Manchmal tut es auch ein Code, zum Beispiel kontaktieren wir unsere Regierung mit einem speziellen Code … Ich habe darüberhinaus ein spezielles Gateway freigeschaltet, so dass umgekehrt unsere Regierung jederzeit mit uns Kontakt aufnehmen kann.«

Amélie schüttelte fasziniert ihren Kopf.

»Und das Gerät kann«, schaltete Hannah sich ein, »ach, wie heißt der Fachbegriff noch mal? Dieses super… super…?«

»Supervised learning.«

»Genau, das meine ich, es entwickelt sich, es lernt ständig weiter, und unsere Sophie ist seine Mama, also sie erzieht es und so weiter.«

»Fantastisch!! Luise, du hast tolle Kinder! Das wundert mich nicht!«

»Das ist wirklich großartig!«, staunte auch Stéphane. »Dieses Ding ist ein Vermögen wert, Mademoiselle, … ähm … wie sagt man? Das wird die Leute coûter la peau des fesses, ähm … die Haut des Hinterns kosten!« Sophie blickte ihn verdutzt an. »Mein Mann meint, deine Erfindung wird die Leute ein Heidengeld kosten.«

Dann schaute sie traurig Luise und Hannah an. »Wir werden in Kürze abgeholt. Ein gepanzerter Wagen bringt uns zu einer Militärbasis, wo wir eure Informationen weitergeben. Wir wissen leider nicht, wohin die Reise geht. Stéphane meint, sie müsste ganz in der Nähe liegen. Und das war's dann. Dann haben wir keinen Kontakt mehr zur Außenwelt. Zu euch. Auf die Schnelle kannst du uns nicht noch so ein tolles Ding bauen, Sophie? Oder?« »Ähm … nein, leider nicht, ich benötigte dazu mein Labor«, entgegnete Sophie leise.

Es wurde Zeit, Abschied zu nehmen. Den drei älteren Frauen fiel es schwer. In normalen Zeiten hätten sie sich im Handumdrehen angefreundet. »Wenn alles wieder gut ist, irgendwann, kommt uns bitte besuchen, chère Luise, ja? Macht ihr das, chère Hannah? Hier wohnen Stéphane und ich! Und dann feiern wir! Nicht wahr?« Die Frauen umarmten sich und küssten sich unzählige Male auf die Wangen. Major Berg und Tom verabschiedeten Amélie mit einem festen Händedruck. »Passen Sie bitte gut auf unsere Freundinnen auf!«, bat Amélie. Die beiden Soldaten nickten und murmelten etwas Unverständliches, woraufhin alle die Wohnung des französischen Paares verließen. Im Hausflur trafen sie auf den im Zigarettennebel eingehüllten und ungeduldig wirkenden Christopher.

Etliche Stunden waren bei dem Treffen verstrichen. Der Trupp machte sich nun eilig auf den Weg zum Helikopter.

Sie erreichten ohne Störungen die Landewiese, und die fünf Zivilisten erschraken im ersten Moment, da der Helikopter nicht an seinem Platz war. Es stimmte, er war wirklich unsichtbar. An diese verblüffende Tatsache mussten sie sich erst gewöhnen. Der Major setzte sein Nachtsichtgerät ab und ein Äquivalent auf. Damit konnte er den Hubschrauber orten und er half ihnen nacheinander hinein. »Sind wir denn nun auch unsichtbar, Tom, wenn wir uns darin befinden?«, fragte Hannah leise den hinter ihr schreitenden Soldaten. Der nickte knapp. »Luise, wir sind dann auch unsichtbar!«, flüsterte Hannah ihrer Geliebten aufgeregt zu.

Sophie sandte die Infos der Franzosen an die Regierung. Alles, was sie über die Lage in dem befreundeten Land herausgefunden hatten, teilte sie den Verantwortlichen schriftlich mit. Und natürlich erstattete sie auch Meldung über Christophers neue Erkenntnisse. Den Scutum-Crux-Arm habe die Erde vor Kurzem durchquert und nähere sich nun dem Norma-Arm, der dem Kern am nächsten lag.

»Christopher, es herrschen durchgängig konstante Außentemperaturen. Was meinen Sie, wie kann es sein, dass wir keine Eiszeit auf unserem Planeten erleben?«, fragte Luise. »Ahoi, präsentieren Sie mir doch zuerst Ihre Hypothese! Sie haben doch sicher eine!« »Ja, die habe ich. Hannah und ich, wir beide glauben, dass ein Schutzschirm um die Erde erschaffen wurde, eine Art Blase. Wir sollen die Reise überleben. Das Leben auf unserem Planeten soll überdauern. Unsere Erde im Ganzen. Nichts soll zerstört werden.« Christopher grinste. »Und wer, Luise, hat Ihrer Meinung nach diese monströse Blase erschaffen?« Luise antwortete, ohne zu zögern: »Eine uns wohlgesonnene Macht.« Christopher lachte auf. »Vielleicht unsere Regierungen?« »Bestimmt nicht, dazu sind sie nicht in der Lage!«, warf Konstantin ein. Christopher antwortete ihm, ohne aber den Blick von Luise abzuwenden: »Misch dich nicht ein, Kleiner!« »Warum sind Sie so unhöflich meinem Sohn gegenüber?« »Luise, bitte fahren Sie einfach fort, also, wer schützt uns?« »Ich weiß es nicht. Eine außerirdische Macht, denke ich!« »Ich denke das auch!«, bestätigte Hannah. »Und warum tun sie das? Was haben sie mit uns vor? Wozu brauchen sie uns, Luise?«, drang Christopher weiter in sie. »Sie brauchen uns nicht. Es mag Wesen geben, die bedingungslos helfen, meinen Sie nicht, Christopher?« Dieser lachte wieder spöttisch auf. »Nein, solche gibt es nicht! Oh, sind Sie etwa gläubig? Glauben Sie an Gott? Meinen Sie, Gott hat diese Blase erschaffen?« »Ich glaube nicht an den Gott, der von den Religionen kreiert wurde. Ich glaube aber an etwas Allmächtiges. Und dass dieses Allmächtige gut ist«, sprach Luise mit fester Stimme. Sie zuckte zusammen, als Christopher ihr arrogant ins Gesicht lachte: »Oh, das ist naiv, Luise! Ich habe Sie gar nicht für so einfältig gehalten.« Luise ließ sich von ihm nicht provozieren, nur ein leichtes Zucken um ihren linken Mundwinkel verriet Menschen, die sie gut kannten, dass sie verärgert war. »Ich sage Ihnen, was passieren wird. Man wird die Menschheit versklaven. Sie brauchen uns, oh, und ob sie uns brauchen. Ich habe da eine Theorie. Sie ist nichts für kleine Jungs. Konstantin, hör weg, sonst kriegst du Alpträume.« Da war es wieder, Luises Mundzucken. Dieses Mal stärker.

»Diese außerirdische Macht, in der Tat glaube ich auch, dass eine solche uns entführt, braucht uns zu medizinischen Zwecken. So wie wir mit Tieren herumexperimentieren, so werden sie es mit uns machen. Es wird grauenhaft werden.« »Warum müssen sie uns dafür entführen?«, meldete Hannah sich zu Wort. »Uns ausschlachten, das hätten sie doch längst tun können, als wir uns noch tagein, tagaus um unsere Sonne drehten.« »Hannah, ist Ihnen das nicht klar? Weil wir in unserem Sonnensystem zu viel Macht hatten. Wir waren gut vernetzt und wir hätten uns mit unseren gefährlichsten Waffen, unseren Atombomben, wehren können. Und somit alles Leben auslöschen. Genau das wollten sie nicht. Das mochten sie nicht riskieren. Sie wollen die unversehrte Erde. Den unversehrten Menschen. Tot sind wir für sie ohne Wert.« Er schloss seine Darstellung mit einem »Ahoi« und lehnte sich genüsslich zurück. »Wenn Sie dieser Meinung sind, wie können Sie dann überhaupt noch hier mit uns sein und Späße machen? Warum beenden Sie nicht sogleich Ihr Leben?«, fragte Hannah unverblümt. »Weil, liebste Hannah, weil … solange wir reisen, sind wir in Sicherheit. Wenn wir ankommen, wo auch immer, dann geht das Pokern los. Ich werde mich nützlich machen, ich werde mit meinem Wissen für diese Macht unersetzlich sein. Ich werde ihr Vermittler werden. Ich werde euer Hohepriester, ich werde euer König, der König der Ratten. Und wenn Sie zu mir nett sind, Hannah, werde ich für Sie und Ihre Luise ein gutes Wort einlegen, dann können auch Sie Vermittler werden.« Daraufhin brach er in schallendes Gelächter aus. Er stand auf und begab sich – immer noch lachend – in die kleine Nasszelle.

»Ich bin platt! Bei diesem Mann weiß ich nie, was er *wirklich* meint und wann er Späße macht. Sophie, war das sein Ernst eben?«, fragte Hannah ängstlich. »Ach, er ist ein Scherzkeks, Hannah, mach dir keine Gedanken.« »Die mache *ich* mir aber auch, Sophie, und das solltest du ebenfalls, finde ich. Irgendetwas stimmt doch nicht mit ihm … entweder ist er …«, Luise suchte nach dem passenden Wort. »Verrückt?«, warf Konstantin ein. »Richtig, entweder das oder aber …«, Luise zögerte. »Oder aber, er weiß mehr, als er uns sagt?« Luise antwortete nicht, nickte bloß in seine Richtung, vollends in Gedanken versunken.

12

Sie landeten auf einem verlassenen Militärflughafen, wo sie auf weitere Instruktionen warten sollten. Luise hatte das untrügliche Gefühl, dass es dieses Mal mindestens ebenso lange wie beim vorigen Mal dauern würde, bis sie die neuen Koordinaten mitgeteilt bekämen. Eine große Erleichterung aber war, dass sie dieses Mal den Heli verlassen durften. Sie sollten zwar in unmittelbarer Nähe bleiben, doch ein wenig frische Luft durften sie schnappen, teilte ihnen der Major mit. Luise beschloss, sich ein wenig auszuruhen. Hannah neben ihr übte fleißig lateinische Vokabeln.

»Herr Major Berg?«, Konstantin näherte sich dem Offizier und blieb in respektvoller Entfernung stehen. Der Major drehte sich zu ihm um. »Darf ich Sie etwas fragen?«, bat der junge Mann. »Sicher, schieß los!« Konstantin grinste, wie passend diese Aufforderung doch war. »Es imponiert mir sehr, wie Sie mit der Waffe umzugehen wissen. Ich …« Er zögerte kurz, wusste nicht, wie er sich ausdrücken sollte. Der Major zog lediglich seine buschigen Brauen hoch und wartete. »Ich wüsste gern, welche Kampfausbildungen Sie absolviert haben.« Jetzt war es heraus. Konstantins Leidenschaft, sein Interesse an jeglicher Sportart, auch am Schießsport. Davon ahnte der Major aber nichts. Christopher ebenfalls nicht, der diese Unterhaltung mit anhörte und nur verächtlich schnaubte. »Dein Bruder ist eine Memme, Sophie, er schleimt sich gerade bei dem Alten ein«, giftete er. Sophie reagierte nicht, sie war zu sehr beschäftigt mit ihrem Gerät, welches digital einen evolutionären Sprung zu vollbringen schien, und die Kleinjungenspielchen tangierten sie kein bisschen. Luise machte ein Nickerchen, Tom wartete den Hubschrauber. Hannah fühlte bleierne Schwere in ihren

Gliedern. ›Ich sollte ebenfalls versuchen einzuschlafen, die Vokabeln laufen mir nicht davon‹, sagte sie sich. Doch es wollte ihr nicht gelingen. Daher schnappte sie Christophers Bemerkung auf, ärgerte sich darüber, rang sich aber um des lieben Friedens willen dazu durch, ihn nicht zurechtzuweisen. Sie schloss die Augen und wiederholte in einem fort die Worte: ignorieren, ignorieren, ignorieren. Doch wie sollte sie diesen Menschen ignorieren, der offenbar gerne provozierte? »Der Boss hatte recht, dein Bruder ist wirklich noch ein Bub, er hat hier nichts verloren … aber nun … andererseits, ihr hattet keine Wahl, einen Bub hättet ihr schlecht allein zu Hause zurücklassen können. Warum bist du denn eigentlich nicht allein losgefahren?« Sophie murmelte lediglich, er solle still sein, sie wolle sich auf ihre Arbeit konzentrieren. »Deine Mutter und diese andere Frau, die trauen dir wohl nicht allzu viel zu.« Christopher haute immer noch in dieselbe Kerbe. »Meinen sie, du kannst nicht selbst auf dich aufpassen?« ›Kind, Sophie, antworte ihm, dass ihm die Ohren schlackern!‹, dachte Hannah bei sich. Doch Sophie schien ihn nicht wahrzunehmen. Und leider auch nicht Hannahs Gedanken zu erahnen. Ach, das war typisch Sophie. Sie konnte sich intensiv auf ihre Arbeit konzentrieren, so gut, dass sie darin ganz gefangen war und nichts, aber auch gar nichts um sich herum realisierte. So auch in diesem Moment. Christopher, der diese Gabe weder hatte noch von Sophie bereits kannte, empfand ihr Schweigen als Aufforderung weiterzusprechen. »Du bist doch eine erwachsene Frau, also ich hätte keine Lust, mit meinen Alten hier zu hocken.« Er zuckte zusammen, als sie ihn anstupste, denn er hörte gar nicht, dass sie sich ihm näherte. Diese Leichtigkeit hatte er ihr überhaupt nicht zugetraut. Urplötzlich stand sie direkt hinter ihm und funkelte ihn böse an. »Warum sind Sie auf Streit aus? Haben Sie nichts Besseres zu tun? Ich dachte zunächst, Sie wären ein anständiger und freundlicher Mensch, doch ich habe mich getäuscht. Merken Sie nicht, wie überflüssig und gemein es ist, was Sie von sich geben? Sie bewerten und verurteilen Menschen, ohne sie und ihre Hintergründe zu kennen. Das ist eine verdammt schlechte Eigenschaft! Sie müssen noch viel lernen, daher würde ich eher *Sie* einen Bub nennen als Konstantin!« Die Spitze war treffsicher platziert, denn der Astrophysiker machte den Mund auf, wollte er protestieren?, schloss ihn aber sogleich wieder. Dann fuhr Hannah etwas versöhnlicher fort: »Christopher! Kooperation! KOOPERATION, nicht Konfrontation ist das Mittel der Wahl! Bitte denken Sie darüber nach!«

An Sophie gewandt, meinte sie: »Sophie, halt dich von diesem Kerl fern oder noch besser: Sag ihm deine Meinung!« Sophie schaute endlich auf, sah ungläubig von einem zum anderen und verstand rein gar nichts. »Ach, Sophie«, murmelte Hannah kopfschüttelnd und kehrte zur schlummernden Luise zurück. Sie setzte sich auf ihren Platz und beschloss, den Vorfall zu vergessen. Ein Pralinchen hätte ihr dabei sicher helfen können. Doch es gab keine hier. Ob sie jemals wieder eins würde kosten können? ›Wie wird die Welt in ein paar Tagen aussehen? Was wird geschehen? Wird es eine Kollision geben?‹ Schließlich rasten sie durch das Universum und niemand saß am Steuer. Oder doch? ›Vielleicht hat die Erde doch ein Steuerrad, und ein tapferer Steuermann – oder besser: zwei tapfere Steuerfrauen à la Luise und Hannah – lenken.‹ Sie lächelte kurz über das aufflackernde Bild. Hannahs Angst vor einer Kollision mit einem Himmelskörper war übermächtig, denn das würde bedeuten, dass alles Leben auf dieser Erde ausgelöscht würde. Sie schaute gedankenverloren aus dem Fenster des Helikopters und sah in unmittelbarer Nähe im Halbdunkel zwei Personen miteinander kämpfen. »Oh nein, oh nein, Luise! Luise, wach auf, schnell!!« Sie schüttelte Luise und diese war im Nu hellwach. »Was ist passiert?« »Oh, Luise, schnell, der … der ist doch verrückt, der prügelt auf Konstantin ein!« Christopher registrierte vergnügt diese Bemerkung, sah kurz aus dem Fenster und blieb, wo er war. Und Sophie? Sophie war in Gedanken, wer weiß, wo. Luise und Hannah kletterten, so schnell sie konnten, aus dem Helikopter und schrien schon von Weitem: »Hört auf!« »Seid ihr des Wahnsinns?« »Konstantin, was …?« Hannah stürzte sich auf den Major, trat ihm vor die Schienbeine, zerrte an seiner Uniform und gab ihm einen Rippenstoß, und Luise zog an Konstantin, erwischte aber nur sein Hemd, welches zerriss. »Maama!«, schrie Konstantin entsetzt. Der Major zog nur seine Augenbrauen hoch und prustete los, schaffte es aber gerade noch rechtzeitig, Hannah aufzufangen, die über seine Füße zu stolpern drohte. Das war das erste Mal, dass die drei ihn so belustigt erlebten, und die beiden Frauen erkannten, dass die ›Kampfhähne‹ lediglich miteinander trainierten. Alle vier brüllten sie nun vor Lachen. Da Hannah mit Christopher und ihren Endzeitvisionen beschäftigt gewesen war, hatte sie nicht mitbekommen, dass der Major und Konstantin eine gemeinsame Passion entdeckt hatten, und so wusste sie auch nicht, dass der Major dem jungen Mann versprochen hatte, ihm einige Techniken beizubringen, wann immer sie dazu Zeit fanden, wie etwa das Alpha-System und Savate, von denen er das meiste hielt. Es waren sehr gute Selbstverteidigungstechniken und wunderbar für den Nahkampf geeignet. Es sei nicht schlecht, wenn Konstantin sie beherrschte, fand der Major, und der Junge sei sehr talentiert.

Die beiden Frauen umarmten sich und gingen Hand in Hand zum Helikopter zurück. Der Major schaute ihnen nach. Wäre Konstantin nicht mit den eben erlernten Techniken beschäftigt gewesen, wäre ihm der wehmütige Blick des Majors nicht verborgen geblieben. Die große schlanke Frau, sie war schön, sie sah *ihr*, ihr, die sich mit Widerhaken in seiner Seele festgesetzt hatte, so verdammt ähnlich. Vor allem, wenn sie lächelte. Die Ähnlichkeit war frappierend, es schmerzte ihn, sie zu sehen. Sehr sogar. Denn sie schien glücklich mit dieser Hannah zu sein.

»Herr Major? Wollen Sie nicht mehr?«, Konstantin schmollte scheinbar. »Nein, mein Junge, für heute reicht es.« ›Schade. Es war doch gerade so schön‹, dachte Konstantin betrübt.

Der Major ging zu Tom, der die Wartungsarbeiten fast schon beendet hatte.

Die beiden Frauen betraten den Hubschrauber. Konstantin dicht hinter ihnen. Als Hannah sah, was sich darin abspielte, setzte ihr Herzschlag einen Moment aus und ihr stockte der Atem. Dieser rauchende Lackaffe stand hinter Sophie und massierte ihre Schultern. Und Sophie schien diese Zuwendung sehr zu gefallen. »Warte kurz, Liebes!« Sie löste sich von Luise und preschte auf die beiden ›Turteltauben‹ zu. »Sophie, dieser Typ ist nichts für dich, hör auf, er ist ein … ein …« Sie suchte und fand nicht das richtige Wort. »Ein Arschloch, meinst du, Hannah?« ›Der Junge ist klasse‹, schoss es Hannah durch den Kopf. Sie schaute Konstantin dankbar an und nickte. »Ja, genau das!«

Christopher setzte sich in Bewegung, ging an Hannah vorbei, ohne sie eines Blickes zu würdigen, und näherte sich langsam Konstantin. Sein Gesicht wirkte versteinert. Konstantins eher amüsiert. »Hey, Schwesterherz, mir fällt grad ein Gedicht ein, hör mal: Sophie, weich vom Wege nicht, bleib allein und halt nicht an, traue bloß nicht diesem Mann.« Dabei zeigte er mit dem Kinn auf Christopher. Er fuhr fort, dabei nahm seine Stimme eine immer tiefere Tonart an. »Geh nicht bis zum bitt’ren Ende. Gib dich nicht in seine Hände! Deine Schönheit zieht ihn an, doch ein Wolf ist dieser Mann! Weine um ihn keine Träne, Christopher, der hat scharfe Zähne!« Christopher starrte ihn an. Er war einen Kopf kleiner als Konstantin und wirkte neben ihm einfach nur schmächtig. Keine Frage, den Sieg würde der Jüngere davontragen, doch Hannah wollte nicht, dass die beiden sich stritten. Sie fühlte sich verantwortlich für diese Eskalation. ›Oh nein, oh nein, hoffentlich gibt es nun keine Prügelei, ach, hätt ich mich bloß zurückgehalten! Warum habe ich meinen Mund nicht gehalten?‹, dachte sie und fühlte sich schuldig. »Für d i c h, du Kleinkind, du Muttersöhnchen, bin ich *Herr Doktor Doktor*! Verstanden?« Dann grinste er überheblich. »Oh, ups … dein Schnullerchen ist dir aus dem Mündchen gefallen, oh, weine nicht, Kleiner!« Er tat so, als wolle er Konstantin tätscheln, ihm über den Kopf streichen, doch Konstantin wich rechtzeitig aus, diese Wendigkeit verdankte er eindeutig seinem zähen Training.

»Wer ist hier ein Kleinkind? Wer hat einen Schnuller? Was soll das, Chris?« Sophie schaute verständnislos von einem zum anderen. »Ihr zwei, ihr seid wie zwei aufgeplusterte Kampfhähne, peinlich seid ihr, alle beide!! Warum müssen Männer immer so kindisch sein? Habt ihr sie noch alle? Ist euch nicht klar, was wir für Riesenprobleme haben? Wir können sterben – jederzeit! OHHH! Raus hier! Ich will euch nicht mehr um mich haben, keinen von euch! Raaaaaus!« ›Oh, unsere Sophie ist erwacht‹, dachte Hannah froh. »Konstantin bleibt hier drin, Christopher geht sich ein wenig draußen abkühlen, schlage ich vor! Seien Sie so gut, Christopher, und gehen Sie bitte!«, schaltete sich Luise ein, die das Ganze nicht wirklich verstand, aber keine andere Wahl hatte, als die Situation zu entschärfen. Und darin war sie wirklich Meisterin. Er bewegte sich jedoch nicht. »Hinfort mit Ihnen, Christopher!«, sagte sie streng. Es funktionierte. Christopher schaute Konstantin noch einmal verächtlich an und verließ mit seinem ›Ahoi‹ den Hubschrauber. Nun war die Familie unter sich. Es tat gut, es war das erste Mal, seit sie die Mission angetreten hatten, dass die vier kurz allein sein durften. Sie fielen sich in die Arme. Hannah nutzte den Moment, um Sophie vor Christopher zu warnen, erzählte aber nicht alles, weil sie die Antipathie Konstantins nicht verstärken wollte, und ließ die Passagen, die den jungen Mann persönlich betrafen, aus. Sophie versprach aufzupassen und versicherte, nicht verliebt zu sein, ihn nicht als Mann, sondern als Wissenschaftler toll zu finden. Die drei atmeten erleichtert auf und hofften inständig, dass es dabei auch bliebe. Nur Luise erfuhr später die gesamte Version der Geschichte.

13

Christopher rauchte draußen genüsslich eine Zigarette. ›Ach, hätte sie nicht ihre Familie im Schlepptau, wäre ich längst am Ziel‹, sinnierte er. Zu dumm, dass ihre Mutter solch eine Autorität ausstrahlte, er gestand sich ein, dass er eher dem Major als ihr widersprechen würde. Sonderbar. Er zuckte mit den Schultern. ›Was soll's?‹ Er beschloss, sich ein wenig die Beine zu vertreten und warf die Kippe achtlos weg. »Treten Sie sie aus!« »Tom? Was machst du denn hier so allein? Mensch, hast mich echt erschreckt!« »Ihre Zigarette brennt noch. Austreten sollen Sie sie«, kam prompt die schroffe Antwort. »Kannst mich ruhig duzen … oder hast du so viel Respekt vor mir?« Keine Reaktion. »Vor meinen Doktortiteln?« Schweigen. ›Er redet für meinen Geschmack einfach zu viel‹, dachte Tom unverhohlen. »Anfang dreißig bist du, hat der Major mal erwähnt … richtig?« Ein knappes Nicken. »Ich bin dreiundvierzig. Sag mal, bist du immer so wortkarg? Hmmm, bist du verheiratet?« »Nein.« »Magst du den Major?« »Ja!« »Bist du gern Soldat?« »Ja!« »Kannst du mehr sagen als ›Ja‹ und ›Nein‹?« Schweigen. »Wie findest du unsere heiße Schnitte? Sie ist echt sexy, nicht wahr? Und ihre Mutter erst, wow, eine wahre Femme fatale! Heiß!« Er schnalzte mit der Zunge. »Sie ist noch heißer als ihre Tochter, Mann! Mein Vulkan steht kurz vorm Ausbruch!« Tom schaute ihn befremdet an, sagte aber nichts. Man konnte in seinem Gesicht nicht lesen. Christopher fuhr ungeniert fort. »Sag mal, Tom, du weißt doch ganz genau, wie unser Zeitplan ausschaut. Du kannst mir sicher sagen, wann sich die Gelegenheit für ein … du weißt schon … ergeben könnte … Hat der Hubschrauber vielleicht eine kleine geheime Kammer oder so, die ich kurz nutzen dürfte?« »Was meinst du?« »Komm schon, tu nicht so dämlich! Ich würd gern unsere Informatikerin flachlegen, sie ist echt heiß, heiß auf mich! Also, was denkst du? Wo und vor allem wann könnte ich …?« »Ich verbiete dir, so über diese wundervolle und intelligente junge Frau zu sprechen!«, entgegnete Tom reserviert und setzte nahezu emotionslos hinzu: »Ein Mal noch, merk dir das, dann explodiert MEIN Vulkan und ich breche dir alle deine Knochen!«

»Wow, du kannst ja ganze Sätze sprechen! Alle Achtung! Oh, und was für ein Kavalier du bist! Ein richtiger Ritter! … Sag mal, hast du dich etwa in sie verguckt?« Er grinste und fuhr fort. »Ach, wie niedlich! Doch … oh …«, und nun machte er ein trauriges Gesicht, »was für ein Pech, ach, wie schade, dass die heiße Maus auf *mich* steht, ach, das tut mir leid für dich! Ehrli…, auaaa! Bist du bekloppt, Mann?« Tom hatte genug und verdrehte Christopher kurzerhand den Arm. Er hatte einen athletischen, muskulösen Körperbau und überragte sogar seinen Vorgesetzten und Christopher war somit ohne Chance, sich zu befreien. »Mann, lass los, verstehst denn du keinen Spaß? AUA, unterlass das!«

»Hörst du auf, so respektlos über sie zu reden?«

»Klar, war doch nur Spaß! Kannst … aua … Kannst sie von mir aus haben! Au … Das tut verdammt weh!«, jaulte Christopher. Tom drehte fester. »Das soll es auch, Dr. Ahoi!« Christopher schrie auf. Am Fenster erschien Sophie, sah die Szenerie, schüttelte den Kopf und verschwand wieder. »Du Nichtsnutz«, flüsterte Tom wutentbrannt und ließ Christopher los. Dieser fiel auf den Boden, krümmte sich vor Schmerzen und heulte.

14

Ganz allmählich wurde der Himmel etwas heller. Es herrschte nicht mehr die totale Finsternis. Indirektes Licht sorgte für das Gefühl einer Dämmerung. Es drängten sich Vergleiche auf zu Wintern in Skandinavien, in denen es der Sonne nie gelang, den Horizont zu überschreiten. Christopher war sich sicher, dass der Stern Omega-Fluctus auf dem Norma-Arm für die Helligkeit verantwortlich sei und auf der anderen Seite der Erdkugel gleißende Hitze herrsche. Mindestens 40 Grad im Schatten. Draußen benötigten sie nicht mehr ihre Nachtsichtbrillen. Es tat gut, etwas Licht wahrzunehmen, und Luise fühlte in sich eine Zuversicht, die Gewissheit, dass alles gut würde. »Luise, was denkst du? Werden wir überleben?«, fragte Hannah. Luise nickte. »Ich habe Angst vor einer Kollision, und auch vor dem, was Christopher gesagt hat. Ich will kein Vermittler sein für eine böse Macht, Luise.« »Nein, ich natürlich auch nicht, aber komm, lass uns darauf vertrauen, dass wir von den Guten gesteuert werden, Hannah! Und wir zwei, wir fühlen doch, dass genau das stimmt! Sie sind da, wir werden beschützt, ich weiß das einfach! Komm, lass uns etwas ausruhen, bald treffen wir das nächste Team. Alles wird sich finden.« »Warum zeigen sie sich uns nicht, Luise?« »Sie tun es doch. Wir haben schon oft diese unerklärlichen Lichter gesehen.« »Aber so richtig, meine ich.« »Hannah, schau, vielleicht sind sie immer da und wir können sie mit unseren Sinnen einfach nicht wahrnehmen?« »Ja«, lächelte Hannah, »so wie der kleine Regenwurm auch nicht erkennt, wer ihn von einer stark befahrenen Straße aufhebt und auf den rettenden Rasen setzt. Wahrscheinlich weiß er nicht einmal, dass er gerettet wurde.« »So ist es. Und ist es der Hannah wichtig, dass der Regenwurm sie sieht, erkennt, ihr dankt und für sie einen Tempel erbaut?« Hannah lachte:

»Ein Tempel der Hannah. Ach, du hast recht. Sie sind da. Sie helfen uns und das reicht ihnen. Meinst du, die intellektuellen und mentalen Unterschiede sind so gewaltig wie zwischen uns und dem Regenwurm?« »Ja, doch, das meine ich. Und ich denke, wir sind noch lange nicht so weit, dass wir ihre Präsenz aushalten würden. Sie warten auf den richtigen Moment. Die Menschheit ist noch viel zu unreif.«

15

Später in der Nacht, als sie wieder unterwegs waren, Hannah, Luise und Konstantin tief und fest schliefen und Tom flog, rückte Christopher etwas näher an Sophie heran und legte seinen Kopf an ihre Schulter. Sie erwachte von dieser Berührung und schaute ihn ungläubig an. »Hey, du, magst du einen Kaffee?«, säuselte er. »Ja, warum nicht? Es ist zwar …«, sie blickte auf ihre Armbanduhr, »… mitten in der Nacht, kurz nach drei, aber nun, warum nicht?« Er verschwand und kam strahlend mit zwei Bechern heißen und köstlich duftenden Kaffees wieder. »Sag mal, du wundervolle und intelligente junge Dame, magst du mit mir mal essen gehen, sollten wir diese Mission überleben?« Sophie schmunzelte: »Ja, warum nicht. Obwohl … ich habe mir geschworen, ich gehe nur noch mit Männern aus, die mindestens 100 Pi-Nachkommastellen kennen.« Er begann umgehend sie aufzuzählen. »1 … 4 … 1 … Ähm … 5 … 9… 2 … Ähm … 6 … 5 … 3 … 6…« »Falsch! Schade! Das war's dann wohl mit uns zweien! Die 5, Christopher, die 5 wäre richtig gewesen!« »Ich lerne sie, versprochen! Wie viele kannst du denn?« »Oh, ich bin weit von irgendwelchen Höchstleistungen entfernt …«, kokettierte sie, »der Rekord liegt zurzeit bei über siebzigtausend!« Christopher pfiff durch die Zähne. In Wahrheit fand er Menschen, die diese Ziffernfolgen auswendig lernten, idiotisch, aber ihm war klar, dass es ebenso idiotisch wäre, seine Meinung dieser Frau nun zu offenbaren. Das würde ihn nicht zu seinem Ziel führen. Also spielte er den Bewunderer. »Also, schöne Frau? Verrat es deinem Verehrer! Wie viele?« »Na gut! Ich bin letztes Jahr dem Pi-1000er-Club beigetreten«, antwortete sie stolz. »Respekt! Ich bewundere Frauen, die genauso schön wie klug sind!« »Davon gibt es mehr, als die meisten annehmen!«, entgegnete Sophie.

»Die wundervollste sitzt vor mir …«, gurrte er. ›Hmm, warum bloß finden ihn Mama und Hannah komisch, irgendwie ist er süß.‹ »Vorschlag! Ich lerne hundertundeine! Und dann fahre ich zu dir und sage sie auf. Und dann, dann wirst du mit mir ausgehen MÜSSEN. Oh, hoffentlich überleben wir diese Reise! Sonst sterbe ich!« Sophie schmunzelte. »Ich dachte«, begann er wieder, »schöne Frauen wie du erwarten von ihren Rittern Romantik. Gedichte.« »Na klar. Sowieso. Kannst du denn eins?«, neckte sie ihn. »Lass mich nachdenken …« Er kratzte sich mit dem linken Daumen an seinem blonden Dreitagebart. »Ich liebe dich. Du liebst mich. Wir gehen ins Bett und lieben uns fett!« Sie lachte. Ihr perlendes Lachen weckte die Schlafenden. »Wir wollen auch lachen!«, brummte Konstantin. »Nichts für dich, Kleiner!« Sophie kniff ihn sanft in den Arm. Er gab sich einen Ruck und sprach milder: »Wir reden über Pi. Weißt du, was Pi ist, Kleiner?« »Klaro!« Er ignorierte die herablassende und provokante Ansprache. Er wollte sich nicht auf Christophers Niveau herablassen und sich wegen jeder Kleinigkeit in einen wütenden Stier verwandeln. Zumindest wollte er es versuchen, schwor er sich. »Wie viele kannst du auswendig, Kleiner?« »Alle! Und *ich* kann sie rückwärts aufsagen!« Nun konnte sich niemand mehr das Lachen verkneifen.

»Sag mal, was hat denn Tom gestern draußen mit dir gemacht?«, fragte Sophie, als ihre Familie wieder zu schlafen schien. Christopher schwieg. »Magst du es mir nicht sagen?« Er schwieg immer noch. Sophie wurde immer neugieriger, denn es war sehr untypisch für diesen Mann, dass er eine Frage nicht beantwortete. Christopher bemerkte, dass sie unruhig wurde, und gratulierte sich zu seiner Taktik. Also schwieg er unverdrossen weiter. ›Ach, Frauen sind doch alle gleich, willst du sie auf dich heißmachen, brauchst du lediglich nachdenklich oder betrübt dreinzuschauen.‹ Und dann plötzlich stieß er einen Seufzer aus. »Ich kann es nicht sagen, Sophie, ich kann nicht.« »Ich verrate es niemandem, Chris, ehrlich, du kannst mir vertrauen!« »Wirklich niemandem? Deiner Familie nicht? Und auch Tom nicht?« »Aber natürlich nicht! Wofür hältst du mich?« Er tat so, als würde er einen inneren Kampf ausfechten. Sophie saß wie auf heißen Kohlen, rückte sogar ein klein wenig an ihn heran und biss sich fortwährend auf die Unterlippe. Er genoss seine Rolle sehr. ›Frauen sind wirklich einfach gestrickt.‹ Er ließ sie noch ein klein wenig zappeln, dann begann er, zögerlich … sich räuspernd. »Also gut. Es fällt mir schwer, denn ich habe ihn ganz anders eingeschätzt.« »Wen? Tom?« Christopher nickte langsam. »Er hat etwas gesagt, was mir sehr missfallen hat, Sophie!« »WAS? Nun sag schon!« »Etwas über dich.« Sophies Herz überschlug sich. »Ich … versprichst du mir, dass du ihm nicht die Augen auskratzt, wenn ich es dir sage?« »Chris! Ehrenwort! Das ist er mir gar nicht wert, dass ich mir seinetwegen meine schönen Nägel ruiniere!« Sophie lächelte keck. ›Gottchen, es funktioniert! Sie fährt voll darauf ab! Das geht an ihre Herzklappen!‹ »Also gut. Er hat nichts Schönes über dich gesagt. Nun, nichts Ehrenhaftes, verstehst du? Er hat sich sehr vulgär ausgedrückt. Er wirkt so anständig, Mann, doch er ist es nicht. Er hat wohl … jede Woche eine andere und dich hat er auch auf seine Liste gesetzt, oh, Sophie, ich bin dann wütend geworden!« Er verdrückte sich eine Träne. Es fiel ihm leicht, denn sein Arm tat ihm immer noch höllisch weh. Sie konnte nicht anders, sie küsste ihn auf den Mund. »Du bist so lieb und so tapfer!« »Ja, aber er ist so viel stärker, es tut mir so leid, wie gern hätt' ich ihm all seine Knochen gebrochen, oh, Sophie, ich lasse nicht zu, dass jemand über dich so spricht.« Sophie war unendlich gerührt! Eine Gänsehaut überzog ihren ganzen Körper und es überkam sie große Lust, sich an diesen Mann zu kuscheln. ›Ach, was soll's, ich küsse ihn noch einmal.‹ Es wurde ein langer, intensiver Kuss. ›Wie gern würd' ich das

Hannah und Mama erzählen, aber ich darf nicht, ich habe es ihm versprochen. Andererseits hätten sie dann eine andere Meinung von ihm … na ja, wenn die Mission überstanden ist und er mich ausführt, spätestens dann erzähle ich es ihnen.‹ Und sie sah vor ihrem inneren Auge, wie Hannah und ihre Mutter am Esstisch saßen und sie ihnen feierlich eröffnete, wie ritterlich und nobel sich Chris in jener Nacht verhalten hatte und was für ein lieber Kerl er doch war. Und sie sah, wie ihre Mama sich freute, aufstand und ihre Tochter glücklich umarmte und Hannah derweil freudig in die Hände klatschte. Sie sah, wie Chris schick gekleidet mit drei Blumensträußen in den Händen an ihre Haustür klopfte und wie sie verliebt und aufgeregt in ihrem blauen Lieblingskleid öffnete. Sie sah, wie er galant die etwas kleineren bunten Sträuße Mama und Hannah und den großen, mit betörend duftenden roten Rosen bestückten ihr überreichte und statt zu grüßen lächelnd die Pi-Nachkommastellen rezitierte.

Sie legte ihre Hand auf seinen Schenkel und spürte die Wärme seines Körpers. Sein Atem ging schneller. Kühn suchte seine Hand ihre Brust und drückte fest zu. ›Zu klein geraten‹, dachte er bei sich, schob diesen Gedanken aber schnell beiseite; er befand sich nicht in einer Situation, die ihm erlaubte, hohe Ansprüche zu stellen. Seine Berührung schien ihr zu gefallen, ihre Brustwarzen verhärteten sich und sie biss ihn in die Unterlippe. Gleichzeitig ließ sie ihre Hand seinen Schenkel hinaufgleiten und auf seinem Schoß verharren. Die Wirkung ihrer Berührung ließ nicht lange auf sich warten. Er war am Ziel. Er öffnete seine Hose und flüsterte: »Komm schon, nimm ihn, nimm ihn in den Mund!«, und drückte dabei unsanft ihren Kopf herunter. Sophie erregte sein Verlangen. Sie ahnte nicht, dass ihn weniger ihre Person denn die Gefahr, erwischt zu werden, entflammte. Sie kostete ihn.

›Sie ist nicht so weiblich wie ihre Mutter‹, dachte er betrübt.

›Warum trägt sie entweder unvorteilhafte Oversize-Pullover oder maskuline Hosenanzüge?‹, fragte er sich. Doch ausgehungert, wie er war, musste es auch mit ihr gehen. Sein Verlangen nach einer Frau war inzwischen zu groß, als dass er sich hätte zurückhalten können. Er krallte seine Finger in ihre Haare, schloss die Augen und stellte sich vor, wie er in Samantha eindrang und gleichzeitig an Annies Brüsten saugte. Samantha und Annie waren zwei seiner Lieblingskolleginnen, wahnsinnig feminin und erotisch, und oft dienten sie ihm in seiner Fantasie. Dieses Bild von einem flotten Dreier, den es jedoch nie in Wirklichkeit gegeben hatte, brachte ihn stets und zuverlässig zum Orgasmus. Er sah, wie Samantha ihre Beine öffnete und ihn lockte. Er sah ihre feuchte Höhle und glitt hinein. Er bewegte rhythmisch sein Becken, sein Glied war hart und gierig und sein Griff in Sophies Haaren immer unbarmherziger. Plötzlich ein heftiger Ruck.

Der Major stürmte zu ihnen nach hinten. »Herhören, alle! Wacht auf, wir haben ein Problem! Wir müssen sofort landen! Die Instrumente melden einen Ausfall! Wir wurden beschossen! Wir wissen nicht genau, wo wir sind, und das Gebiet scheint schwierig. Es ist sehr gebirgig, doch uns bleibt keine andere Wahl, wenn wir nicht abstürzen wollen. Wir müssen runter! Legt die Gurte an! Schnell!« Christopher und Sophie lösten sich voneinander, so schnell, dass niemand ihre ›innige Umarmung‹ wahrnahm.

Tom landete unsanft. Sie lebten noch.

Die Militärs diskutierten heftig. Einer von ihnen musste in den Motorenraum und nach dem Rechten sehen, der andere sollte am Steuer bleiben und die Instrumente beobachten. Das war sehr gefährlich, denn in dieser Gegend gab es Menschen mit Maschinengewehren und sie machten keinen zimperlichen Eindruck. Tom wollte den gefährlichen Job übernehmen, aus dem Helikopter hinaus- und in den Motorenraum hineinzuklettern. Der Major hingegen meinte, wenn einer von ihnen dabei draufginge, sollte er derjenige sein, er sei älter und Tom habe das ganze Leben noch vor sich. Sie beide mochten und schätzten sich sehr. ›Das ist wahre Freundschaft‹, dachte Konstantin. »Vielleicht kann ich helfen?« Tom und der Major schauten ihn überrascht an. »Wenn deine Mutter es erlaubt? Ja, das wäre gut, einen Freiwilligen bräuchten wir schon!« »Konstantin ist kein kleines Kind, wenn er helfen will und Sie ihn brauchen, soll er es tun. Können Hannah und ich auch eine Aufgabe übernehmen?« »Ich komme mit dir!«, sagte Sophie. Sie wartete darauf, dass auch Chris sich meldete, doch dieser schien geistesabwesend. Sie stieß ihn sanft in die Seite. »Chris, du doch auch, oder?« »Ja, aber natürlich! Klar, ich auch! Wo befinden wir uns überhaupt?«, fragte er. »Im Balkan. Etwa zweihundert Kilometer von unserem Zielort entfernt«, antwortete Tom verdrossen. Hannah ergriff Luises Hand und drückte sie fest. Sie war erstaunt. »Im Balkan? Ehrlich? Das wusste ich gar nicht!« »Der Plan wurde in letzter Minute geändert. Die Koordinaten unseres neuen Zieles wurden uns erst vor circa vier Stunden durchgegeben, als ihr noch tief und fest schlieft. Nicht Norditalien, sondern der Balkan ist unser nächster Haltepunkt«, erklärte Sophie. »Aber Leute!«, rief Hannah euphorisch. »Das ist *mein* Part! Lasst mich mal machen! *Ich* gehe raus! Ich mach das schon!«, frohlockte sie. »Nein, Sie unterstehen meinem Kommando und Sie gehen da nicht raus, Sie würden sofort getötet, diese Menschen da unten haben uns beschossen, Hannah! Ihr Mut in Ehren, aber ich verbiete es Ihnen!«, herrschte der Major sie an. Dann schlug er einen sanfteren Ton an: »Tom, Konstantin und ich machen das!« Hannah strahlte ihn an. »Herr Major, danke, dass Sie sich um mein Wohl sorgen, aber *ich* kann etwas, wozu Sie drei nicht imstande sind.« »Die dreht jetzt durch, oder?«, raunte Christopher Sophie ins Ohr. »Wissen Sie, Herr Major, das ist hier für mich fast wie ein Heimspiel.«

Der Major starrte sie ungläubig an. »Ich brauche lediglich ein weißes Tuch. Ach, Konstantin, sei so gut, hol mir bitte eins der Handtücher. Am besten alle.« Konstantin kam tatsächlich mit zehn weißen Duschhandtüchern zurück. Sie lehnte beherzt jegliche Eskorte ab, sie wollte nicht in Begleitung von uniformierten Männern aus dem Hubschrauber aussteigen. Sie wollte allein gehen. Sie glaubte fest, dass sie in der Lage sein würde, die Situation zu meistern. Stiegen die Militärs mit ihren Waffen aus, würden die Menschen in ihren Verstecken die Lage missverstehen und es würde ein Blutbad geben, war Hannah sich sicher. Auch Luise zweifelte keinen Augenblick daran. Gesagt, getan. Sie stieg aus. Allein. Das große weiße zusammengeknüpfte Tuch hielt sie hoch und wedelte damit in der Luft. Gleichzeitig rief sie, so laut sie konnte, in einer Sprache, die die anderen nicht kannten: »Prijatelji, wir kommen in guter Absicht!« Keine Antwort. Kein Geräusch. Nichts. Nur ein kreischender Raubvogel, der seine Kreise zog. Die Szenerie war unheimlich. Sie befanden sich in einer Schlucht, eingekesselt von riesigen Felswänden. Was für ein unsagbares Glück, dass sie unbeschadet hatten landen können, dachte Hannah bei sich. ›Alles wird gut, alles wird gut‹, sprach sie sich selbst Mut zu. Sie räusperte sich. Dann ging sie mutig weiter, schritt in Richtung des dunklen Waldes. Im Hubschrauber drückten alle ihre Nasen an die Fensterscheiben. »Hannah, gehen Sie nicht so weit, Hannah, entfernen Sie sich nicht so weit von uns!«, murmelte Tom. Luise schickte ihre Gebete ans Universum und hielt den Atem an. Konstantin krallte seine Fingernägel in die Handflächen. Sophie drückte ihren Kopf an Christophers Brust. »Freunde, wir kommen in guter Absicht! Wir kommen aus Deutschland und unsere Regierung schickt uns!« Dann schwenkte sie wieder das Tuch. »Wow, sie lebt ja noch! Ich habe ihr keine paar Sekunden gegeben«, meinte Christopher trocken. »Christopher, du Arsch, ich hasse dich!«, Konstantin

fiel über ihn her. »Seid ihr des Wahnsinns?« Der Major und
Tom brachten die beiden schnell auseinander. Major Berg ließ
es sich aber nicht nehmen, Christopher einen heftigen Schlag
in die Magengrube zu verpassen. Er hatte inzwischen genug
von seinem kindischen Verhalten und den ständigen Stiche-
leien. Dieser fiel auf den Boden, rang um Luft, doch niemand
beachtete ihn. »Es funktioniert, es funktioniert!«, zischte Luise.
Tränen des Glücks und der Erleichterung rannen ihr übers
Gesicht, als sie sah, wie sich mit weißen Tüchern winkende
Gestalten aus der Dämmerung lösten und eine Schar Männer
auf Hannah zuging und ihr etwas in ihrer Sprache zurief. Auch
sie winkte und rief ihnen etwas zu. Es hörte sich kamerad-
schaftlich an. Sie trugen zwar Gewehre, doch hingen sie ihnen
lässig über den Schultern. Hannah drehte sich zum Heli um,
entdeckte Luise und schenkte ihr ihr schönstes Lächeln. Doch
just in diesem Moment stockte allen, insbesondere Luise, der
Atem. Denn einer der Männer rannte unvermittelt in Hannahs
Richtung und schrie etwas. Bevor Luise nach draußen stürmen
konnte, um Hannah beizustehen, warf er sich auf sie. Im selben
Moment stürzten Felsbrocken auf die beiden und begruben sie
unter sich.

Wie durch ein Wunder überlebten beide. Sie trugen bloß ein
paar Schürfwunden davon, die von einer überglücklichen Luise
sorgfältig versorgt wurden. Hannah wurde von ihr unumterbro-
chen geküsst und ihr Held unzählige Male umarmt. »Hvala,
hvala!«, sagte sie dem jungen Mann immer wieder. Das bedeutete »danke« und war so ziemlich das einzige Wort, das
Luise in dieser Sprache kannte. Ein jeder klopfte dem tapferen
Mann tausendfach auf den lädierten Rücken, eine Geste, die
in allen Völkern mit Anerkennung, Freude und Freundschaft
assoziiert wird. Dieser biss die Zähne zusammen und hielt die
›Schläge‹ aus, er fühlte sich stolz und beschwingt. Sie hatten

weder gebrochene Arme oder Beine noch sonstige Verletzungen davongetragen. Es kam wirklich einem Wunder gleich. Später erfuhren sie, dass es in diesem Land seit jenem Tag täglich Erdbeben gab und diese Erdbeben die Berge und Felsmassive in Unruhe brachten. »Luise, meinst du, mein lautes Rufen hat den Steinschlag ausgelöst?« Statt zu antworten, lachte Luise bloß und bedeckte Hannahs Gesicht und Hände mit Küssen. ›Wärst du gestorben, hätte auch ich nicht mehr leben wollen‹, sagten ihre Augen.

16

»Das ist das Land ihrer Vorfahren, ihre geliebte Großmutter stammte von hier. Und sie war es auch, die ihr ein paar Brocken beigebracht hat«, erklärte Konstantin später den beiden Militärs im Motorenraum. »Die paar Brocken haben uns gerettet! Und es war ein Segen, dass die Brocken, die herunterkamen, nicht ganz so massiv und schwer waren wie befürchtet«, sagte der Major und lächelte über sein Wortspiel. Konstantin hätte ihn in diesem Augenblick umarmen können. Er mochte den Major. Er war ein toller Mensch. Der Heli war zum Glück nahezu unversehrt, lediglich die Ölzuleitung war getroffen worden. Das Problem konnten die beiden Männer schnell beheben, Konstantin blieb bei ihnen und schaute aufmerksam zu.

Kurze Zeit später setzten sie ihre Reise fort.

Empfangen wurden sie in dem abgelegenen Ort in der hügeligen, unberührt wirkenden Landschaft von mehreren Männern mittleren Alters in Uniform. Die meisten von ihnen Generäle. Einer von ihnen, der jüngste und ein paar Dienstgrade tiefer, diente als Dolmetscher. Er stellte sich vor, Milan sei sein Name. Der Raum war kahl. Lediglich zwei lange einfache, parallel zueinander stehende Holztische mit Sitzbänken befanden sich darin. Die Männer nahmen an einem der Tische Platz und die Gäste setzten sich an den zweiten ihnen gegenüber. Milan übersetzte die Worte eines seiner Vorgesetzten. »Seit gerrraumerrr Zeit beobachten wirrr am Himmel unbekannte Flugobjekte.« Hannah lächelte. Der Mann rollte das »r« bravourös und betonte fälschlicherweise die erste und dritte Silbe statt der zweiten. Genau diesen Akzent hatte ihre Großmama auch. »Wir halten sie für westliche Flugzeuge. Spionageflugzeuge. Sie durchqueren geräuschlos unseren Luftraum und legen dabei

Flugeigenschaften an den Tag, die nicht von dieser Welt zu sein scheinen. Doch sie sind es, die USA haben es sehr weit gebracht. Technologisch.« Das Wort ›technologisch‹ betonte er übermäßig, wohl um zum Ausdruck zu bringen, dass er den USA alle anderen Errungenschaften absprach. Die moralischen etwa. Und die ethischen. »Wir sind zu der Schlussfolgerung gekommen, dass die US-Administration dieses technische Know-how der eigenen Bevölkerung und der ganzen restlichen Welt verheimlicht. Warum? Das wissen wir nicht. Wir können es nur ahnen. Aber eins ist sicher: Es muss strategische Gründe haben. Also nun, erst heute früh erfassten wir mit unserem Sensorensystem JSM ein solches massives, dreidimensionales Objekt. Das Foto ist echt.« Einer der Generäle reichte die Aufnahme dem Major. Dieser schaute sie kurz an und gab sie dann an Tom weiter, da dieser neben ihm saß. Nach diesem durfte Christopher das Bild betrachten, der es jedoch nicht weiter herumreichte, sondern verdeckt vor sich auf den Tisch legte. Hannah schüttelte still den Kopf. Der junge Mann in Uniform setzte sich. Es war ganz still in dem Raum. Niemand sagte etwas. »Luise und ich haben früher auch Ufos gesichtet«, sagte Hannah plötzlich, »und in letzter Zeit, also direkt vor dem Ereignis, verstärkt!« Der Dolmetscher übersetzte. Die Männer in Uniform nickten und murmelten etwas in ihrer Sprache. »Richtig!« Nun ergriff Luise das Wort. »Korrekt! Wir zwei jedoch …«, dabei zeigte sie auf Hannah und sich, »… glauben, dass die Ufos nicht menschengemacht sind, weil sie Flugeigenschaften besitzen, die wir nicht verstehen, geschweige denn erfinden und bauen könnten. Wir zwei glauben, dass sie einer außerirdischen Intelligenz entstammen.« Als die Männer die Übersetzung vernahmen, schmunzelten sie und tauschten beredte Blicke. Luise ließ sich nicht beirren. »Es hat schon immer eine Verbindung gegeben, zwischen der Menschheit und ›ihnen‹«, erklärte sie eindringlich. »Und sie existiert immer noch. Die Erde wurde jahrtausendelang regelmäßig von Außerirdischen besucht. Sie lebten mit und bei uns. Sie waren unsere Lehrmeister. Als sie uns für immer verließen, fühlten sich die Menschen wie Waisen. Aus dieser Leere und der Sehnsucht nach einem Wiedersehen mit den Lehrmeistern erwuchsen die Religionen.« Die Männer in Uniform nickten vorsichtig. »Da, da, ta teorija nam je prilicno poznata!« Der Dolmetscher beeilte sich zu übersetzen: »Diese Theorie ist den Herren bekannt. Aber sie stimmt nicht. Nun, wir sagen zu diesen Objekten ›NLO‹, neidentificirani leteći objekt, d. h. unbekanntes Flugobjekt, weil sie unidentifiziert sind. Sie sind jedoch definitiv menschengemacht. Sie werden in der Area 51 produziert, unter Ausschluss der Öffentlichkeit und unter Abschirmung vor den Medien. Alles streng geheim. Sub rosa.« Und dann erklärte der wortführende General, wofür sie dieses ›Etwas‹, das sich vor unsere Sonne schob, hielten. Es sei ein amerikanisches Produkt. Damit wollten die Amerikaner dem Klimawandel und der Erderwärmung gegensteuern. Typisch amerikanischer Denkstil. Anstatt sich mit den anderen Nationen zusammenzusetzen und gemeinsam zu überlegen, was die Welt unternehmen könnte, um die Erde zu retten, machten sie heimlich Experimente am Himmel und verdunkelten die Sonne. Typisch USA sei das. »Cowboys durch und durch. Machen stets ihr eigenes Ding. Halten sich für die Besten. America first and America the best!« Dem Dolmetscher fiel es sichtlich schwer, seine Emotionen, seine Wut über die Arroganz und Ignoranz der Amerikaner, zu verstecken. Und er konnte sich nicht enthalten, nach der Übersetzung auch seine persönliche Meinung kundzutun. »Die Amerikaner sind es immer! IMMER! Machen, was sie wollen! Mischen sich überall ein! Und nun haben sie den Klimawandel gestoppt, die super Cowboys! Grandios haben sie das gemacht! Applaus! Kein Klimawandel mehr! Juhuu! Aber dafür ist es jetzt düs ter! Wohl für immer!«, entrüstete sich der Mann und fluchte dann laut.

»Wer weiß? Vielleicht liegen Sie richtig! Ich kann mir inzwischen alles vorstellen! Sogar das!«, sagte Luise nachdenklich. Die Männer in Uniform lächelten selbstzufrieden. »Halten wir eins fest!«, meldete sich Sophie zu Wort. »Das Ufo-Phänomen *ist* real! Darüber brauchen wir nicht zu diskutieren. Die Frage ist *nur …*« Dabei lächelte sie leicht ironisch. »Die Frage ist nur, *was* Ufos sind. Da gibt es mehrere Theorien, mehrere Hypothesen. Die Theorie, die ich vorziehe, klingt wohl noch fantastischer als Ihre oder die meiner Mütter.« Sie machte eine kurze Pause. »Die I … D … H«, sagte sie und betonte jeden Buchstaben klar und deutlich. »Ich unterstütze die Interdimensionale Hypothese. Sie besagt, dass es sich bei den Ufos um Fluggeräte von Zeitreisenden handelt, wobei das im Kontext eines multidimensionalen Universums gesehen werden muss.« Sie wartete, bis der Dolmetscher zu Ende übersetzt hatte. Dann fuhr sie fort: »Es gibt noch die Theorie, dass es sich um Flugobjekte aus der Zukunft handeln könnte. Dass sie Menschen aus der Zukunft, unseren Ur-, Ur-, Ur-, Urenkeln sozusagen, zugeschrieben werden könnten. Den früheren Zivilisationen zeigten sich die Menschen aus der Zukunft in ihrer wahren Gestalt und persönlich. Sie verließen ihre Fluggeräte und griffen ins Geschehen ein. Sie brachten den Menschen allerhand bei. Ackerbau, Astronomie, Kultur. Dafür wurden sie verehrt. Aus dieser Verehrung entstanden Kulthandlungen, meinetwegen auch die Religionen. Und heute? Heute steigen sie nicht mehr aus. Weil es sie nicht mehr gibt. Die Zukunft ist Vergangenheit. Sie haben sich ausgerottet.« »Auch das ist durchaus vorstellbar!«, nickte Luise mit Nachdruck. Die Männer in Uniform wurden unruhig. »Aber, wenn sie sich ausgerottet haben«, übersetzte Milan ihre Fragen, »was ist dann mit deren Fluggeräten? Warum sind die noch da?« »Tja!«, antwortete Sophie beschwingt. »Das sind keine Fluggeräte, die dem Menschentransport dienen. Das hier sind sich selbst steuernde Sonden. Das sind deren Relikte. So wie unsere Satelliten irgendwann unsere Relikte sein werden.« Energisch forderte sie daraufhin von Christopher das Foto und nach gründlicher Begutachtung reichte sie es an ihre Mutter und Hannah weiter.

Stille trat ein.

Dann ergriff Sophie wieder das Wort. »Also? Welche Theorie wird sich als die richtige erweisen? Die ETH, also die Extraterrestrische Hypothese?« Dabei blickte sie ihre Mütter an. »Oder die IDH? Oder handelt es sich bei den Ufos eventuell nur um ein UNP?« »Was ist denn das, Sophie?«, fragte Hannah erstaunt. »Ein unbekanntes Naturphänomen.« »Ahh … ahh ja …«, erwiderte Hannah leicht verwirrt. »Und dann … dann gibt es noch zwei weitere, aber weniger populäre Hypothesen. Die HWT und die DH.« Sophie grinste, als sie Hannahs verdutztes Gesicht bemerkte. »Die Hohlwelttheorie besagt, dass die Ufos von Wesen aus dem Erdinneren stammen. Und die DH glaubt an Dämonen, die sich als helle Lichtkugeln zeigen, um den Menschen zu manipulieren, zu verführen und so weiter und so fort.«

Hannah räusperte sich und meldete sich vorsichtig zu Wort. Der Dolmetscher nickte ermunternd. »Wir würden gern noch etwas über die ETH erzählen. Oder, Luise?« Sie freute sich, die Abkürzung gefiel ihr. Und die beiden Frauen erläuterten unermüdlich alles, was ihnen über die Präastronautik einfiel, sie ergänzten einander und der junge Mann übersetzte emsig.

»Die sumerischen Texte«, erläuterte Hannah, »sprechen von menschenähnlichen Wesen, den Elohim; ein Plural, der als ›Götter‹ übersetzt wird, wörtlich aber ›die Hohen‹ oder ›Hochfliegenden‹ bedeutet. Die Elohim kamen also vor vierhundertdreißigtausend Jahren auf die Erde, um für ihren weit entfernten Heimatplaneten Gold abzubauen. Sie brauchten dieses auf ihrem Planeten seltene Metall, um damit – als Pulver in der Atmosphäre verteilt – eine Art Treibhauseffekt zu kreieren. Mit dem Gold beabsichtigten sie ihre beschädigte Atmosphäre zu reparieren und dauerhaft zu schützen. Der stetige Abkühlungseffekt, der auf ihrem Planeten herrschte, sollte so verlangsamt werden.« Nun ergriff Luise das Wort. »Sie manipulierten kleine irdische Hominiden, genau genommen den Homo erectus, genetisch, weil er ihnen von allen Erdlingen am meisten ähnelte, indem sie ihm eigene DNA infiltrierten. Denn sie brauchten dringend Arbeiter für den Bergbau. So geschah es, dass diese außerirdische Zivilisation den Evolutionssprung auslöste und durch Gentechnik den Homo erectus zu einem denkenden Menschen veredelte, damit er ihnen wie ein Sklave diente. Das passierte in der Gegend, wo man auch die frühesten Fossilien des neuen Menschen fand: im Gebiet des Großen Grabenbruchs im südöstlichen Afrika, nördlich des Goldminengebietes.« Und sie setzte hinzu: »Es ist irgendwie ernüchternd. Der Mensch wurde von den ›Göttern‹ erschaffen, um ihnen zu dienen.« Darauf zitierte Luise einen Vers aus der Genesis: »Dann sprachen Elohim: ›Lasst uns Menschen machen als unser Abbild, uns ähnlich.‹ Es besteht kein Zweifel am Plural in der biblischen Aussage, angefangen mit dem Pluralwort *Elohim*, der Singular lautet El, Elo'ha, und weiter mit ›Lasst *uns* machen‹ – ›als *unser* Ebenbild‹ – ›*uns* ähnlich‹. Und das ist zweifellos der Beleg dafür, dass es sich bei den Elohim um eine Personengruppe handelt. Sie sind keine religiösen Wesen, sondern Wesen aus Fleisch und Blut.« Luise machte nur eine knappe Pause und antwortete auf die Frage des Dolmetschers, wie die Ähnlichkeit zwischen diesen Fremden und dem Urmenschen erklärt werden könne. Sie erklärte den Begriff der Panspermie, erläuterte, dass das Leben auf der Erde aus dem Weltraum stammte. »Vor vier Milliarden Jahren kollidierte deren Planet mit der Ur-Erde, Tiamat genannt, und zerriss sie in zwei Hälften. Dabei wurde der ›Lebenssamen‹, der auf dem Heimatplaneten dieser Zivilisation längst vorhanden war, auf die neue Erde übertragen und unser Mond und viel Schutt, der sogenannte Asteroidengürtel, gebildet. Das Einschlagloch ist heute noch sichtbar: Es ist der Pazifische Ozean.« Luise endete.

Hannah ergriff das Wort und fasste die Erkenntnisse des Religionsforschers Mauro Biglino zusammen, der die Texte des Alten Testaments in ihrer ursprünglichen Form analysierte und Wort für Wort aus dem hebräischen Urtext übertrug und den Ursprung der Religionen zu ergründen suchte. Nach dem Verlust des direkten Kontaktes, so der Religionsforscher, fühlte sich der Mensch verloren und orientierungslos und begann, deren Gestalt zu neuem Leben zu erwecken, jedoch in geistiger Form. Denn die Erinnerungen an die ›Götter‹ waren im Laufe der Jahrhunderte so weit verblasst und so sehr umgedeutet worden, dass man diesen Wesen keine Existenz aus Fleisch und Blut mehr zugestand. Der religiöse Mensch schlug den Weg der Neuschaffung der Figur Gottes ein, und innerhalb der lebenden Spezies erhielt diese eine vermeintliche Überlegenheit, eine absolute Sonderstellung.« »Meint ihr, diese Wesen sind zurückgekommen?«, räusperte sich der junge Dolmetscher. Diese Frage stellten nicht seine Vorgesetzten, sondern er persönlich, die Antwort interessierte ihn brennend. »Möglich …«, sprach Luise, wurde jedoch unwirsch von Christopher unterbrochen. »Was für ein Schwachsinn! Wo bin ich gelandet? Bei einem Esoteriktreffen?« Tom begann plötzlich unrhythmisch auf den Tisch zu klopfen. Er schlug mal mit der hohlen Hand auf das Holz und mal mit den Fingerknöcheln. Nichteingeweihte würden dieses Klopfen als störend empfinden, doch Kenner dieser universellen Geheimsprache verstanden. Die Herren ihm gegenüber blickten gleichzeitig auf Christopher und brachen in Gelächter aus. Der Major schmunzelte: »Sehr gut, Tom, das war äußerst schlagfertig.« Christopher, der sich zu Recht ausgelacht fühlte, lief rot an. Seine Kiefer mahlten, doch er schwieg. »Nun, was ihr sagt«, bemerkte Sophie an Luise und Hannah gewandt, dabei weder auf Christophers Bemerkung noch auf die Klopfszene eingehend, »könnte auch zu der Zeitreisenden-Theorie passen. Eure Außerirdischen könnten in Wahrheit Menschen aus der Zukunft sein, die nicht auf der Erde leben, weil sie sie zerstört haben. Sie leben auf einem fernen Planeten. Daher sind sie – da habt ihr recht – Außerirdische! Und diese Außerirdischen, die in Wahrheit EX-Irdische sind, reisten zu der Erde, weil sie von den Goldvorkommen in ihrer alten Heimat wussten. Und sie sahen selbstverständlich unseren Vorfahren ähnlich. Wer das DNA-Upgrade bewerkstelligt hat, ob die Menschen aus der Zukunft oder die Evolution, vermag ich nicht zu beurteilen.« Die Herren in Uniform rutschten unruhig auf ihren Stühlen hin und her, was jedoch nach nahezu drei Stunden Konversation nicht verwunderte. »Auch das waren sicher Amerikaner. Typisch. Beuten alles und jeden aus«, ereiferte sich der Dolmetscher, erneut seine persönliche Meinung einstreuend. Daraufhin zischte einer der Männer etwas Unverständliches durch die Zähne. Hannah glaubte ein schlimmes Schimpfwort verstanden zu haben, war sich aber nicht ganz sicher. Milan handelte in Eigenregie, zweifellos zu ihrem Missfallen, und sie wiesen ihn energisch zurecht. Sein Gesicht lief so tiefrot an wie Christophers eine Weile zuvor. Dann atmete er tief ein und aus, reckte sein Kinn empor und sprach in einem ruhigeren Tonfall: »Okay. Wir machen Schluss! Sie sind herzlich eingeladen, mit uns zu essen. Bitte seien Sie unsere Gäste, kommen Sie mit nach draußen! Die Dorfbewohner haben für uns eine Mahlzeit vorbereitet.« »Den Göttern sei Dank, ich kann nicht mehr sitzen!«, flüsterte Hannah erleichtert.

Auf langen Spießen, die beim Drehen quietschten, wurden mehrere Ferkel über dem offenen Feuer geröstet. Stundenlang wurden sie gewendet, mit Bier, Öl und allerlei Gewürzen verfeinert und liebevoll behütet. Ohren, Schwanz und Klauen waren in Alufolie eingewickelt. Ein wenig Wasser zum Abkühlen stand neben jedem Spieß bereit. Und jeder Mann, der für ein Spanferkel verantwortlich war, hatte eine Nadel in den Händen. Mit den Nadeln piksten sie das Fleisch an, so dass der blutige Saft in das Feuer tropfte und einen Rauch bildete, der die Hungrigen einnebelte. Auf glühenden Kohlen standen überdimensionale Tontöpfe, in denen Weißkohl köchelte. Es tat gut, draußen zu sein, ohne Nachtsichtgeräte die Landschaft erkennen zu können, die grünen Hügel, die Wiesen, das Wäldchen, den klaren kalten Fluss am Rande des Dorfes. Hannah hielt eine dick geschnittene, großzügig mit Paprika-Mus bestrichene Weißbrotscheibe in der Hand, beschnupperte glückselig die Delikatesse und biss herzhaft ein großes Stück ab, während Luise an ihrem gerösteten Bauernbrot mit Pilzen knabberte.

Sie waren in einem kleinen beschaulichen Ort irgendwo in einer dünnbesiedelten zentralserbischen Provinz gelandet. Hier und da ein paar Hühner, zwei verwirrte Hähne, die nicht verstanden, warum es seit Ewigkeiten dämmerte. Ein Schwein, das sich im Schlamm suhlte. Hunde an Ketten, die das Bellen nicht aufgeben wollten. Und über dieser Szenerie eine intensive Knoblauch-Grillwolke. Der Dolmetscher Milan schaute sich nach Luise und Hannah um. Als er sie entdeckte, winkte er und ging schnellen Schrittes auf sie zu. »Probieren Sie bitte, das ist eine Spezialität aus unserer Heimat. Selbstgebrannter Schnaps. Rakija.« Er reichte ihnen zwei Gläser mit einer klaren Flüssigkeit. Klar wie Wasser. Hannah schnupperte und auf der Stelle drehte sich ihr der Magen um. Luise nippte vorsichtig und verbrannte sich die Lippen und auch die Zunge. »Mein Gott!«, hustete sie. »Das ist ja reiner Alkohol! Das sind ja mindestens … 50 %?« Der Mann wirkte stolz. »Mehr sogar, meine Dame! Ganze 60 %!« »Also, wer dieses Zeug genießen kann, muss vor Gesundheit strotzen, der hat einen verdammt robusten Magen!«, stellte Luise mit einem Zwinkern fest. »Ja, die Dorfbewohner sind sehr gesund. Trinken Sie! Übung macht den Meister! So sagt man doch bei Ihnen?« Die beiden Frauen lächelten ihn an. Er wirkte unschlüssig. Er schien unbedingt noch etwas loswerden zu wollen, die Frauen spürten es. Sie aßen schweigend und schauten sich das Treiben an. Als sie die letzten Bissen hinuntergeschluckt hatten und Hannah sich schmatzend ihre Finger ableckte, gab er sich einen Ruck. »Wissen Sie, es hat mich sehr überrascht, dass Sie so viel wissen. Also, Sie haben Männer in ihrem Team, doch sind Sie die Führerinnen? Sie drei?« Luise grinste. »Nein, wir sind keine Führerinnen, wir haben viel über dieses Thema gelesen, die Beschäftigung damit ist unser Hobby, unser Steckenpferd.« »Was heißt ›Stecken… pferd‹?«, fragte der verdutzte Dolmetscher. Luise setzte gerade zu einer Erklärung an, da ertönte urplötzlich ein höllischer Lärm hinter ihnen. Die beiden Frauen erschraken zu Tode. Es dauerte eine Weile, bis sie erkannten, was geschah und warum der Dolmetscher lachte. »Keine Angst, das sind doch bloß unsere Dorfmusikanten! Sie spielen immer, egal, was hier geschieht! Selbst wenn wir heut stürben, sie würden nicht aufhören, sondern bis zu ihrem letzten Atemzug spielen!« Hinter ihnen hatte sich ein kleines Blechblasorchester zusammengefunden, bestehend aus vier Roma-Männern, gekleidet in Jogginghosen und T-Shirts. Luise machte große Augen. In ihr linkes Ohr dröhnte die Tuba, in das rechte zwei Trompeten, flankiert von einer Pauke. Laut war sie, diese Musik. Sehr laut und selbstbewusst. Der Sog dieser ungewöhnlichen Musik verfehlte nicht seine Wirkung. Er ließ das Blut im unregelmäßigen und absolut faszinierenden Neunachteltakt pulsieren. »Luise, Luise, diese Musik bringt mich in Ekstase, oh, Luise, sie geht mir unter die Haut, sie erhitzt mein Herz und meine Seele, oh, ich, oh, Luise, ich leb' im falschen Land!«, schrie

Hannah, lauter als die Bläser. Luise wusste es, Hannah liebte den Balkan-Brass, er war in der Tat sehr mitreißend. Voller Temperament und Leidenschaft. Rasende Rhythmen, die das Blut in Wallung brachten, die wie ein Schluchzen, ein Wehklagen klangen und gleichzeitig euphorisch machten, ja, diese spezielle Mischung aus Wehmut und Traurigkeit und zugleich unsagbarer Hochstimmung und Wonne trieb Hannah Tränen der Begeisterung über die Wangen. Die Rhythmen schienen Gegensätze vereinen zu können: Heim- und Fernweh, Wildheit und Gezähmtheit, Nähe und Distanz, Erfüllung und Leere.

Und Luise traute ihren Augen nicht, als sie sah, wie Hannah ihr Glas in einem Zug hinunterkippte, es stolz wie eine Flamenco-Tänzerin auf den Boden warf und zu tanzen anfing. Sie ließ die Hüften kreisen und schüttelte ihre Schultern. Und je enthemmter sie tanzte, umso zügelloser wurden die Melodiefolgen des Orchesters. »Mein Gott, sie tanzt ja wie … wie … wie eine von uns!«, staunte der Dolmetscher neben Luise. Luise schaute ihn an, grinste, prostete ihm mit ihrem Glas zu, leerte es ebenfalls mit einem einzigen Schluck, hustete, schüttelte sich, drückte ihm das leere Schnapsglas in die Hand, überlegte es sich dann aber anders, nahm es ihm wieder ab und warf es – wie Hannah einen Augenblick zuvor – auf den Boden, gesellte sich zu Hannah, küsste sie auf den Mund und begann wie diese wild und ausgelassen zu tanzen.

»Sophie, Sophie, guck mal!« Konstantin rüttelte seine Schwester am Arm und schaute wie hypnotisiert zu dem tanzenden Paar. »Nun sieh doch mal!« Sophie schaute von ihrem KT auf. Den beiden Kindern verschlug der Anblick ihrer Mütter den Atem. »Mein Gott, wie schön sie tanzen!«, stotterte Sophie, sichtlich gerührt. »Komm, lass es uns auch versuchen! Tanz mit mir!«, forderte Christopher sie auf. Sophie schüttelte nur den Kopf. »So kann ich nicht!« »Ist doch egal, es scheint aber Spaß zu machen! Komm!« »Nein, Chris, geh allein!« »Gut, vielleicht finde ich ein anderes williges Mädchen!«, sagte er schmunzelnd und ging. »Arschloch!«, schnauzte Konstantin ihm hinterher.

Luise und Hannah waren längst von weiteren Tänzerinnen umgeben. Etliche Dorfbewohnerinnen tanzten mit ihnen den Tanz der Einheimischen, Männer sprangen um sie herum, jeder Sprung wie ein ersehnter Satz in den Abgrund, endgültig, leidenschaftlich und wild. Diese Musik und dieser Tanz wirkten berauschend. »Mein Blut glüht, Luise, oh, Luise, du tanzt so feurig!«, schrie Hannah in Luises Ohr. Luise küsste sie auf den Mund. Es wurde ein langer, leidenschaftlicher Kuss. Ein alter zahnloser Mann verschluckte sich an seiner Rakija, als er die beiden Frauen so erblickte. An die Tatsache, dass die Sonne sich nicht mehr zeigte, hatte er sich gewöhnt. Auch an die vielen unerklärlichen Lichter am Himmel und unbekannten Fluggeräte. Aber zwei sich küssende Frauen? So etwas Absurdes hatte er in seinem ganzen langen Leben noch nicht gesehen. Er bekreuzigte sich. »Schlimme Zeiten stehen uns bevor«, raunte er seinem Sitznachbarn ins Ohr.

»Dann sollten wir uns abkühlen gehen!«, sagte Luise und schaute Hannah tief in die Augen. Hannah nickte verschmitzt. Sie nahmen sich an den Händen und rannten wie zwei junge Mädchen in den Wald. Sie zogen sich im Nu aus und sprangen, ohne zu zögern, in das kühle Nass. Sie küssten sich. Und mit der gleichen Hingabe und Passion, wie sie einen Augenblick zuvor noch getanzt hatten, liebten sie sich.

»Und, Brüderchen, was denkst du, was sind Ufos?« »Dämonen!«, brummte Konstantin belustigt. Dann dehnte er sich träge. »Ach, ich denke, so etwas in der Art wie Menschen aus der Zukunft. Ja, ich schätze, diese Theorie stimmt. Sie ist so modern. Gefällt mir. Oder sind diese Lichterscheinungen vielleicht nur verirrte Reflexionen aus fernen Universen oder Dimensionen? Weißt du, wie ich das meine?« Sophie nickte, ohne ihn anzusehen. Sie schien ihm nicht zugehört zu haben, denn sie fragte: »Hast du Chris gesehen?« »Nein.« »Und Mama und Hannah?« »Auch nicht.« »Hast du das Spanferkel probiert?«, fragte sie weiter. »Oh ja, es schmeckt hervorragend. Und du?« »Noch nicht … soll ich?« »Klar. Warte. Ich hole dir eine Portion!« Es wurde immer noch getanzt, Rakija und Bier getrunken, gegessen und gelacht. ›Ein witziges Völkchen ist das, jetzt weiß ich, warum Hannah manchmal so … so … verrückt ist‹, dachte Sophie lächelnd. Sie beobachtete, wie Dorfbewohner den Musikanten Geldscheine auf die verschwitzte Stirn klebten oder sie in die Instrumente warfen und die Männer auf diese Weise zum Weiterspielen animierten. Die Stimmung war bombastisch. Derweil organisierte Konstantin für seine Schwester und auch für sich Spanferkel am Spieß sowie zwei Bier und die beiden setzten sich auf einen Baumstamm. »Komisch, wo sind denn alle?« Konstantin schaute sie von der Seite an. »Du fragst dich, wo dein Christopher ist?« »Nein … ja … doch. Es stimmt. Wo ist er denn?« Konstantin zuckte gleichgültig die Schultern und biss in das saftige Stück Spanferkel hinein. »Ich habe mal gelesen«, begann er schmatzend, »dass Delfine mit Kugelfischen kiffen, wusstest du das?« »Was für einen Quatsch du dir immer ausdenkst!« »Ehrlich, es stimmt, sie kauen an den Fischen herum … diese produzieren nämlich einen Stoff, weiß den Namen nicht mehr, der berauschend wirkt, und Delfine in Gesellschaft lassen den Kugelfisch wie einen Joint kreisen, jeder knabbert ein bisschen und reicht ihn dann weiter.« Sophie erwiderte nichts. »Und Rentiere«, fuhr er ungeniert fort, »fressen Fliegenpilze, um sich einen Kick zu geben. Und das tun sie vor allem im Winter. Wahrscheinlich vertreiben sie sich so ihren Winterblues. Und ihren Urin …«

»Jetzt hör doch mal auf mit diesem Unsinn!«, rief sie ihn zur Räson. »Das ist kein Unsinn, es stimmt. Also irgendwelche indigenen Völker, weiß nicht, welche, trinken den Urin der Rentiere, um selbst einen Rausch zu bekommen. Würd ich jetzt übrigens auch, wenn der mir angeboten würde.« »Igitt!«, Sophie verzog ihr Gesicht. Dann sahen sie ihn. Das Stück Fleisch blieb Konstantin im Halse stecken. Christopher tanzte ausgelassen mit zwei jungen Frauen, offenbar Dorfbewohnerinnen, und war sichtlich animiert. Die Hübschere von den beiden strahlte er an und immer wieder flüsterte er ihr etwas ins Ohr. Wer weiß, ob sie ihn verstand. Doch zu Sophies Ärger kicherte sie keck zurück und Christopher wirkte von Sekunde zu Sekunde entzückter. Als Sophie das sah, verging ihr der Appetit. »Ich gehe in den Heli zurück, Konstantin«, sagte sie betrübt. »Ach, komm, lass dir doch von *ihm* nicht die Stimmung verderben. Das ist der doch gar nicht wert. Was findest du bloß an *dem*? Komm, ich erzähl dir noch etwas über die Drogensucht bei Tieren. Vergiss den Typen!« Leicht gesagt. Was sollte man tun, wenn man verliebt war und den Menschen der Begierde mit einer anderen flirten sah? »Wäre ich eine von ihnen, würde ich ihm jetzt die Augen auskratzen!« »Oh ja, mach das, große Schwester«, antwortete Konstantin und knabberte an seinem Brot. »Ich komm mit und helfe dir dabei.« Die große Schwester war allerdings schon außer Hörweite. Sie rannte, so schnell wie ihre Beine sie trugen, zum Hubschrauber zurück. Dort weinte sie heiße, qualvolle Tränen des Schmerzes. Und es war ihr völlig egal, dass sowohl der Major als auch Tom sie dabei sahen. Konstantin beschloss, auch Sophies Spieß aufzuessen. Wäre ja schade, ihn zu verschmähen. Er schmeckte wirklich himmlisch. Er würde Mama und Hannah vorschlagen, zu Hause auch einmal Spanferkel zu grillen, das machte sicher großen Spaß. Seine Freunde kannten diese Delikatesse gar nicht. Seine Freunde … plötzlich fühlte er sich unendlich traurig. Wie es ihnen wohl ging? In Gedanken versunken vergaß er das Spanferkelstück in seiner Hand.

»Was für ein verrückter Tag!«, stammelte er, als er sah, wie seine Mutter, mit nassem Haar übrigens, dem Trompeter einen Geldschein in sein Instrument warf und ihm etwas zubrüllte, und Hannah, ebenfalls mit nassen Haaren, danebenstand und vor Freude in die Hände klatschte. Der Trompeter verstand und nickte. Von irgendwoher wurde ein Knopfakkordeon herbeigezaubert und der Trompeter wechselte das Instrument. Und plötzlich ertönte ein ganz anderer Rhythmus, eine langsame anrührende Ballade, eine – auch ihm bekannte – Melodie, und er fühlte eine Gänsehaut am ganzen Körper. Aber, das … das war doch Hannahs Lied. Ja, das Lied, das sie oft summte, das kannte er, von klein auf. Er stand auf und sah hinüber. Das war es. Es klang so wundervoll. Es berührte ihn sehr. Er sah, wie Hannah seine Mutter in die Arme nahm. Er nahm die tiefe Vertrautheit zwischen den beiden wahr, diese Anziehungskraft, diese Liebe. Ein kleiner, sehr schlanker Mann löste sich aus der zuvor noch tanzenden Menge, gesellte sich zu den vier Musikanten und begann zu singen. Seine Stimme bebte, die Menge schluchzte. Die Stimmung war unglaublich. Diese Melodie ging tief unter die Haut. »… stavi ruzmarin ispod jastuka, nek nam vecno mirise, zovi andjele, bozje andjele, da nas nikad ne rastave …« Da erschien wie aus dem Nichts eine Lichtkugel am Himmel. Immer mehr Dorfbewohner schauten auf. Sie nahmen sich an den Händen und blickten gemeinsam nach oben. Die Musikanten spielten unbeirrt weiter. Hannah rief: »Alle lieben eure Musik, selbst Wesen fremder Sterne lieben sie! Los, kommt herunter, ihr fremden Wesen, feiert mit uns!« Und dann sang sie beseelt den Refrain aus voller Kehle und jeder, der das Lied kannte, sang mit. Konstantin erschauerte. Wie gebannt schaute er nach oben. Die Lichtkugel schwebte direkt über ihnen. Sie bewegte sich nicht. Nach einer Minute etwa veränderte sie sich, sie wurde groß, immer größer, und dann plötzlich, so wie sie erschienen war, verschwand sie auch wieder.

»Was für ein verrückter Tag! Wo wart ihr überhaupt?«, stellte er Hannah und Luise zur Rede, als diese sich zu ihm gesellten. »Spazieren!«, antwortete Luise und grinste Hannah verschwörerisch an. »Und wo ist deine Schwester?« »Im Heli.« »Na dann, kommt, wir gehen auch. Wir müssen Meldung erstatten. Wo ist eigentlich der Hubschrauber? Irgendwie habe ich vom vielen Tanzen die Orientierung verloren!«, bemerkte Luise schmunzelnd. »Ich weiß es, ich führe euch!«, lautete die stolze Antwort des jungen Mannes. »Habt ihr gegessen? Seid ihr satt?«, wollte Hannah von ihm wissen. »Oh ja, ich schon.« Er rieb sich zufrieden seinen Bauch. »Sophie aber nicht. Sophie hat gar nichts gegessen. Und ihr?« »Ja, na klar«, meinte Hannah, »solch eine Gelegenheit lassen wir uns doch nicht entgehen!« Luise horchte auf: »Warum hat Sophie nichts gegessen? Geht es ihr nicht gut?« »Ach, ich glaub', sie hat sich in den Panzerkeks verknallt! Unglücklich verknallt!!« Luise und Hannah blickten ihn verständnislos an, dieser Junge war manchmal nicht zu ergründen.

»Was hast du, Sophie?«, fragte ihre Mutter sie besorgt. Sophie sah schlecht aus, blass und unglücklich. »Nichts!«, antwortete diese, ohne Luise anzublicken. Doch als sich ihre Mutter zu ihr setzte und sie in den Arm nahm, fing Sophie an zu weinen. Und sie hätte ihr ihr Herz ausgeschüttet, wenn nicht gerade in diesem Moment Christopher den Heli betreten hätte. »Ahoi, ihr Lieben! Ist die Party schon zu Ende?« »Ach, der Panzerkeks ist auch wieder da!«, sagte Konstantin trocken, und Hannah und Luise verstanden. »Komm, Sophie«, forderte ihre Mutter sie auf, »lass uns den Kontakt zu Herrn Steinzer herstellen!« Dankbar über die Ablenkung stand Sophie auf und startete ihren KT. »Was sollen wir melden?« »Unbedingt die Sichtung der Lichtkugel«, antwortete ihre Mutter. »Ach, die hast du wohl gar nicht gesehen?« Sophie schüttelte unbeeindruckt den Kopf. Was interessierten sie irgendwelche Lichtkugeln? Die waren ihr heute schnuppe. »Gut, also diese Kugel sowie die Ergebnisse unseres Gesprächs, die verschiedenen Ufo-Theorien. Wer möchte das heute machen?«, fragte Sophie in die Runde. Es meldete sich niemand freiwillig. »Oh, ihr tapferen Männer! Traut sich keiner von euch?«, scherzte Hannah. »Machen Sie das bitte! Luise und Sie, Hannah! Sie können das am besten!«, entschied der Major. Gesagt, getan. Die beiden Frauen berichteten abwechselnd und auf der anderen Seite herrschte ungewohnte Stille. Das war unüblich. Immer wieder fragte Luise leise ihre Tochter, ob die Verbindung überhaupt noch bestand, doch Sophie bestätigte dies jedes Mal. »Hallo? Warum sagen Sie nichts? Hat es Ihnen die Sprache verschlagen?«, fragte Hannah unverblümt. Auf der anderen Seite wurde immer noch hartnäckig geschwiegen. Dann ein Räuspern: »Wir melden uns in fünf Minuten bei Ihnen! Dann bekommen Sie weitere Instruktionen! ENDE!«

»Wie?«, fragte Hannah entrüstet zurück. »Ist das alles, was Ihnen dazu einfällt?« »Hannah, sie hören dich nicht mehr, sie haben die Verbindung gekappt!«, stellte Sophie nüchtern fest.

»Komisch! Findet ihr nicht auch? Wir haben schier unglaubliche Neuigkeiten und die interessieren sich gar nicht dafür!«

»Was haben Sie erwartet, Hannah? Dass sie frohlocken und Ihnen eine Medaille um den Hals legen?«, fragte der Major. Sein energischer Mund zuckte. »Es scheint ihnen nicht zu gefallen, was wir herausgefunden haben. Es passt nicht in deren Konzept.« Hannah nickte, ja, so musste es wohl sein. Alle starrten auf Sophies Hand und ihren KT. Plötzlich blinkte und meldete das Gerät sich mit der bekannten Melodie. »Ja?«, fragte Sophie. »Dieses zweite Treffen hat sich als reinste Zeitverschwendung erwiesen. Bitte starten Sie augenblicklich in Richtung Südosten. Die genauen Koordinaten geben wir Ihnen in Bälde durch. Sie sind an Verschwörungstheoretiker geraten. Und, ach ja, das ist Ihnen inzwischen sicher selber klar geworden, diese Lichtkugel war reine Einbildung. Oder ein besonderes Wetterphänomen. ENDE.«

»Das war keine Einbildung! Es war real! Und es war auch kein Wetterphänomen oder ein Wetterballon!«, schimpfte Konstantin. Eindringlich fragte er Tom: »Habt ihr es auch gesehen?« »Ja, haben wir, vom Cockpit aus, die helle Kugel war deutlich zu erkennen. Der Major hat ein Foto gemacht.« Konstantin schnalzte erleichtert.

»Gut«, konstatierte der Major, »dann mal los! Tom, du fliegst und ich leg' mich etwas hin. Weck mich, sobald die Koordinaten und unser neues Ziel feststehen.«

»Verstanden, Herr Major!«

Der Rest nahm ebenfalls Platz. Trotz ihrer Erschöpfung blieben Hannah und Luise wach. Konstantin schlummerte schnell ein. Sein Bauch war gut gefüllt und der Hopfen entfaltete seine Wirkung. Hannah schnappte vernehmlich nach Luft. »Wie können sie das Ufo-Phänomen leugnen? Warum tun sie das?« Luise zog eine Braue hoch und ließ ein kehliges Lachen hören. »Tja, meine liebe Hannah, warum wohl? Wenn sie zugeben würden, dass es da draußen etwas gibt, was sie nicht unter Kontrolle haben, ja, was sogar mächtiger ist als sie, technologisch, vielleicht auch moralisch. Wenn sie dies zugeben würden, würden sie all ihre Macht verlieren. Und wenn sie eins nicht wollen, ist es genau dieses.« »Stimmt!« Hannah hob Luises Hände an ihre Lippen und küsste sie. »Stimmt!«, sagte sie noch einmal mit Nachdruck. »*Das* fürchten sie wohl am meisten. Also wird geleugnet und tabuisiert. Ich finde es grässlich, wie sich das, ähm, dieses Denkverbot auf die Gesellschaft übertragen hat. Allein wenn man das Wort ›Ufo‹ nur erwähnt, wird man belächelt. Nicht mehr für voll genommen. ›Wie, du glaubst an Ufos?‹, wird gewitzelt und herzhaft gelacht. Das ist so gemein. Was hat denn das mit Glauben zu tun? Nichts.«

»So ist es. Hannah, ich sag es dir, genau diese Erkenntnis,

dass das Ufo-Phänomen real ist, sie wird die vierte Kränkung des menschlichen Narzissmus werden. Das Selbstbild vom *absoluten* Menschen und seiner technologischen Allmacht wird zerplatzen wie eine Seifenblase. Die Erkenntnis, dass wir nicht die einzige, geschweige denn die intelligenteste Zivilisation in diesem Universum sind. Und, oder, aber, dass es vor uns Zivilisationen gab, die technologisch viel weiter entwickelt waren als wir heute.«

Christopher setzte sich zu Sophie. »Wo warst du eigentlich? Warum wolltest du nicht mitfeiern?«, drang er in sie. Sophie schwieg. Weder sein Ton noch seine knoblauchgeschwängerte Schnapsfahne gefielen ihr. »Was ist denn? Was habe ich falsch gemacht?« »Nichts. Du hast mir nur die Augen geöffnet.« »Wie? Was? Was meinst du? Nun rede!« Christopher klang gereizt. »Ach, ihr Frauen!« »Hast du ein Problem mit uns Frauen?« »Was soll das denn jetzt?«, raunzte er sie an. Hannah drehte sich zu ihm um, obwohl Luise sie daran hindern wollte. »Lass sie, sie muss da durch, Hannah!«, zischte sie. Hannah schluckte herunter, was ihr auf der Zunge brannte, und setzte sich wieder. Vor Aufregung war sie kreidebleich. Luise war stolz auf sie. »Hast recht, Luise, sie muss sich selbst behaupten, tut mir leid!« »Es muss dir doch nicht leidtun, du bist halt ein herzensguter Mensch, äußerst leidenschaftlich und gerechtigkeitsliebend. Du kümmerst dich um die Kinder, um uns alle, willst alle beschützen. Aber das muss unsere Sophie jetzt selbst durchstehen.« »Hast ja recht!« Hannah nahm Luises Hände und küsste sie wieder. »Ich verstehe dich ja, und wie ich dich verstehe! Er ist wirklich ein furchtbarer Zeitgenosse, ich mag ihn auch ganz und gar nicht. Null Frustrationstoleranz! Was findet sie bloß an diesem Menschen? Wirklich schade und unverständlich, dass sie sich ausgerechnet *ihn* ausgesucht hat.« Sie hielten sich an den Händen und bekamen hautnah das weitere Gespräch mit. »Chris, ich dachte, zwischen uns würde etwas Besonderes sein. Doch ich habe mich wohl geirrt.« »Aber warum, Sophie?«, fragte er milder. »Was habe ich verbrochen?« »Denk nach, Chris!« »Ach, du meinst, weil ich getanzt habe?« »Du hast nicht nur getanzt, du hast geflirtet! Und zwar heftig!«, rief sie in einem plötzlichen Anfall von Zorn. Sie presste ihre knochigen Hände zusammen und sah ihn mit einem tiefen und zugleich prüfenden Blick an. Sie versuchte in seinem Gesicht zu lesen, seinen Augen zu entnehmen, was er in der Zeit getan hatte, seit er sich zum Tanz verabschiedete. »Oh, du bist eifersüchtig! Das ist süß!« Er küsste sie. Erst widersetzte sie sich ihm und hielt ihre Lippen entschlossen zusammengepresst, doch er hörte nicht auf, ihren Mund zu liebkosen, also gab sie den Widerstand auf.

»Mist!«, fluchte Hannah. Auch Luise verzog ihr Gesicht. »Da kann man nichts tun. Komm, wir schlummern jetzt ein wenig, ja? … Hannah?« Hannah schaute sie sehnsüchtig an. »Hannah, weißt du noch?« »Und ob, Liebste, und ob ich noch weiß und spüre.« Mit einem Lächeln auf den Lippen schliefen sie ein.

17

Schon aus der Ferne waren die felsigen Berge in der Dämmerung zu erkennen, die sie schon bald überflogen auf ihrem Weg, die angegebenen Koordinaten auf dieser griechischen Insel zu finden. Es war eine verlassene Gegend, so gut man dies bei diesen Lichtverhältnissen einschätzen konnte. Nichts als Felsen und Berge, hin und wieder ein Baum, dessen verwelkte vertrocknete Blätter daran erinnerten, dass es einmal eine Zeit im Licht gegeben hatte. Eine Zeit, die den Bäumen auch Regen schenkte, den sie selbst in dieser so kargen Landschaft so schmerzlich vermissten. Es blieb zu hoffen, dass die Zeiten sich ändern würden und ein Keim des Lebens stark genug sein würde, dieses alles zu überstehen, und von Neuem beginnen würde zu wachsen.

Die Berge gaben mit einem Mal ein Tal unter ihnen frei und eine verlassene Fußballarena geriet in ihr Blickfeld. Ihr Landeplatz. Und so öde wie der Platz selbst war auch die Gegend um ihn herum.

»Ich habe sie angeschrieben. Gefragt, wie lange wir nun wieder auf Instruktionen warten müssen. Sie antworten nicht«, beklagte sich Sophie leise bei ihrer Mutter. »Ach, Sophie, gib ihnen Zeit. Sie müssen allerhand koordinieren. Sieh es positiv. Hier sind wir sicher, und wir können den Heli verlassen. Und du weißt doch, das Gras wächst nicht schneller, wenn man daran zieht.« Sophie seufzte. »Okay. Ich gehe nach draußen. Konstantin, kommst du mit?« Die Geschwister verließen den Heli. Christopher studierte seine Sternenkarten und Hannah war noch im Reich der Träume.

Luise entschied, ihre Tagesration Astronautenkost zu holen. Sie begab sich in die Kochnische. Er war auch da. Er saß auf einem Hocker und starrte auf eine offene Packung Kekse.

»Luise?«, flüsterte er und stand auf. »Luise, ich muss Ihnen etwas gestehen!« Luise verkrampfte sich, sie spürte, was er zu sagen beabsichtigte. Sein Herz raste vor Aufregung. »Sie sind meine Traumfrau, Luise, und ich habe mich in Sie …« »Bitte, Herr Major Berg, sprechen Sie nicht weiter. Ich bin glücklich vergeben. Sie sind ein wundervoller und attraktiver Mann, und ich fühle mich sehr geschmeichelt. Doch ich liebe Hannah unendlich und wir werden immer zusammenbleiben!«

Er fühlte, wie sich der Raum um ihn zu drehen begann.

»Gut«, sagte er heiser. »Das waren offene und auch freundliche Worte. Danke dafür«, flüsterte er und drehte sich um.

›Wie interessant, der Alte ist verknallt. Solche Gefühle hab' ich dem gar nicht zugetraut.‹ Vielleicht würde er irgendwann dieses Wissen, das er erlauscht hatte, zu seinem Vorteil einsetzen können. Christopher rieb sich die Hände.

Von diesem Gespräch an trainierte der Major nicht mehr mit Konstantin. Auch sprach er kaum noch, nur noch das Allernötigste. Er wurde noch wortkarger, als Tom es war.

»Ich soll mit dir trainieren!«, meinte Tom. »Okay. Gut, Tom, gern, aber warum? Bin ich dem Major doch zu lästig?« »Weiß nicht. Ist doch auch egal. Er schickt mich zu dir. Hier bin ich.« Und dann etwas versöhnlicher: »Ich kann dir auch sehr viel beibringen, weißt du?«

Und sie übten, kämpften und Konstantin saugte das Wissen um die neuen Techniken auf wie ein trockener Schwamm das Wasser.

18

Es wurde wieder sehr, sehr dunkel. Die Gruppe suchte Zuflucht im Helikopter. Sie befanden sich nach Christophers Berechnungen äußerst nah am galaktischen Zentrum.

»Es ist so düster draußen, Mann, das geht mir auf die Nerven!« Konstantin schaute aus dem Fenster und wirkte entmutigt. Sie hatten gerade gemeinsam zu Abend ›getrunken‹. Die Astronautenkost schlug ihm heute ganz besonders auf die Stimmung, er verspürte einen Heißhunger auf feste Speisen. Die Knabbereien, die ihm seine Mutter großmütig überlassen hatte, hatte er längst vertilgt. Und zwar innerhalb weniger Stunden. Die gute Luise behielt nur zwei Rohkostriegel für sich, den Rest überließ sie ihrem Sohn. »Ach, was würd' ich jetzt für eine Thunfischpizza geben. Oder für ein Omelett und ein kühles Bier dazu und …« »Ja, was *würdest* du denn dafür tun?«, unterbrach ihn Christopher gehässig und steckte seinen Stift hinters Ohr. Konstantin beachtete ihn nicht. Der Major spielte für alle überraschend das Spiel mit: »Ach, was würde ich *jetzt* für eine Scheibe Entenbrust mit Kroketten und Rotkohl geben?« Hannah grinste: »Und ich? Wer weiß es?« »Das ist nicht schwer zu erraten!«, lachte Konstantin. »Ach, was würde ich jetzt für meine köstlichen Pralinen geben!«, ahmte er erfolgreich den Tonfall seiner Stiefmutter nach. »Falsch!« Hannah schüttelte mit dem Kopf! »Falsch! Ich sehne mich nach frisch geröstetem Toast! Toast spendet Trost! Ich hab den Duft in der Nase, ach, was liebe ich diesen Duft!«, schwärmte sie. »Er vermittelt ein heimeliges, wohliges Gefühl. Geborgenheit, Gemütlichkeit.« Ihre Augen leuchteten. »Ja, ach, was würd ich jetzt für eine Scheibe Toast mit Butter und Erdbeermarmelade darauf geben! Und du, Luise?« »Ich? Ich hätte gern etwas Frisches! Einen köstlichen Sommersalat!« »Ich schließe mich dir an, Mama«, zwinkerte Sophie. Christopher blieb wieder einmal außen vor. Er wirkte wie ein Fremdkörper, jemand, der nicht dazugehörte, auch nicht dazugehören wollte. Jemand, der notgedrungen geduldet wurde. Und das spürte er auch. Doch anstatt auf die anderen zuzugehen, distanzierte er sich immer weiter von ihnen. Sophie gefiel seine Art überhaupt nicht mehr. Er war wie ein Spielverderber, ein humorloser Mensch, der sich sehr schnell provoziert fühlte und dann um sich schlug und beleidigend wurde.

Schade. Sie hatte sich in ihm geirrt. Das dachte sie nicht zum ersten Mal. Und dennoch. Dennoch fühlte sie sich von ihm angezogen.

»Und nach dem köstlichen Mahl eine heiße Dusche und ein richtiges Bett«, sinnierte Konstantin. »Was will man auch anderes von einem Jungen erwarten, der von zwei Frauen groß-gezogen wurde? Daraus kann doch nur ein Weichei werden!«, höhnte Christopher erneut. Hannah zog scharf die Luft ein. Doch Christopher ignorierte die Warnung. »Wie passend, dass du dich nach einem Omelett sehnst, du Weichei!« Er lachte über den eigenen Witz.

»Was hast du für ein Problem, Christopher? Warum bist du so zanksüchtig?«, schleuderte Hannah ihm ins Gesicht. Sie konnte ihn nicht mehr siezen. Vorbei war die Wahrung der Etikette. Der Angesprochene grinste schamlos. »Ach, Leute, da fällt mir ein. Da erzähl ich unserem Tom den Pi-Witz des Kleinen, und was denkt ihr, was passiert?« Er hielt sich den Bauch vor Lachen. »Nichts!!! Absolut nichts! Der gute Tom hat den Witz nicht verstanden! Was für ein Blödmann! Er kennt Pi nicht! Ich nenn ihn nur noch Mr. Pi! Mr. PiPi, Mr. PiPi!«, schrie er und lachte Tränen. »Du hast wohl zu lang an einem Kugelfisch gelutscht«, fauchte Konstantin, »der Blöd-mann bist du!! Tom weiß sehr wohl, was die Pi-Zahl ist, er ist Luftfahrtingenieur! Ich schätze einfach mal, er findet dich zum Gähnen, was ich übrigens auch tue! Es ist wirklich an der Zeit, dass dich jemand ins Gebet nimmt!« Als wäre ihm die Puste ausgegangen, hörte Christopher auf einen Schlag auf zu lachen. Seine Gesichtszüge verhärteten sich. Seine Augen verengten sich zu Schlitzen. »Bengelchen!«, sprach er gefährlich leise. »Ich warne dich!«

»Hey, Giftzwerg! Du hast hier niemanden zu warnen, hast du verstanden?«, fuhr der Major ihn streng an. »Dich meine ich, du Möchtegernseemann!«, fügte er hinzu, weil der Angesprochene sich nicht regte. »Meinst du, du bist *mehr* Mann als *dieser* Bursche hier?«, und er deutete auf Konstantin, der daraufhin leicht errötete. Schweigen. »*Antworte gefälligst*!«, bellte der Major plötzlich. Christopher schwieg, schaute ihm aber direkt ins Gesicht und grinste herausfordernd. »Hast du Mutter *und* Vater? Ja?« Immer noch Schweigen. »Ja? Hast du? Dann haben die beiden, verdammt noch mal, v e r d a m m t *viel* falsch gemacht!« Christopher sprang auf und ballte die Fäuste. »Oh, hohoho!«, lachte der Major auf. »Willst du dich mit mir prügeln? Nur zu! Das wird mir ein Vergnügen sein!« Er fixierte ihn mit einem bösen Blick. »Eine halbe Sekunde gäbe ich dir bloß, dann wärst du erledigt, Bengelchen!« Er spannte seine Schultern und nahm einen tiefen Atemzug. »Diese wunderbaren Frauen hier haben einen großartigen Kerl herangezogen, er ist tapfer! Er ist integer, er ist männlicher und reifer, als du es jemals sein wirst! Und lass dir noch etwas gesagt sein: Auch ich bin ohne Vater aufgewachsen, meine gute Mutter hat uns Geschwister ohne jegliche männliche Unterstützung großgezogen und was meinst du? Bin auch ich ein Weichei?«

Christopher grinste nicht mehr. Er zog den Stift hinterm Ohr hervor, brach ihn entzwei und schleuderte die beiden Teile wutentbrannt auf den Boden. Dann verließ er schnaubend den Heli und verschwand in der Dunkelheit. Luise und Hannah atmeten auf. Sie fühlten sich stets wohler, wenn er nicht in ihrer Nähe war. Dieser Wissenschaftler verbreitete eindeutig eine schlechte Atmosphäre. Sie richteten ihre Aufmerksamkeit wieder auf den Major. Sie fühlten sich gerührt. Konstantin glühte inzwischen, so viel Lob und Einsatz für ihn hatte er von diesem Mann nicht erwartet. »Herr Major, danke! Ihre Rede war beeindruckend!«, sagte Luise aufrichtig. »Ja, das stimmt, danke, Herr Major, das war ganz große Klasse!«, trompetete Hannah. Er schaute beiden abwechselnd in die Augen. »Es ist doch die Wahrheit! Und ich denke, es ist an der Zeit, dass ich mich für meine kruden Bemerkungen bei unserem ersten Zusammentreffen entschuldige, also, Ladys!«, und er verbeugte sich tief. Dann schaute er wieder auf, sah zuerst Luise und dann Hannah an: »Bitte verzeihen Sie mir!«, sagte er mit Nachdruck. »Längst geschehen!«, erwiderten beide Frauen gleichzeitig und lächelten. Er blieb ernst: »Sie sind beide sehr toughe Frauen! Sie sind entschlossen und mutig und, ja, wie soll ich es ausdrücken? Sie sind von echtem Schrot und Korn! Und Sie haben das Herz am rechten Fleck!« Er senkte seinen Kopf und schaute gedankenverloren auf seine Handinnenflächen. Mit dem rechten Daumennagel kratzte er in die Hornhaut seiner linken Hand. Dann schaute er wieder auf und sagte laut, vielleicht etwas lauter als geplant: »Ohne Sie wäre diese Mission längst gescheitert!« »Danke«, murmelten die Frauen verblüfft. Der Major verbeugte sich ein weiteres Mal.

»Das mit dem Kugelfisch musst du mir unbedingt noch erklären«, sagte er an Konstantin gewandt und begab sich zu Tom ins Cockpit, um ihn zu wecken und sich auf den Weiterflug nach Nordafrika vorzubereiten.

Sophie war die ganze Zeit still geblieben und ärgerte sich über sich selbst. Warum hatte *sie* nichts gesagt? Warum hatte *sie* nicht so eine flammende Rede gehalten wie dieser Fremde? Warum hatte *sie* Chris nicht zurechtgewiesen? Wie konnte sie sich in einen solchen Kerl verlieben? Er konnte so gemein sein.

Das Wort ›unberechenbar‹ kam ihr in den Sinn. Ja, er war unberechenbar. Und ein Choleriker. Sie mochte unberechenbare Menschen eigentlich ganz und gar nicht. Und Choleriker ebenso wenig. Sie gestand sich in diesem Moment ein, dass er ihr Angst machte. Und die wichtigste aller Fragen, die in ihrem Kopf Karussell fuhr, war: Was würde geschehen, sollte Christopher sich nicht irren und sie tatsächlich in das galaktische Zentrum von dem schwarzen Loch verschluckt wurden? Würde dann alles vorbei sein? Das Leben? Ihr Leben?

19

»Das darf doch nicht wahr sein, was ist das, verdammt?« Christopher warf seine Zigarette weg und schaute gebannt auf das Licht über ihm. Es bewegte sich und glitzerte in den verschiedensten Farben. Er konnte weder die Größe noch die Entfernung dieses Etwas abschätzen, da um ihn herum die absolute Finsternis herrschte. Es gab keinen Anhaltspunkt. Keine Sanddüne. Keine Hütte, die zu sehen war. Nicht einmal das Nachtsichtgerät brachte Erkenntnisse. Er rannte zum Heli und informierte die anderen. Diese stiegen aus, blieben aber nahe beim Hubschrauber. »Es bewegt sich leicht, seht ihr das? Es wabert! Mein Gott!«, rief Christopher. »Ich muss hin. Ich muss es mir aus der Nähe ansehen!«, verkündete er und küsste theatralisch sein Zigarettenetui. »Chris, das ist gefährlich. Lass es bitte.« Sophies Warnung wurde ignoriert: »Wer kommt mit?«, fragte er stattdessen. »Ich nicht!«, antwortete eine enttäuschte Sophie. »Ich auch nicht!«, pflichtete ihre Mutter ihr bei. »Und *ich* erst recht nicht!«, schloss Hannah.

Zum Leidwesen der Frauen schlossen sich jedoch die übrigen Männer Christopher an. »Bleiben Sie bitte im Heli, Luise, komme, was wolle. Wir schalten auf ›unsichtbar‹, dann sind Sie sicher. Wir werden uns beeilen«, ordnete der Major an. Die vier Männer machten sich bereit und zogen los.

»Ich finde es nicht gut, Mama, dass Konstantin mitgegangen ist«, meinte Sophie beunruhigt. »Warum nicht, Sophie?«, fragte ihre Mutter. Sophie schien zu überlegen. Sie zuckte mit den Achseln. »Und ich finde, sie hätten uns eine Waffe hierlassen sollen.« »Hier drin sind wir doch sicher!«, schaltete Hannah sich ein. »Ich weiß nicht!«, murmelte Sophie.

»Schau doch, in unserer Nähe rasten ja die Berber in ihren

Hütten. Das sind friedliche Menschen. Und wir drei sind im Heli sicher. Und sieh. Wer sagt, dass wir keine Waffen haben?« Hannah stand schmunzelnd auf, ging zur Kochnische und zauberte zwei Gabeln und ein paar Messer aus der Lade. Luise grinste. Sophie schaute sie nur gelangweilt an. Luise setzte sich zu ihrer Tochter und nahm deren Hand in die ihre. »Sophie?« Sophie sah sie mit großen traurigen Augen an. »Er ist nicht der Richtige für dich. Er ist nicht gut zu dir. Vergiss ihn!« Sophie blickte ihre Mutter erschrocken an. »A … a … ber …«, stotterte sie. »Woher weißt du?« Luise lächelte schief.

»Ach, mein Schatz, das weiß doch jeder hier.«

»Es ist nichts Ernstes, Mama!«, winkte die junge Frau ab. Luise nahm sie in den Arm und Sophie begann zu weinen. »Er kann so ein Arschloch sein. Manchmal empfinde ich so eine unglaubliche Wut auf ihn.«

»Er IST ein Arschloch, Sophie, wie kannst du dich bloß in so einen Typen verlieben? Das ist mir echt ein Rätsel!«, ereiferte sich Hannah, immer noch das Besteck in den Händen haltend. »Sagt mal, warum haben die hier überhaupt Besteck, wenn es nur Flüssigkost gibt?«, fragte sie gedankenverloren und legte kopfschüttelnd die Dinge beiseite. Luise küsste Sophie auf die Stirn. »Schatz!«, begann sie. »In der ersten Phase der Verliebtheit sind wir doch alle ein bisschen blind. Du weißt doch, man hat dann die rosarote Brille auf. Und du hast inzwischen erkannt, dass er dir nicht guttut. Das ist sehr gut!« »Also beenden wir die Sache – hier und jetzt!«, rief Hannah und stampfte mit dem Fuß auf. Sophie weinte und lachte zugleich. »Ist gut, ihr habt ja recht. Ihr habt genau das ausgesprochen, was ich in mir fühle. Genauso ist es. Er tut mir nicht gut. Ihr seid lieb, danke. Ich werde die ›Sache‹ beenden.« Ihr wurde schlagartig bewusst, dass das Bild von einer gemeinsamen Zukunft in ihr längst erloschen war.

20

Sie rannten um ihr Leben. Unablässig fielen Schüsse. ›Es sind noch mindestens zweihundert Meter bis zum Helikopter‹, schätzte der Major. Er bildete wie immer die Nachhut und feuerte hinter sich. »Schneller!«, trieb er die anderen an. Direkt vor ihm war Konstantin. Tom und Christopher verlor er aus den Augen. Das Herz schlug Konstantin bis zum Halse, er rannte so schnell wie noch nie in seinem Leben, die Sprints bei seinen Wettkämpfen waren dagegen gemütliche Spaziergänge und er dankte dem Universum, dass seine Mutter und Hannah sowie Sophie bei diesem ›Ausflug‹ im Helikopter geblieben waren und ihnen dieser Sprint erspart blieb. Hannah hätte ihn aller Wahrscheinlichkeit nach nicht überlebt. Seine sportive Mutter wohl schon eher, Sophie auch. Doch die etwas behäbige Hannah? Der Major hatte den Dagebliebenen befohlen, sich nicht zu zeigen und somit den Hubschrauber und sich nicht zu verraten, komme, was wolle. Sie sollten auf alle Fälle drinbleiben. Darüber war er sehr froh. Nur noch fünfzig Meter. Der Major wechselte geschwind seine Augeninstrumente und erkannte die Umrisse des Helis. »Nach rechts, mir nach!« Er überholte den jungen Mann mit einer unglaublichen Leichtigkeit. ›Dieser Mann kann es ohne Weiteres mit jedem Sprinter aufnehmen. Selbst der weiche Sand unter unseren Füßen macht ihm nichts aus.‹ Doch kaum hatte der Major seinen Befehl gebrüllt, stürzte er getroffen zu Boden. Konstantin sah sich kurz nach den Angreifern um, rannte zum Major und fiel neben ihm auf die Knie. »Ich helfe Ihnen, los, stehen Sie auf, Sie schaffen das!«, drängte er und schrie den Major zum ersten Mal an. »Es geht nicht – zu schwer verletzt, Konstantin, nimm die Brille und renn zum Heli. Tom …«, er spuckte Blut. Konstantin liefen Tränen übers Gesicht. ›Er darf nicht

sterben.‹ »Sie dürfen nicht sterben, bitte, lieber Gott, hilf uns!«
»Nimm die Brille, los, und lauf, das ist ein …«, er hustete und
spuckte noch mehr Blut, »… ein Befehl! Und, Junge! Gib acht
auf deine … beiden Mütter! Wo … wo ist Tom?«, keuchte
der Major. Konstantin hielt seinen Kopf in den Armen und
betete. »Renn, sonst bist du auch gleich tot!« Toms Stimme
ertönte direkt über ihm. Konstantin nahm die Brille, rannte
los, erreichte den Heli, sah zurück und bemerkte, dass Tom
immer noch neben dem Major kniete. Also hastete er wieder
zurück zu den beiden. »Sollen wir ihn tragen, Tom?« Konstantin weinte haltlos. »Er ist tot, Konstantin!« Tom blieb sitzen, immer noch des Majors Kopf auf seinem Schoß hin- und
herwiegend. »Dann los, Tom, komm! Wir müssen weiter! Wir
sterben sonst auch!« Die Schüsse wurden immer lauter. »Tom,
komm schon!« Er zerrte an dessen Jacke. Tom küsste dem toten
Major die Stirn, schloss ihm die Augen und die beiden Männer
stürmten los. Wie aus dem Nichts tauchte auch Christopher
wieder auf. Die Männer rangen nach Atem, die Luft wurde
knapp, die Lungen brannten. Zehn Meter noch. Konstantin
verlor dabei sein Nachtsichtgerät, doch die rettende Brille hatte
er fest in der Hand.

Hannah erlitt einen Heul- und Schreikrampf, Luise schossen
Tränenbäche aus den Augen und Sophie erschrak sich zu Tode,
als sie Konstantin blutüberströmt hereinstolpern sahen. »Es ist
nicht mein Blut!« Mehr musste er nicht sagen. Denn nur drei
Männer erreichten den rettenden Hubschrauber. Tom stürzte
ins Cockpit und startete die Maschine. Er tat es, obwohl das
Risiko groß war, dass sie nun alle starben. Doch er konnte
nicht darauf bauen, dass die Angreifer ihre Spur verlieren und
sich zurückziehen würden. Sie schienen ebenfalls Nachtsichtgeräte zu besitzen, denn sie bewegten sich sehr sicher in der
Dunkelheit. Und sie waren ihnen direkt auf den Fersen. Zu

groß war die Gefahr, dass sie jeden Moment direkt vor dem Heli auftauchten. Wenn das passieren sollte, würden sie erkennen, was dies bedeutete, sie würden das Feuer eröffnen und die Insassen wären verloren. Also, es war klüger, sofort zu starten. Obwohl seine Trauer unaussprechlich groß war, bewahrte er einen kühlen Kopf und blieb geistesgegenwärtig. Allein im Cockpit und vom Dröhnen der Motoren betäubt, überließ er sich seinen Emotionen und weinte bitterlich, wie ein Kind, das seinen geliebten Vater verloren hatte.

Es konnte nicht wahr sein. Dieser Mann, dieser Hüne von Mann, ihr Herr Major, der so tapfere und besonnene Major, der sie stets zu beschützen wusste, dieser Mann sollte tot sein? Das war unmöglich. Die Frauen und Konstantin standen unter Schock.

Christopher schien genervt. ›Wären sie auch so verzweifelt, wenn es mich erwischt hätte? Ganz sicher nicht … dabei habe ich unglaublich viel zu dieser Mission beigetragen. Mehr als der Alte. Ohne mich hätten sie keinen blassen Schimmer, in welcher Galaxie wir uns befinden und wo wir uns hineinbewegen und wie es sein kann, dass der Mond noch immer unser stummer Zeuge ist, und so viel mehr‹, dachte er grimmig. ›Und Sophie heult wegen dieses alten Mannes? Gott, wie ich sie verabscheue. Wie ich alle diese Menschen hier verabscheue.‹ Er fühlte eine gewaltige Wut in sich. Er stand auf und sagte nur dies: »Hannah, du solltest froh sein, dass er tot ist.«

Die Frauen reagierten nicht. Konstantin sah ihn voller Bestürzung an. »Was sagst du da, du Armleuchter???«, und stürzte sich zornentbrannt auf den Herrn Doktor Doktor. Er schlug ihm seine rechte Faust ins Gesicht, und dann die linke, mahnte sich aber gleichzeitig zu Besonnenheit. ›Nicht so heftig, Konstantin, wir haben keinen Arzt an Bord.‹ Der Gedanke wirkte. Er schlug nicht so fest, wie er gekonnt und auch am liebsten gewollt hätte. Der Herr Doktor Doktor stürzte. Am Boden liegend zeigte er Konstantin den dritten Finger. Dieser verpasste ihm ein paar Tritte und machte keine Anstalten, damit aufzuhören. Hannah schrie entsetzt. Luise und Sophie sprangen auf, um ihn zu stoppen. Als auch noch Hannah ihnen zu Hilfe kam, gelang es ihnen zu dritt, den jungen Mann von Christopher wegzureißen. Sophie weinte. Hannah keuchte. Christopher blutete aus der Nase und ein Stück von einem seiner Schneidezähne war abgesplittert. Er schluchzte jämmerlich.

Doch Sophie konnte ihn nicht trösten. Sie wollte es auch gar nicht. Die Flamme war erloschen. Das Bild von ihm, wie er vor ihrer Haustür mit drei hübschen Blumensträußen stand und voller Vorfreude auf Einlass wartete. Das Bild war schon länger nicht mehr in ihr, gestand sie sich ein. In ihr … Sie erinnerte sich an seine Erregung und spürte beschämt, dass sie ihr gefallen hatte. Gleichzeitig aber empfand sie eine unendliche Leere in sich. Und Ekel. Sie verstand die Ambivalenz ihrer Gefühle nicht. Er erregte sie, räumte sie ein, jedoch hinterließen sowohl seine Zunge als auch sein Glied einen bitteren Nachgeschmack in ihr. Sie war nun sehr froh, dass er sich nicht in ihren Mund ergossen hatte. Seinen Samen wollte sie nicht trinken. Kurz vor seinem Höhepunkt hatte es dieses laute Geräusch gegeben und der Major war aus dem Cockpit nach hinten in die Kabine gestürzt. Zum Glück. Sie musste ihn nicht in sich aufnehmen. Sie hätte ihn gern befriedigt, jedoch nicht so. Nicht beim ersten Mal. Ihr erstes Mal stellte sie sich anders vor. Wild, jedoch romantisch. Doch ihr »erstes Mal« war unpersönlich. Sie war austauschbar. Sie spürte, dass er es mit jeder anderen jungen und einigermaßen attraktiven Frau auch getan hätte. Ja, sie war für ihn austauschbar. Er war nicht in sie verliebt. Sie sollte ihn einfach nur befriedigen. Egal wie. Hauptsache, er bekam einen Orgasmus. Das war alles. Grob war er. Er hatte so fest an ihren Haaren gezogen, dass ihre sensible Kopfhaut noch

Tage danach schmerzte. ›Nein. Nein. Nein!‹, schrie ihre innere Stimme. Er war nicht der Mann ihrer Träume. Ein Lebemann. Stets auf der Suche nach einem Sexabenteuer.

»Warum sagst du so etwas Gemeines, Christopher? Du bist selbst schuld, dass Konstantin auf dich losging!« Mehr sagte sie nicht. »Sind wir wieder bei ›Christopher‹?«, schnauzte er. Sie sog hörbar Luft ein. »Ja, das sind wir!«, antwortete Sophie so ruhig, wie sie konnte, und hielt die Luft an. Es war gesagt. Beschlossen. Das Ende.

Die Bedeutung ihrer Antwort wurde allen Anwesenden schlagartig bewusst. Auch Christopher. Seine Wut übermannte ihn. Er wollte Rache. Sie sollten alle büßen. »Oh, es ist nicht gemein, was ich gesagt habe, es ist die Wahrheit. Los, stolze Luise, sag es ihr! Sag es allen! Vor allem deiner ach so geliebten Frau!« »W A S soll ich sagen? Du fantasierst! Halt gefälligst deinen Mund, du hast schon genug Schaden angerichtet!«

»Was soll sie mir sagen?«, Hannah entwickelte Bärinnenkräfte und zog ihn mit Leichtigkeit auf die Beine.

»W A S?«, brüllte sie ihn an.

»Deine Luise hatte eine Affäre mit dem Alten!«, spuckte er aus. Hannah schubste ihn angewidert zu Boden und dabei verstauchte er sich sein Sprunggelenk. Schmerzerfüllt schrie er auf. Dann sank Hannah in sich zusammen und stammelte nur: »Das kann nicht sein, das glaube ich nicht.« »Hanebüchene Unterstellungen sind das!! Du, *du Arschloch*!«, schrie Luise ihn an und ihre Kinder erschraken über diesen herben Ausdruck. Sie konnten sich nicht erinnern, ihn jemals aus dem Munde ihrer Mutter vernommen zu haben. »Dein Verhalten ist pathologisch! Los, stehe auf, sei ein richtiger Mann und sag die Wahrheit!!«, brüllte sie herausfordernd. Und dann an Hannah gerichtet, liebevoll und ruhig: »Hannah, du weißt, dass das gelogen ist!!« Hannah schien weit weg zu sein. Luise fiel auf die Knie und umarmte sie, so fest sie konnte. »Schau mich an!

Hannah, das ist doch gelogen, du weißt es doch!« Sie fing an, ihre Liebste sanft zu schütteln. Hannah sah sie an und nickte. »Ja, aber warum sagt er das?« Tränen rannen über ihr Gesicht, desgleichen über Luises. Sophie spürte ihre Beine nicht mehr. Konstantin bückte sich, hob den Herrn Dr. Dr. hoch und sagte gefährlich leise: »Wenn du nicht die Wahrheit sagst, werfe ich dich aus dem Heli! Das schwöre ich dir!« »Dazu fehlt dir doch der Mumm, du Memme!«, krakeelte der Angesprochene. »Sophie!«, schrie Konstantin. »Öffne!« Sophie tat, wie ihr geheißen. Einen kleinen Spalt schaffte sie nur, der Druck war zu enorm. Ein kalter scharfer Luftzug füllte das Innere des Helis. Luise kam ihr zu Hilfe und zu zweit öffneten sie zu einem Drittel die Notausgangstür. Der Spalt war nun breit genug. Breit genug, dass ein Mann hindurchpasste. Christopher geriet nun doch in Panik. Er strampelte und wehrte sich, hatte aber keine Chance. Konstantin war ihm kräftemäßig deutlich überlegen. »Wenn du nicht singst, Vögelchen, fliegst du!« Und er zerrte ihn zur Tür. Christopher spürte die eisige Luft und sah die Finsternis. Die Männer schwankten gefährlich, der Hubschrauber flog eine Kurve. »Gott, dieser Verrückte wird es tun! Haltet ihn zurück! Das ist Mord!«, zeterte Christopher, wollte aber partout nicht klein beigeben. Doch die Frauen rührten sich nicht vom Fleck. »Gut, also dann nicht, du erbärmliches Stück Scheiße, dir wird *keiner* eine Träne nachweinen, los! Flieg!«, knurrte Konstantin, zurrte seinen Widersacher an seinem Kragen und steckte dessen Kopf durch den offenen Spalt. »Nein, nicht!«, kreischte dieser. »Ja, ich habe gelogen!« »Rede, du ARSCH!« Konstantin drückte ihn dabei noch ein paar Zentimeter weiter durch die Tür. Christopher sah sein Ende kommen. Er wollte aber nicht sterben und so sprudelte die Wahrheit aus ihm heraus. »Na, geht doch!«, flüsterte Luise ironisch. Er erzählte alles, was er mit angehört hatte, schrie es lauthals heraus und vor allem wiederholte er Luises Antwort auf das Geständnis des Majors.

›Was für ein Irrenhaus. Als hätten wir nicht schon genug Probleme!‹ Luise fühlte sich so gerädert und erschöpft wie noch nie in ihrem Leben. Und ebenso traurig. ›Der Mensch ist des Menschen Wolf‹, dachte sie düster.

»Das hast du gut gemacht, großer Bruder!« Konstantin sagte nichts. Er realisierte durchaus das Kompliment, das sie ihm zum ersten Mal in seinem jungen Leben machte, doch sich darüber freuen, nein, das konnte er nicht. Er sah den Major in seinen letzten Atemzügen vor sich, dachte an die niederträchtigen Lügen von Christopher, an diese aufwühlende Schlägerei, an Toms Schmerz, an seinen eigenen, und er trauerte still. Er sah die fremde tote Frau. Er hörte den schreienden Säugling. Und er weinte. Still und heimlich. ›Wäre ich geblieben, wo ich war, dann wäre alles anders gekommen. Ich bin ein Idiot. So überflüssig wie ein Pickel.‹ Er vergoss bittere Tränen.

Sophie meldete den tragischen Vorfall. Doch wenn sie von ihren Auftraggebern Empathie erwartete, wurde sie bitter enttäuscht. Ihre Bitte um Rücksichtnahme und zeitliche Verlegung des nächsten Treffens wurde unbarmherzig niedergeschmettert. Das nächste Treffen sollte unmittelbar darauf stattfinden. Der Ort läge etwa vierzig Kilometer Luftlinie von ihrem jetzigen Rastplatz entfernt. Anders als bisher gelang es dieses Mal Sophie nicht, ihr Team anzukündigen. Es ließ sich keine Verbindung zu der ägyptischen Basis herstellen. Sie gab in regelmäßigen Abständen die genannten Koordinaten ein, doch niemand meldete sich.

»Gut, was soll's? Dann eben nicht. Wir gehen ohne Voranmeldung hin«, verkündete sie.

Sie bot Tom an, im Heli zu bleiben, sie würde Konstantin und Christopher zum Schutz mitnehmen, doch statt eines Dankeschöns für ihr Mitgefühl kassierte sie von ihm nur ein schroffes kategorisches ›Nein‹. Trotz seiner Trauer wäre das nie für ihn in Frage gekommen. Und so brachen sie zu sechst auf.

Als sie den angegebenen Ort erreichten, stutzten sie. Da war nichts. Nur Wüste. Wüste und Dunkelheit. Sophie überprüfte immer wieder die Koordinaten, kam jedoch stets zum gleichen Ergebnis. »Hmmpf! Also gut!«, begann sie. »Der Ort scheint zu stimmen. Ja, am besten bleiben wir hier und warten!« »Einverstanden!«, antwortete ihre Mutter und setzte sich auf den kalten Sandboden. Nach und nach ließen sich auch die anderen auf der nackten Erde nieder. »Unsere Regierung hat ja keine Möglichkeit, mit den anderen Teams Kontakt aufzunehmen, sie kennt nur die Koordinaten der Basen. Hier in der Wüste haben wir es offensichtlich mit einer Art mobiler Basis zu tun! Aus diesem Grunde konnte mein Anruf nicht entgegen genommen werden … hmmmpf«, tat Sophie kund. »Kann sein, ja!«, wieder antwortete nur ihre Mutter. Die anderen schwiegen und froren.

»Wie lange warten wir schon?«, flüsterte nach einer ganzen Weile die fröstelnde Hannah. Der KT verriet es ihnen. Es waren exakt vierundvierzig Minuten. Schweigen. Es herrschte Totenstille. Nur der Wind sang eine unbekannte Melodie. »Gibt es hier eigentlich Skorpione? Und Schlangen?«, fragte plötzlich Sophie, eine Spur zu laut, und stand augenblicklich auf. Sicher ist sicher. Nach und nach erhoben sich auch die anderen. »Ruhe!«, zischte Tom. »Auf den Boden!« Lautlos zog er seine Waffe und versuchte mit seinen Augen die Dunkelheit zu durchdringen.

»Was ist los?«, flüsterte Hannah, doch Tom war längst außer Hörweite. »Wie, lässt der uns jetzt allein, der tapfere Soldat?« Statt einer Antwort erhielt Christopher von Konstantin einen Tritt gegen das Schienbein. Er fiel hin und jammerte. »Hey, kommt rüber, man hört euch sowieso!«, brüllte Tom. »Hierher!« Sie folgten erleichtert seiner Stimme und fanden ihn in Gesellschaft eines jungen, in Jeans und Arbeiterhemd gekleideten Einheimischen, der sie in perfektem Englisch begrüßte. »Ist hier eine Militärbasis?«, fragte Sophie ihn.

»Sie war mal hier. Doch nun sind alle weg. Verschwunden. Diese Himmelskatastrophe hat alles ins Chaos gestürzt, aber was will man auch anderes erwarten von einem Land, in dem vorher schon alles in Unordnung war?« Er klang unsagbar frustriert. »Als ich an jenem Tag aufwachte, ich schlief tagsüber, nachts arbeitete ich, war keiner mehr da. Es war stockfinster. Als ich meine Ohrstöpsel aus meinen Ohren entfernte, dachte ich, ich träume. Stille. Nicht der übliche Lärm, der sonst rund um die Uhr nervte. Ich verstand erst rein gar nichts. Alle waren weg. Nur mein Kollege und ich waren noch da, weil wir von dem ganzen Aufruhr nichts mitbekamen.« Er verzog sein Gesicht. »An uns dachte keiner. Man ließ uns hier allein. Sie sind zu ihren Familien heimgekehrt. Na ja, das wäre ich auch, wenn ich eine hätte.«

»Wo ist dein Kollege?«

»Auch weg. Hat Frau und Kinder.« Er bedeutete ihnen, ihm zu folgen. Tom nickte und ließ Sophie und den anderen den Vortritt. Er wollte die Nachhut bilden, so wie zuvor der Major. Der junge Ägypter führte sie in ein kleines Zelt, entzündete eine Petroleumlampe und bot seinen Gästen schwarzen Tee an, den jedoch alle ablehnten. Sie wollten es hinter sich bringen, so zügig wie nur irgend möglich, dieses Treffen, dieses Gespräch in diesem dunklen Land. »Was wollt ihr wissen?«, fragte er und setzte sich auf eins der am Boden verteilten bunten Kissen. »Was weißt du über die Himmelskatastrophe?«, fragte Sophie geradeheraus. Er goss sich Tee ein und kostete vorsichtig. »Huu … heiß! Hmm, ich bin kein Wissenschaftler, ich arbeite als einfacher Mechaniker fürs Militär. Ich kümmere mich um die Fahrzeuge am Standort, die hier mal waren. Ich kann euch nichts wissenschaftlich Untermauertes sagen. Nur meine Meinung, falls euch die interessiert.« Christopher stand seufzend auf und trat hinaus. Für ihn war dieses Gespräch nutzlos und hiermit beendet. »Verzeihen Sie das Verhalten unseres Freundes, er ist zigarettensüchtig und leicht entflammbar, wissen Sie?«, warb Sophie um Verständnis. Ein gequältes Lächeln huschte über ihr Gesicht. »Er wollte nicht unhöflich sein!«, log sie. Der Ägypter nickte bloß und schenkte ihr ein Lächeln. »Uns interessiert Ihre Meinung sehr!«, schwindelte sie wieder. Die anderen machten zustimmende Kopfbewegungen. Sie alle spürten, wie einsam dieser Mensch sein musste, der so lange Zeit allein in der dunklen und unwirtlichen Wüste zugebracht hatte. »Auf *diese* halbe Stunde kommt es nun auch nicht mehr an«, flüsterte Luise.

»Die Chinesen. Sie sind für diese Katastrophe verantwortlich. Die Chinesen sind die modernen Kolonialherren! Sie beuten uns aus, ganz Afrika plündern sie aus, diese Schlitzohren!«, behauptete der Mechaniker. Konstantin drohte auf seinem Kissen einzuschlafen. Sophie hörte mehr aus Höflichkeit denn aus Interesse zu und Tom wirkte wie fast immer unbeteiligt. Der junge Ägypter sprach voller Hass über die neuen Kolonialherren. Seiner Meinung nach war deren Gier nach neuen Energiequellen unerschöpflich. »So unerschöpflich, dass sie begannen, auf unserem Mond nach Helium-3 zu bohren. Das beschädigte den Mond. Und diese Beschädigung brachte die Erde zum Stehen. Sie dreht sich nicht mehr. Hier herrscht Dunkelheit. In China ist es, schätze ich, dafür rund um die Uhr hell! Gierig und dumm, diese Gelbgesichtigen!«, schimpfte der junge Mann. »Vielleicht war es sogar deren Absicht? Wollten sie vielleicht Hitze vierundzwanzig Stunden lang? Zuzutrauen ist es ihnen. Chinesen kopieren alles. Wollen Afrika in ihrem Land.« Nach ein paar weiteren Minuten unverbindlicher Konversation verabschiedete sich die enttäuschte Hubschrauberbesatzung

von dem grollenden Mechaniker und begab sich zurück zum
Helikopter.

Christopher erholte sich zügig, er hatte Glück im Unglück, weder sein Nasenbein noch sonstige Knochen waren gebrochen.
Er hatte lediglich Prellungen und Hämatome davongetragen.
Luise bot ihm an, sein Sprunggelenk zu bandagieren und
ebenso seine übrigen Blessuren zu verarzten, aus Pflicht- und
keineswegs aus Mitgefühl, doch er lehnte jegliche Hilfe mit
sarkastischen und verletzenden Bemerkungen ab.
   Von jenem tragischen Geschehnis an wurde der Astrophysiker mit dem doppelten Doktortitel von allen gemieden. Man
sprach mit ihm nur noch das Allernötigste.

21

»Einer von euch muss lernen, den Heli zu fliegen, ich brauche jemanden, der mich vertritt, damit ich auch ruhen kann«, verlangte Tom, als sie von ihren Auftraggebern Instruktionen zum nächsten Haltepunkt erhielten. Er schaute Konstantin drängend an. Das war der erste längere Satz, den Tom nach dem Tod seines Vorgesetzten und Freundes sprach. Konstantin wich seinem Blick aus, er verspürte weder die Bereitschaft noch den Willen dazu. »Ich würde gern!«, sprang Hannah auf. »Ich war ja in einem meiner früheren Leben ein Vogel, da bin ich mir sicher, ich liebe das Fliegen!« Unzählige Male schon hatte Luise diesen Satz von ihr gehört und sie lächelte auch jetzt darüber. Nachdenklich fuhr Hannah fort: »Aber ich fürchte, im Cockpit sind zu viele technische Geräte, deren Funktion ich nicht verstehe.« Sie folgte Luises Blick, der auf Sophie gerichtet war. Diese aber war versunken in ihre Arbeit am KT. Sie testete verschiedene Kommunikationskanäle durch und bekam von dem Gespräch wenig mit.

Die junge Frau spürte jedoch die auf ihr ruhenden Blicke und schaute missmutig von ihrem Display auf. Sie schob ihre Brille auf die Stirn, schaute von einem zum anderen: »Was? Was ist? Ich bin beschäftigt, Leute!« »Sophie macht es!«, erschall es wie im Chor. »Was?? Was mache ich? Mama? Hannah, was? Ach, dieses Mistding, die Qualität wird immer miserabler!«, und sie warf ihre Haarspange, die von der Wucht ihrer Haarpracht brach, achtlos in den Müllkorb. »Das ist schon die dritte heute, die nicht hält! Also, was mache ich?« Und sie schaute rebellisch von einer zur anderen. »Sophie, du lernst fliegen! Das schaffst *du* im Nu! Du hast das nötige technische Verständnis«, und dann schmunzelnd, »und außerdem eine Passion für alles, was sich schnell fortbewegt!« Ihre Mutter sah sie im Geiste strahlend und stolz vor ihrem nagelneuen roten Cabrio stehen und lächelte wehmütig bei der Erinnerung daran, wie viel Spaß sie bei der damaligen Jungfernfahrt gehabt hatten.

»Causa finita est!«, gab Hannah feierlich zum Besten.

Sophie legte ihren KT beiseite: »Warum nicht? Einer muss es ja tun! Also los!« Und sie folgte Tom in das Cockpit.

Das Ganze gefiel Christopher überhaupt nicht. Doch er schwieg. Er hatte keine Wahl.

Konstantin saß zusammengekauert auf seinem Sitz und wirkte wie versteinert. »Er trauert, er mochte den Major sehr«, flüsterte Hannah. Luise nickte zustimmend. »Ja. Aber da ist noch etwas anderes, ich fühle das.«

Stunden später landeten sie im westlichen Nordafrika. Es wurde heller. »Hey, wisst ihr, wer die ganze letzte Stunde geflogen ist und den Heli gelandet hat?« Sophie stand stolz und mit hochrotem Kopf vor ihrer Familie. »Oh, hätte ich das gewusst, hätte ich kein Nickerchen gewagt«, scherzte Konstantin träge, der daraufhin von ihr unsanft in die Magengrube geboxt wurde. »Hey, kleiner Bruder, pass auf, was du sagst! *ICH* sitze am Steuer!«, zwinkerte sie ihm zu.

»Klasse, Sophie, du bist fantastisch, Hannah und ich haben überhaupt nicht mitbekommen, dass ihr getauscht habt!« Luise drückte ihre Tochter. Christopher zog Grimassen, doch niemand schenkte ihm Beachtung.

»Konstantin, magst du mitkommen? Hannah und ich möchten schauen, ob wir ein paar saftige Wildpflanzen finden können, die ich uns dann zubereiten kann. Wir hätten gern einen starken Mann an unserer Seite.« Konstantin stand auf. Ablenkung würde ihm guttun. Alles war besser als diese nervenzermürbende Grübelei. »Mamas Wildpflanzen-Salat ist unschlagbar, erinnerst du dich noch?«, fragte Hannah aufmunternd. Konstantin nickte nur müde. »Oh, wie gern würd ich jetzt Mamas Spezialität kosten, weißt du noch, Konstantin? Gänseblümchenblätter, Giersch, Labkraut und Bärlauch?« »Etwas Acker-Senf, Hannah, der darf nicht fehlen. Und ein Klecks Mandelmus, um die bittere Note auszugleichen.« »Lecker! Meint ihr, wir werden fündig?«, Hannah leckte sich die Lippen. Luise schaute besorgt zu Konstantin. Der junge Mann war ihrem Gespräch nicht gefolgt. Er war in Gedanken versunken. Es schienen sehr düstere Gedanken zu sein. Doch er schloss sich ihnen an. Sie entfernten sich schnellen Schrittes vom Heli. »Oh, oder auf deine Gründonnerstagssuppe, Luise. Oh ja, auf die hätte ich auch Hunger.« Hannah schwelgte in lukullischen Erinnerungen. »Oder auf Sophies Lieblingsspeise, den herzhaften Pfannkuchen mit Gänseblümchen und Löwenzahn.« ›Früher haben Gespräche übers Essen den Jungen stets aufgeheitert, das hat immer funktioniert‹, dachte sie. Doch dieses Mal reagierte er überhaupt nicht. Er schenkte Hannah ein müdes Lächeln, als sie an seinem Ärmel zupfte und fragte: »Und du, auf welches Wildkraut hast du Appetit?« Konstantin schaute sie nur geistesabwesend an.

»Konstantin, magst du uns erzählen, was passiert ist?«, fragte Luise vorsichtig.

Konstantin schien dankbar. »Ja …« Er setzte sich ins Gras. Die beiden Frauen taten es ihm gleich. Er seufzte und schlug die Hände vor die Augen.

»Dieses mysteriöse Licht«, begann er stockend, »es schien näher zu sein, als es in Wirklichkeit war. Doch die Männer wollten nicht aufgeben, allen voran Christopher. Er wollte es unbedingt aus der Nähe betrachten, es anfassen. Fühlen. Er sprach von dem Licht, als würde es sich um eine attraktive Frau handeln, eine Frau, die er berühren, streicheln wollte.

Es war sonderbar. Das Licht erschien uns wie eine Fata

Morgana. Faszinierend und lockend. Tom sagte zwar immer wieder, wir sollten umdrehen, doch auch er wurde schließlich von Neugier erfasst und schritt weiter. Nach etwas mehr als einer Stunde wurden wir alle nervös und beschlossen zurückzugehen. Das Licht schien sich nicht von uns fortzubewegen und dennoch war es für uns unerreichbar. Ansonsten herrschte absolute Finsternis. Und Stille. Die Stille war unerträglich.« Konstantin unterbrach sich. Er schaute zum ersten Mal auf und fragte: »Wie lange waren wir überhaupt weg?« »Oh, drei Stunden ungefähr«, antwortete Hannah. »Wir drei haben uns lange unterhalten, dann haben wir lecker gege…, getrunken. Und dann hat Sophie uns auf ihrem KT ihre neuen Algorithmen gezeigt. Hast du auf die Uhr geschaut, Luise?« »Ja, es waren exakt drei Stunden und zehn Minuten«, antwortete Luise knapp. Konstantin nickte. »Ich hatte von Anfang an Angst. Mir fielen etliche Horrorfilme ein, und ihr wisst ja, wie das ist. Manche Leute werden albern, wenn sie Angst haben, andere reden ununterbrochen. Manche sind ganz still und, na ja, ich hatte echt Angst, also redete ich. Aber glaubt mir, alle fühlten sich beklommen …« Seine Mutter unterbrach ihn: »Und ob wir das glauben, ich hab' jetzt schon Gänsehaut am ganzen Körper.« »Ja, und dabei habe ich noch gar nicht richtig angefangen.« Er schwieg. Die Anspannung war groß. »Konstantin, und dann?«, fragte Hannah. »Ihr kennt mich ja, also, ich fing dann an zu erzählen, was mir so durch den Kopf ging. Ich redete und redete. Und meine Angst wurde immer größer und meine Begleiter immer stiller.« »Gott, Junge, was hast du denn erzählt?«, fragte Hannah mit aufgerissenen Augen. »Kennt ihr den einen Film, in dem vier Freunde im Wald herumirren, immer diesem Licht folgen und so?« Die Frauen schüttelten die Köpfe. Horror war nicht ihr bevorzugtes Genre. »Sie irren stundenlang durchs Dickicht und irgendwann verlassen sie den Wald und trennen sich, fahren nach Hause, fühlen sich wie immer und doch …

sie sind alle verwandelt.« »Oh Graus, schrecklich, Konstantin! Furchtbar! Ich wäre zig Tode gestorben, zum Glück bin ich im Heli geblieben«, meinte Hannah aufgeregt. »Wollt ihr hören, was für eine Verwandlung sie durchgemacht haben?« »Nein!«, wehrten beide Frauen gleichzeitig ab. »Na gut«, Konstantin dämpfte erneut seine Stimme, »die drei aber wollten. Dann hatte ich plötzlich den Gedanken, dass es ja sein könnte, dass wir von diesem Licht in so eine Art Wurmloch geführt wurden und dass bei uns nur eine Stunde vergangen ist und bei euch im Heli Jahre. Gruselig war die Vorstellung. Und da meinte auf einmal der Major: ›Wisst ihr, was mich beunruhigt, Männer?‹ Wir alle schauten ihn entsetzt an. Da sagte der gute Major«, Konstantin erzitterte am ganzen Körper, »da sagt er: ›Männer, wir haben ein gewaltiges Problem! Ich weiß nicht, wo wir sind. Unser Heli sendet kein Signal mehr aus. Wie finden wir zurück?‹ Er klopfte besorgt auf seine Uhr. Oh, da herrschte plötzlich Panik, Mama. Entsetzen pur. Könnt ihr euch das vorstellen?« »Och, wie furchtbar!! Wie habt ihr denn zurückfinden können? Oh, wie schrecklich!«, unterbrach Hannah ihn. »Ach, er war echt cool. Na ja, er hat uns einen Streich gespielt, aber so gutherzig, wie er war, hat er uns nicht lange auf die Folter gespannt, er lachte ziemlich bald und sagte: ›Ach, das war nur ein Scherz, Jungs.‹ Aber der Scherz hat gewirkt. Von da an war ich still.« Der Junge sagte nichts mehr. ›War das alles?‹, fragte sich Hannah. Sie schaute Luise an und diese zuckte nur mit den Achseln. »Und dann haben sie mir alle drei eine Heidenangst eingejagt. Ich war mir sicher, dass sie in meiner unmittelbaren Nähe sind. Doch plötzlich hatte ich so ein mulmiges Gefühl, ich hatte den Eindruck, dass ich allein bin. Ich blieb stehen und drehte mich um. Tatsächlich. Ich sah keinen. Trotz Brille. Ich schrie auf, ich war in Panik. Das war reiner Horror. Oh, hatte ich Muffensausen. Dann fingen sie alle an zu lachen. Sie hatten sich, einer nach dem anderen, auf den Sandboden gelegt und sich so vor mir versteckt. Meine Güte, hatte ich Schiss.« »Das ist gemein, das tut mir leid, Konstantin!«, meinte seine Mutter mitfühlend. »Ach, das war doch lustig. Männer sind halt so, Mama!« »Hmmmpf«, antwortete diese. »Also, wir gingen weiter. Nun aber deutlich schneller. Das Licht war immer da, es war hinter uns. Und veränderte sich nicht. Das Ganze war schon sehr sonderbar. Christopher meinte, vielleicht sei das alles hier nur eine Kulisse, also das Licht und die Wüste. Und wir Mitwirkende in einer ET-Reality-Show. Und irgendwelche ETs amüsierten sich köstlich über uns. Tom lachte über diese Vorstellung, er meinte, wir könnten auch in einem Computerspiel gefangen sein und gleich würde man uns einen Sandsturm schicken oder Monster. Und die ET-Kinder seien sicher sehr gespannt, wie wir die Situation meistern würden. Wir fingen an, uns gegenseitig zu foppen. Einer wollte den anderen übertreffen. Auf einmal schrie Christopher: ›Leute, mich hat was gebissen‹, und er heulte und warf sich auf den Boden. Und ich habe echt geglaubt, eine Schlange war's. Tom krakeelte: ›Da ist es, hier, ein Skorpion, Himmel, hier wimmelt es von Skorpionen‹, und dann fing auch er an zu flennen.«

»Meine Güte, ihr seid verrückt«, stammelte Hannah. Konstantin lächelte. »So ging es immer weiter. Irgendwann beendete der Major die Gruselstunde, er meinte, jetzt sei genug gescherzt, jetzt sollten wir uns auf den Rückweg konzentrieren und still sein. Schließlich wollten wir auch die Berber in ihren Hütten nicht aufwecken. Wir waren fast am Heli. Vielleicht einen bis eineinhalb Kilometer von euch entfernt. Habt ihr die Schüsse gehört?« Die Frauen nickten. Die Erinnerung daran jagte ihnen einen Schauer durch den Körper. Konstantin sprach immer leiser, er war nur noch mit Mühe zu verstehen. »Der Major glaubte ein weinendes Baby zu hören. Er blieb stehen und horchte. Zuerst dachte ich, er scherzt wieder, doch als dann alle still wurden und lauschten, konnten wir es ebenfalls wahrnehmen. Es war wirklich ein Baby, das weinte. Der Major ist … war ein toller Mann. ›Mitkommen, Männer‹, sagte er ohne Umschweife. Und wir rannten in die Richtung, aus der das Weinen kam. Plötzlich ertönten auch Stimmen von Erwachsenen. Das beruhigte uns, und der Major gab Entwarnung. ›Alles in Ordnung, ab nach Haus, Männer!‹ Doch dann kriegten wir mit, wie eine Frau anfing zu schreien, sie schrie wie am Spieß, und auch eine Männerstimme vernahmen wir, der Mann klang sehr aggressiv, scheinbar schlug er auf die Frau ein, denn sie gab Schmerzenslaute von sich. Sie wimmerte und schrie und das Baby heulte immer lauter. Also rannten wir los. Der Major betrat als Erster die Hütte, die sich am Rande des Berberdorfes befand. Eine grässliche Szene bot sich uns. Der Mann schlug auf die Frau ein, und zwar mit einem Stock. Sie war übersät mit Wunden und blutete aus dem Mund. Sie lag am Boden, versuchte ihren Kopf mit ihren nackten blutüberströmten Armen zu schützen, doch das Monster schlug immer noch auf sie ein. Und spuckte und fluchte.« Hannah wurde speiübel. Luise fühlte Wut im Bauch. Konstantins Stimme bebte. »Tom schnappte sich den Mann und drosch auf ihn ein. Der Major ging zu der Frau und redete ihr beruhigend zu, doch es half nichts. Sie weinte und wehklagte. Es war furchtbar. Christopher und ich standen blöd rum, wussten nicht, wie wir helfen können. Der Major fragte mich, ob ich eventuell ihre Sprache sprechen könne, ich schüttelte nur den Kopf. Die Frau hörte nicht auf zu schreien und war nicht zu beruhigen. Tom hatte derweil den Mann aus der Hütte geworfen. Es ging alles furchtbar schnell. Das Baby heulte, es lag in einem Korb und mir drehte sich alles. Ich dachte, ich gehe zu dem Korb und versuche das Kind zu beruhigen, doch als ich mich dem Korb näherte, schrie die Frau noch lauter und verzweifelter. Ich lächelte sie beschwichtigend an, doch sie nahm es gar nicht wahr. In dem Moment stürzte ein alter Mann mit einem Gewehr in die Hütte. Der Major hob die Arme, damit der Alte sehen konnte, dass wir nichts Böses im Sinn hatten. Die Frau rappelte sich auf, sie wollte zu ihrem Baby. Ich stand immer noch da und lächelte wie ein Hornochse. Und dann ...«, Konstantin rannen Tränen übers Gesicht, »dann, ich weiß nicht, es ging alles so schnell. Sie stand also auf und schwankte gefährlich. Ich wollte ihr helfen, sie blutete doch so stark, ihr Gesicht war schmerzverzerrt. ›Sie fällt gleich in Ohnmacht‹, dachte ich. Ich wollte sie stützen, machte ein, zwei Schritte auf sie zu, doch der Alte schien das falsch zu verstehen und eröffnete das Feuer. Er wollte mich erschießen, ganz sicher, doch er traf die junge Frau. Sie stürzte. Oh, es war schrecklich. Sie war so jung, jünger als ich ... und so zart. Ich fing sie auf und legte sie auf den Boden. Sie lebte nicht mehr. Aber ihre weit aufgerissenen Augen starrten mich an. Wenn ich meine Augen schließe, sehe ich sie vor mir.« Der Junge schluchzte. »Der Major schoss zurück, traf den alten Mann in die Beine, er hat ihn nicht getötet, nur verletzt. ›Raus hier, raus!‹, brüllte er. Der alte Mann schoss weiter, traf den Major in den Rücken.« Konstantin rang nach Luft. »Wir rannten um unser Leben. Trotz seiner Verletzung lief der Major genauso schnell wie ich, er war direkt hinter mir und befahl mir, ich solle rennen, mich nicht umdrehen. Wir wurden verfolgt. Und beschossen. Der Mann, der die Frau geschlagen hatte, muss andere Männer zusammengetrommelt haben. Der Major schoss zurück und hielt sich unerschütterlich weiter auf den Beinen. Bis er stürzte ...« Konstantins Stimme versagte. Er weinte herzzerreißend. Luise nahm ihn in die Arme, Hannah drückte seine Hand. »Wäre ich nicht gewesen, würde der Major noch leben ... und die Frau auch ... Der Major hat mich bis zu seiner letzten Sekunde beschützt. Dabei ist er für diese Mission doch so wichtig, ich bin wertlos.« Der Junge war kurz vorm Hyperventilieren. »Konstantin, du kannst nichts dafür! Es ist nicht deine Schuld!« Auch Hannah schluchzte. Luise drückte ihn fest an sich: »Konstantin! Du bist schuldlos, hörst du?! Du wolltest nur helfen! Genauso wie der Major nur helfen wollte! Und Tom auch! Es gibt Dinge, die sind unvermeidbar! Konstantin, verstehst du?« »Ja, aber wäre ich nicht gewesen, dann wäre wahrscheinlich gar nichts passiert«, sagte der junge Mann verzweifelt. »Hätte, hätte …! Konstantin, so darfst du nicht denken. Schau mal, dann könnten wir auch sagen, hätte der Major eure Gruselstunde nicht für beendet erklärt, dann hättet ihr weiter herumgealbert und das Kind gar nicht gehört und wärt weitergelaufen.« Luise nickte Hannah dankbar zu und ergänzte: »Richtig, und dann? Dann hätte dieses Scheusal die Frau ermordet, das Kind und den alten Mann vielleicht auch. Wer weiß?« Nun war wieder Hannah an der Reihe: »Ja! Wir könnten auch sagen, hätte Christopher dieses Licht nicht aus der Nähe angucken wollen, wäre auch nichts geschehen.« »Richtig. Und wäre Christopher nicht nikotinsüchtig, hätte er das Licht gar nicht erst entdeckt, sondern wäre mit uns im Heli gewesen. Dann wärt ihr auch nicht losgelaufen und der Major wäre noch am Leben. Also ist Christopher schuld?« Konstantin schüttelte nur den Kopf. »Vielleicht wäre dem Major so oder so etwas zugestoßen. Wie oft sagen Menschen, die einen Angehörigen bei einem Verkehrsunfall verloren haben: ›Ach, wäre er nur fünf Minuten eher oder später losgefahren …‹ Ich bin aber davon überzeugt, dass dieser Mensch dann auf eine andere Weise ums Leben gekommen wäre. Ich glaube ans Schicksal. Es ist zwar von eminenter Bedeutung, dass wir immer unser Bestes geben, ja, das sollte selbstverständlich sein. Wir dürfen nichts unversucht lassen. Doch wenn es Zeit wird zu gehen, kann uns niemand helfen, egal wie wir uns dagegen wehren und uns abstrampeln. So denke ich. Ich schätze, es war Zeit für den Major. Es ist unendlich traurig, doch niemand von uns hätte ihn retten können. Es musste so kommen. Und sich nun Gedanken zu machen über die Umstände, die zu seinem tragischen Tod führten, und sich selbst die Schuld zu geben, ist pure Selbstkasteiung. Seinen Tod zu verhindern lag nicht in unserer Macht. Schau, wir könnten auch sagen, ich bin verantwortlich für seinen Tod, hätte ich nicht darauf bestanden, dass wir zusammenbleiben, wäre Sophie allein gefahren und wir drei wären brav zu Hause geblieben.« Konstantin schüttelte vehement den Kopf. »So ist es, Luise! Doch hätte Mama nicht darauf bestanden, Konstantin, dass wir zusammenbleiben, dann wäre diese Mission längt gescheitert. Ach, es ist müßig, sich diese Gedanken zu machen. Das macht mich ganz kirre«, endete Hannah und knetete ihre Hände. Es dauerte lange, bis sie Konstantin einigermaßen beruhigen und sein Gewissen zumindest ein klein wenig erleichtern konnten.

22

Das Licht dämmerte und man konnte sich fragen, woher es denn kam. Die Indirektheit ließ eine Quelle irgendwo vermuten, ohne sie ausmachen zu können. Es musste einen Stern da draußen geben, der sein Licht Millionen von Kilometern bis zur Erde schickte und bewirkte, dass sich die Silhouetten dieser hügeligen Graslandschaft vor einem gräulichen Hintergrund abzeichneten. Der Himmel war in ein ähnliches Grau getaucht, unterbrochen von einigen Wolkenformationen, die sich still verhielten und ihren Platz in diesem Grau in Grau behaupteten.

»Tom, darf ich Sie kurz sprechen?« Luise betrat das Cockpit und schloss mit ernster Miene die Tür hinter sich. »Sicher!« Sie wartete, bis die Tür einrastete. Dann setzte sie sich auf den Copilot-Sitz. »Konstantin hat uns von den Vorgängen in Ägypten erzählt«, begann sie. Mit gefurchter Stirn starrte Tom finster drein, nickte jedoch. Da erst bemerkte Luise, wie leichenbleich und elend der junge Luftfahrtingenieur aussah. Seine Wangen waren eingefallen und seine Augen wirkten leblos. Ihr stockte der Atem. »Was … was haben Sie, Tom?« »Das können Sie sich doch denken, oder nicht?« »Ja. Der Verlust. Er ist unerträglich.« Er schaute ihr in die Augen. »Ich habe versagt, Luise!«, sagte er mit erstickter Stimme. »Ich habe meiner Pflicht nicht genügt!« Er schlug mit seiner Faust auf die Armatur, mit solch einer plötzlichen Heftigkeit, dass Luise zusammenzuckte. »Ich habe versagt! Auf ganzer Linie! Er wäre noch am Leben, wäre ich schneller gewesen!« Seine Augen füllten sich mit Tränen. »Und die Frau hätte auch nicht sterben müssen! Ich war zu langsam! Ich bin verantwortlich!« Er wischte sich grob die Tränen aus dem Gesicht. »Mein Leben hat keinen Sinn mehr. Ich bringe diese Mission zu Ende. Und das war's dann für mich. Mit dieser Schuld kann und will ich nicht leben.« Luise legte vorsichtig ihre Hand auf seinen Arm. »Tom, Sie sind ein wundervoller Mensch.« »Nein, das bin ich nicht, Sie kennen mich doch gar nicht!« »Doch, ein wenig kenne ich Sie schon und ich weiß, dass Sie ein wunderbarer Mensch sind. Und gerade deswegen zerfleischen Sie sich selbst! Sie konnten nichts ausrichten, Tom, Sie konnten ihn nicht retten. Manche Dinge …«, sie biss sich auf die Lippe, sie wiederholte sich ungern, doch es gab keine anderen Worte. »Manche Dinge sind unvermeidbar, Tom. Sie, Tom, Sie haben, wie immer, Ihr Bestes gegeben, Sie haben alles in Ihrer Macht Stehende getan, mehr konnten Sie nicht tun. Alles andere lag nicht in Ihren Händen. Sie sind nicht verantwortlich oder gar schuldig. Die Schuld tragen dieser alte Mann und der andere, aber niemals Sie, Tom!«

Er schaute sie an und schenkte ihr ein angedeutetes Lächeln. »Danke, Sie sind ein echter Kumpel. Kann verstehen, dass er Sie sehr mochte.« Luise lächelte zurück. »Danke! Übrigens, Konstantin macht sich große Vorwürfe.« »Konstantin? Warum?«, fragte Tom überrascht. »Er meint, er sei schuld am Tod des Majors und auch dieser Frau.«

»Quatsch! Das ist er nicht! Soll ich mit ihm reden, Luise?«

»Würden Sie das tun? Ich wäre Ihnen sehr dankbar!«

»Sicher!«

»Ich danke Ihnen!« Sie drückte seinen Arm und verließ das Cockpit.

›Liebes Universum, mach, dass Sophie sich in diesen Mann verliebt!‹, dachte sie unwillkürlich.

23

»Hey, Konstantin, wie es aussieht, müssen wir eine Weile warten, bis wir weiterfliegen dürfen. Wir hätten also Zeit.« Eine solche Aufforderung hatte der junge Mann bisher stets mit großer Begeisterung aufgenommen. Doch dieses Mal winkte er nur ab. »Wie? Das ist doch nicht dein Ernst? Du gehorchst deinem Trainer nicht?« Konstantin schaute Tom traurig an. »Ich mag nicht. Bringt doch eh nichts«, antwortete er resigniert. »Aufstehen! Los! Los! Los! Keine Müdigkeit vorschützen!«, feuerte der Soldat ihn an. Also stand Konstantin auf.

Sie übten Savate-Handgriffe, doch Konstantin war nicht bei der Sache. Er war unkonzentriert und strengte sich nicht an. Tom ignorierte geflissentlich dessen Trübsinn. Er war sich sicher, dass es ihnen beiden guttun würde, ein wenig zu trainieren und zu schwitzen, den Frust abzureagieren, also stachelte er ihn an. »Los, stell dir vor, ich bin dieser Ekel-Typ, der die Frau geschlagen hat! Und ich stell mir vor, du bist der tatterige Alte! Aber Achtung! Das Gesicht ist tabu!« Das wirkte augenblicklich. Die beiden gingen aufeinander los, wehrten Tritte und Fäuste ab, sie trainierten so leidenschaftlich und stürmisch wie nie zuvor und nach wenigen Minuten lag Konstantin geschlagen am Boden. Doch er gab nicht auf, er erhob sich schwungvoll und kämpfte unverdrossen weiter. »Nicht ins Gesicht, Konst…« Zu spät. Konstantins Rechte traf ihn hart. Tom lag am Boden und rieb sich seinen Unterkiefer. »Tom, Shit, verzeih mir, das wollte ich nicht! Mist! Hab' nicht aufgepasst!« Konstantin fiel keuchend auf die Knie. »Tut es sehr weh?« »Ach nö, so ein Rambo bist du auch wieder nicht!« »Hey, ich habe mich zurückgehalten, ehrlich!« Die beiden grinsten sich an. Tom befühlte seine Zähne und gab Entwarnung. »Alles okay! Alles ist heile!« Doch den Unterkiefer rieb er sich immer noch und bewegte ihn hin und her. So saßen sie eine Weile schweigend nebeneinander und schienen in Gedanken versunken.

»Ich wünschte, wir hätten die Chance, auf die beiden so einzuschlagen.« Konstantin nickte. »Ich wünschte, wir würden eine zweite Chance bekommen. Hätten wir geahnt, dass der Alte so verkalkt ist und abdrückt, ach, hätten wir das bloß voraussehen können, Konstantin.« »Hätte, hätte …!« Tom schaute ihm direkt in die Augen. »Ich mache mir aber diese Gedanken, sie peinigen mich. Wäre ich bloß schneller gewesen, dann hätte ich den Alten entwaffnen können, oder hätte ich dieses Monstrum nur nicht aus der Hütte geworfen. Diese Gedanken drehen sich in meinem Kopf und lassen sich nicht ausschalten. Hätte ich diesen Bluthund in der Hütte festgehalten, hätte er seine lausigen Amigos nicht zusammentrommeln können und unser Major wäre noch am Leben.« »Aber der Major, er war doch schon verletzt. Der Alte traf ihn in den Rücken.« »Ja, aber *daran* wäre er wohl nicht gestorben. Er ist später noch mehrmals getroffen worden, unser Major … Konstantin, das waren diese Banditen, die Freunde dieses Barbaren. Ach, hätt' ich den Typen bloß k. o. geschlagen.« Konstantins Kehle war ganz trocken. Er wollte Tom Trost spenden, doch sein Hals brannte und sein Gehirn schien leer. »Er hatte mehrere Schusswunden, nicht bloß eine«, flüsterte Tom. »Ein paar von den Amigos habe ich erledigt. Weiß nicht, wie viele. Weiß auch nicht, ob ich unseren ›Freund‹ erwischt habe, aber es ist mir eine Genugtuung, dass zumindest zwei oder drei ihr Leben lassen mussten.« »Ja, das verstehe ich«, antwortete Konstantin heiser.

Schweigen.

»Ich würde gerne schießen lernen, Tom, kannst du mir das beibringen?« »Ja, sicher! Warum nicht? Wann fangen wir an?« »Am liebsten sofort!« Tom lächelte. Der Eifer des Jungen tat ihm gut. Er lenkte ihn ein wenig von seinen leidvollen Gedanken ab.

Konstantin machte in den folgenden zwei Tagen, in denen sie ungeduldig auf neue Instruktionen warteten, erstaunliche Fortschritte. Nach einer ihrer zahlreichen Trainingseinheiten setzten sie sich ins feuchte Gras, um zu verschnaufen. »Habe ich dir eigentlich erzählt, was seine letzten Worte waren?« Konstantin schüttelte schwermütig den Kopf. »Er sagte zu mir, wir zwei sollen dem Dr. Ahoi, so nannten wir beide ihn, ein Schnippchen schlagen, und zwar nicht zu knapp. Und wenn ihm unsere Show gefallen sollte, dann wird er uns ein Zeichen schicken.« Der Junge schaute ihn entgeistert an: »Das ist nicht wahr, oder?« »Doch!«, schmunzelte Tom. »Und er sagte auch: ›Tom, führ die Mission zum Erfolg, hörst du? Sonst suche ich dich auf und versohle dir den Hintern!‹« Die beiden Männer lächelten sich an. Sie schätzten des Majors trockenen Humor und waren beeindruckt von seiner Güte und Selbstlosigkeit. Der alte Herr kannte Tom gut genug, um zu wissen, wie sehr sich dieser ob seines Todes grämen würde, und scherzte ein allerletztes Mal, mit dem Ziel, Tom aufzurichten und ihm Mut zuzusprechen, und dies, obwohl er dem Tod in die Augen blickte. Zum wiederholten Male stellten die beiden fest, dass sie ihn sehr vermissten. »Bezüglich unseres Physikers hätt' ich auch schon eine Idee. Könnte unserem Herrn Major gefallen. Machst du mit?« »Na klar!« Konstantins Augen glänzten.

24

Hannah hörte deutlich, wie Luise sie rief. ›Wo ist sie?‹ Es klang, als sei sie draußen. Sie verließ den Hubschrauber, es war mitten in der Nacht, die Kinder schliefen. Sie trat hinaus, es war stockfinster. Und kalt. Ein eisiger Wind streifte ihr Gesicht. Wieder vernahm sie ihren Namen, Luises Stimme. »Ich komme, Liebling! Wo bist du?« Erneut rief Luise nach ihr. Hannah antwortete: »Luise? Wo bist du?«

Sie schritt um den Helikopter und spitzte die Ohren. Nichts. ›Wo ist sie?‹ Hannah umkreiste unzählige Male den Heli. Doch von Luise keine Spur. Sie erschauerte vor Grausen. Sie beschleunigte ihre Schritte, rannte um den Hubschrauber, immer und immer wieder, stolperte, fiel hin, rappelte sich wieder auf und rief ununterbrochen nach Luise. Doch von Luise kam keine Antwort. ›Ich schaue im Heli nach, ist sie vielleicht wieder eingestiegen?‹ Doch wo war die Tür? Sie schien die Orientierung verloren zu haben. Plötzlich gab es am Hubschrauber keine Tür mehr. Hannah hämmerte gegen den Heli, doch drinnen rührte sich nichts. Helle Panik ergriff sie. Sie wollte um Hilfe schreien, aber ihre Stimme versagte. Kein verständlicher Ton wollte ihrer Kehle entspringen. Plötzlich eine Intuition, eine Stimme. Schau nach oben, Hannah! Gänsehaut überzog ihren Körper. Im Zeitlupentempo richtete sie ihren Kopf gen Himmel. Sie spürte, sie würde gleich etwas Furchtbares erblicken. Sie nahm ihren ganzen Mut zusammen und wagte den Blick nach oben. Hannah erstarrte. Sie sah ihn. Den Mond, doch der Mond? Der Mond war anders. Er war riesig. Und sie erkannte Vulkane auf diesem Mond, sie konnte sie mit bloßem Auge erkennen, zahlreiche Vulkane. Sie sah in die Krater, gefüllt mit sprudelnder rotglühender Lava, und plötzlich erblickte und hörte sie Explosionen. Die Vulkane explodierten. Sie sah, wie sich die Lava aus ihnen ergoss und auf sie zu stürzen drohte. Der Mond wurde immer größer. Er bewegte sich auf Hannah zu. Plötzlich Menschen, die schreiend umherrannten.

»Hannah, Hannah, werd' wach, es ist nur ein Traum!«, Luise hielt sie im Arm und schüttelte sie sanft. Hannah öffnete langsam die Augen, Tränen kullerten ihr übers Gesicht, ein Zittern erfasste sie, doch sie war dankbar. Es war nur ein Traum. Sie vergrub stöhnend ihren Kopf an Luises Schulter.

Dämmerung. Die gleiche trübe Dämmerung wie in den Tagen zuvor bedeckte den Himmel, und ein fahles Licht ließ die Umrisse einer kargen bergigen Landschaft vor ihren Augen erscheinen.

Sie waren sehr überrascht gewesen, dass das nächste Treffen auf einer spanischen Urlaubsinsel stattfinden sollte. Und mindestens genauso verwundert hatte sie die Tatsache, dass sich auf dieser Kanarischen Insel das größte Sonnenteleskop der Erde befand. Alle, bis auf Christopher, dem diese Tatsache natürlich bekannt war. »Das Fenster zum Universum«, schwärmte er. »Es befindet sich auf zweitausendvierhundert Metern Höhe, die Sichtbedingungen sind optimal. Waren optimal.« Er erzählte ihnen von dem 1988 auf der Insel verabschiedeten Gesetz, das Lichtverschmutzung verbot, zum Beispiel künstliche Beleuchtung oder elektromagnetische Strahlung oberhalb von tausendfünfhundert Metern Höhe. Er lächelte Sophie immer wieder an und diese schien ab und an sein Lächeln zu erwidern. Das gefiel den anderen nicht. Natürlich nicht. Doch was auch sie an ihm schätzten, war sein Fachwissen, sein unglaublicher Kenntnisreichtum, den er stets und gern mit ihnen teilte. Ein Jammer, dass seine menschlichen Qualitäten zu wünschen übrig ließen. Wirklich ein Jammer.

»Mein letzter Besuch hier liegt schon ein paar Jahre zurück, damals forderten die hiesigen Astronomen ein zweites Gesetz.

Es sollte das ›allgemeine Recht auf das Licht der Sterne‹ sichern. Schon immer, so betonten sie, habe das Sternenlicht dem Menschen als Quelle der Inspiration gedient. Durch hell erleuchtete Städte und Landschaften würde es unsichtbar, argumentierten sie zu Recht. Und das wisst ihr sicher auch nicht, dafür, dass der Himmel ihnen so viele Momente der Inspiration bot, haben die Spanier, das heißblütigste Volk Europas ...« »Nein, das ist nicht das *heißblütigste*«, schaltete sich Hannah ein und flüsterte noch etwas Unverständliches. »Also, bitte, sei nicht so kindisch, Hannah, also wirklich.« Christopher schüttelte theatralisch seinen Kopf. »Das heißblütigste Volk Europas hat sich auf folgende Weise erkenntlich gezeigt: Einer ›Insel‹ auf dem Mond gab es den Namen Teneriffa und benannte die höchste Erhebung nach ihrem Vulkan Teide.«

Sie näherten sich den metallisch-weißen Türmen des Observatoriums, in denen das Treffen stattfinden sollte. »Passende Kulisse, die Türme wirken so futuristisch, irgendwie unheimlich«, murmelte Hannah. Erwartet wurden sie von zahlreichen Personen. Darunter Astronomen, Geschichtswissenschaftlern und etlichen anderen Experten aus aller Herren Länder, gestrandet infolge eines Kongresses, der jäh unterbrochen worden war durch die Verdunkelung unserer Sonne. Debattiert wurde auf Englisch, zu Konstantins Missfallen, der von jeher die toten und ausgestorbenen Sprachen den lebenden vorzog. »This language brings me on the palm, ich verstehe nichts!« Tom lachte. »Ach, komm, so schlimm wird es schon nicht werden.« »Doch! It falls me on the nerves!« Tom klopfte ihm auf die Schulter. Der Junge war köstlich. »Mama, du hättest strenger sein müssen, du hättest mich zwingen müssen, diese Sprache zu lernen!«, flüsterte er ungehalten. »Konstantin, Mama hat mit dir bis zum Abitur Englisch gepaukt, also wirklich, Junge, reiß dich zusammen! Noli impudens esse!« »Non mea culpa est!«, entgegnete dieser und hob beschwichtigend die Hände. »Sei nicht wie der Adam«, lautete Hannahs prompte Antwort. Und sie äffte den Adam nach. »Lieber Gott, ich bin komplett *unschuldig*, die Frau und auch du, lieber Gott, *ihr* seid schuld … Sie war es, die mich zum Kosten der verbotenen Frucht verführte! Und wer gab mir die Frau? *DU*, lieber Gott, DU!« Das führte Hannah immer gern an, wenn es Konstantin in ihren Augen an eigenverantwortlichem und selbstreflexivem Verhalten mangelte. »Hey, streitet doch nicht!«, mischte Sophie sich ein. »Tun wir nicht!«, antworteten Hannah und der Junge gleichzeitig.

Sie nahmen Platz in einer Art Seminarraum. Zunächst würden mehrere Vorträge gehalten, gefolgt von einer Diskussionsrunde, erklärte man ihnen. Zu Hannahs Enttäuschung gab es hier weder Speis noch Trank. »Von wegen heißblütiges Volk«, brummelte sie zerknirscht. Sie schwelgte in Erinnerungen an die Speisen und die Feier in der Heimat ihrer Großmutter und verpasste nahezu, dass Christopher aufgerufen und zum Podium gebeten wurde. Er wirkte professionell. Er stellte sich vor und berichtete über alles, was er bisher erfahren und erkannt hatte. In perfektem Englisch. Hannah bewunderte seine Gemütsruhe, sie hatte nämlich von klein auf mit Lampenfieber zu kämpfen. Vor einer großen Gruppe konnte sie definitiv nicht sprechen. Nichts half, weder Pralinen noch Entspannungsübungen, weder Beruhigungstropfen noch der gern gegebene Tipp, sich die Zuhörer nackt vorzustellen. Sie musste zugeben, dass sie bei Weitem nicht alles verstand, und hoffte darauf, dass Luise ihr später alles übersetzen würde.

Christopher sprach lange, und als er endete, wurde wie üblich auf die Tische geklopft. Irgendwie hatte sie gehofft, dass er Sophie zu sich holen und sie ebenfalls vorstellen würde, aber dies geschah nicht. Das wäre eine schöne Geste gewesen, sie hätte es auch nur fair gefunden, schließlich wäre ohne sie diese Mission nicht möglich gewesen. Aber er tat es nicht. Sie hätte es überdies sympathisch gefunden, wenn er sein ganzes Team zumindest kurz vorgestellt hätte. ›Hochnäsig ist er, unser Wissenschaftler‹, dachte sie einmal mehr. In ihre Gedanken versunken bekam sie vom weiteren Verlauf wenig mit. Nach dem vierten oder fünften Vortrag wurde eine junge Japanerin nach vorn gebeten, sie sprach über schwarze Löcher in unserem Universum. Eine erste Einteilung erfolge in stellare und supermassive schwarze Löcher. Wobei Erstere durch die Explosion eines Sterns an seinem Lebensende als Supernova entstünden und circa zehn Mal die Masse unserer Sonne aufwiesen. Der Ursprung der supermassiven Löcher sei nach wie vor ungeklärt. Gewiss sei nur, dass sie über eine gigantische Masse verfügten, die Millionen bis Milliarden Mal die unserer Sonne betragen könne. Man sei sich sehr sicher, dass Galaxien in ihrem Zentrum über solche supermassiven Löcher verfügten. Bei manchen Galaxien seien diese aktiv, das heißt, Teilchen, Materie und Sterne stürzen hinein und sichtbar werde dies für Astronomen durch helle Lichtblitze, die die dadurch freigesetzte Energie anzeigten. Bei anderen Galaxien finde man neutrale galaktische Zentren, die verglichen werden könnten mit einem ruhenden Vulkan. Sie würden zwar umkreist von Sternen, die aber noch nicht nah genug seien, um hineinzustürzen und Energie freizusetzen. Solch ein galaktisches Zentrum habe unsere Milchstraße. Schwarze Löcher riefen eine enorme Krümmung von Raum und Zeit in ihrer Umgebung hervor, so dass alles, was dem Loch zu nahe komm, auf ewig darin verschwinde. Die Japanerin zog als Erläuterung die geometrische Gravitationstheorie Einsteins heran. Dies war der Zeitpunkt für Hannah und Luise auszusteigen. Leise flüsterte Hannah Luise zu: »Woher weiß man denn, dass es für ewig darin verschwindet? Vielleicht kommt es ja nur an einem anderen Ort wieder heraus.« »Genau das habe ich mir auch gedacht«, flüsterte Luise zurück. »Nur weil man ein paar Lichtblitze sieht, kann man nicht davon ausgehen, dass etwas für immer verschwunden ist. Vielleicht ist es in eine andere Dimension und einen anderen energetischen Zustand übergegangen. Und die Blitze schickt es als ein *Aufwiedersehen*!« »Luise, geh du nach vorn, erklär ihnen das!«, kicherte Hannah. »Besser nicht, wir wollen doch die Wissenschaftler hier nicht durcheinanderbringen!« Nun kicherten beide. Der laute Applaus und das Klopfen auf die Tische ließen sie aufhorchen. Die junge Japanerin verließ die Bühne und eine feine ältere Dame aus Mittelamerika betrat sie. Luise flüsterte immer wieder, wie spannend ihr Vortrag sei, und an Hannah gerichtet, die bei Weitem nicht alles verstand und ungeduldig an ihrem Ärmel zupfte, sagte sie: »Moment, ich berichte dir gleich.« Die Dame erzählte von dem Erdmythos der Hopi-Indianer. Nach der Hopi-Überlieferung habe die Menschheit schon drei Mal die Fast-Zerstörung der Erde miterleben müssen. Das mögliche vierte Mal stünde kurz bevor beziehungsweise sei bereits gekommen. »Erschaffen wurde der Mensch in ihren Erzählungen von einer Gottheit namens Taiowa, der ihm auch den Verstand, das Wissen, die Kultur, die Rechte und Pflichten gab«, führte die Rednerin aus. »Dieser Gott hatte auch alles andere im Weltall erschaffen und lebt ›in der Höhe‹. Die Menschen nennen es Himmel. Das erste Mal wurde die Erde laut Hopi-Überlieferung fast durch Feuer zerstört. Die mit Hilfe der Kachinas – das waren von Gottheiten gesandte Wesen – Überlebenden bewahrten das Wissen darüber und überlieferten es von Generation zu Generation weiter.

Das zweite Mal wurde unser Planet fast durch Eis vernichtet. Denn es kam zu einem halben Polsprung. Auch dieses Mal überlebten Menschen. Selbstverständlich mit Hilfe der Kachinas. Unter ihnen waren auch wieder die Vorfahren der heutigen Hopi. In der Folge kam es zu einer dritten Phase in der Erdgeschichte, die von den Hopi auch ›Dritte Welt‹ genannt und mit dem Namen ›Kasskara‹ bezeichnet wurde. Es bedeutet ›Mutterland‹, weil dieses ihr Kontinent war. Heute setzt man Kasskara gleich mit dem legendären ›Mu‹ oder ›Lemuria‹. Östlich von Kasskara lag ein kleiner Kontinent, Atlantis genannt. Am Anfang der Dritten Welt herrschten das gleiche Wissen, die gleichen Werte auf beiden Kontinenten, denn beide hatten die gleichen Ursprünge. Doch im Laufe der Zeit veränderten sich die friedlichen Atlanter. Sie erhoben Machtansprüche, versklavten Menschen in den Ländern, die weiter östlich lagen, also im heutigen Afrika und Europa, und führten erbarmungslose Kriege.

Dann wendete sich Atlantis auch gegen Kasskara. Die oberste Führerin des Kontinents drohte dem Herrscher Kasskaras, es zu vernichten. Er weigerte sich nachzugeben. So kam es zu zahlreichen Gesprächen, nennen wir sie Konferenzen. Es scheint bezeichnend für die Menschheitsgeschichte zu sein, dass die Bösen oft die Oberhand gewinnen. Heute wie damals. Machthungrige Kasskaraner schlugen sich auf die Seite der Atlanter. Es kam zur Spaltung des Volkes und später zu furchtbaren Kämpfen. Es wurden Waffen, unseren gefährlichsten Bomben ähnlich, beschrieben. Es geschah, was geschehen musste: Beide Kontinente versanken durch gewaltige Explosionen. Atlantis wurde sehr schnell von den Fluten verschlungen, Kasskara sehr langsam. Unmittelbar bevor die beiden Kontinente untergingen, erhob sich ein Kontinent zwischen ihnen aus den Wassermassen, das heutige Südamerika. Das sollte die neue Heimat werden, zumindest für die allermeisten Kasskaraner. Nicht alle konnten dahin gelangen, einige landeten auf Hawaii, einem Teil der Dritten Welt, der nicht untergegangen war. Dort sagt man zu den Kachinas übrigens Kahunas. Die Bedeutung ist aber die gleiche. Andere gelangten auf die südpazifischen Inseln und einige sogar auf eine Insel, die heute zu Japan gehört. Doch die meisten erreichten das neue Land, das heutige Südamerika.« Die Kasskaraner seien auf drei Arten von der Dritten in die Vierte Welt gelangt, führte die Rednerin aus. »Die ersten, wichtigsten und mächtigsten Clans wurden von den Kachinas mit den ›fliegenden Schilden‹ dorthin befördert. Das war die schnellste Art der Fortbewegung. Die zweite Art wird als Reise mit Hilfe der großen Vögel beschrieben. Nun, Sie haben sicher genug Fantasie, um sich Flugzeuge darunter vorzustellen. Die dritte und letzte Menschengruppe musste auf die dritte und langsamste Art reisen, und zwar mit Booten. Die Menschen in Booten gehörten zu den geringer geschätzten Clans, die wenig Macht besaßen. Die ganze Zeit über standen aber auch sie unter dem Schutz der Kachinas. Jeder Clan hatte einen Kachina, dessen Aufgabe es war, ihn zu begleiten und auf den neuen Kontinent zu bringen.« Die Vortragende machte eine kurze Pause.

»Was sind Kachinas in Wirklichkeit, fragen Sie sich sicher?«, fragte sie dann in die Runde. »Kachinas sind Aliens, liebe Freunde!«, rief sie aus. »Kachina bedeutet ›hohe geachtete Wissende‹. Sie können sichtbar sein, aber auch unsichtbar. Sie kommen von einem weit entfernten Planetensystem, dem so-genannten Bund der zwölf Planeten. Ihre Schiffe fliegen mit Magnetkraft, auch wenn sie die Erde umrunden. Die Ränge der Kachinas richten sich nach ihren Fähigkeiten. Über den Kachinas stehen die ›Gottheiten‹. Und über allen steht der ›Schöpfer‹.

Nur die Kachinas sind in Verbindung mit den menschlichen Wesen, nicht die Gottheiten oder gar der Schöpfer. Doch die Gottheiten geben den Kachinas Anweisungen.« Die Rednerin unterbrach sich erneut.

»Wollen wir sie mit unseren menschlichen Befehlshabern ver-gleichen, nun, dann sind Kachinas außerirdische Soldaten. Die Gottheiten die außerirdischen Generäle oder Verteidigungs-minister. Und der Schöpfer? Wer weiß? Gut! Was ist mit den Atlantern geschehen?«, fuhr sie fort. »Die Atlanter wollte der

Schöpfer *nicht* auf dem neuen Kontinent haben. Er versprach den Kasskaranern Frieden in der neuen Welt. Also musste man Atlanter von dieser fernhalten. Dafür waren selbstverständlich wieder Kachinas zuständig. Sie ließen sie nicht nach Westen ziehen, also blieb den Atlantern nichts anderes übrig, als nach Osten zu gehen. Ihre Macht haben sie verloren, sie konnten nicht mehr fliegen und sie konnten nur überleben, indem sie in einzelnen kleinen Gruppen fortgingen. Die einen hierhin, die anderen dorthin. Und jede dieser Gruppen nahm nur einen kleinen Teil des gesamten Wissens mit, über das sie einmal verfügten. Das ist der Grund, warum ihre Nachfahren keine Erinnerung an ihre Geschichte haben, die mit der der Hopi vergleichbar wäre. Als die Atlanter die Dritte Welt zerstörten, stellte der Schöpfer sie kulturell auf eine sehr niedrige Stufe, soweit sie überlebten. Aber nachdem sie viele Jahrhunderte hindurch bestraft wurden, begannen sie sich wieder zu entwickeln. Die direkten Nachfahren sind die alten Ägypter und die heutigen Europäer und all ihre Nachkommen in der neuen zivilisierten Welt. Wen wundert es? Atlanter bleibt Atlanter. Heute wie damals. Machtgierig und aggressiv. Den Schöpferplan missachtend. Jetzt wie einst.« Es gab einige Buhrufe, doch diese ignorierte sie. Sie beendete ihren Vortrag mit einem Lied. Sie sang Strophen aus der Hopi-Überlieferung, die als Voraussage und Warnung für die ganze Welt gedacht waren. Nirgends würde es Hilfe geben, das Feuer werde es sein, das unsere gesamte Vierte Welt zerstöre.

Sie sang: »Es ist beschlossen, dass dies geschieht, es muss sein – eure Häuser werden bedeckt sein mit roten wogenden Flammen. Von Dorf zu Dorf werden sie fliehen, die Überlebenden aus dem Dorf, das zerstört wurde. Es ist beschlossen, dass dies geschieht, es muss sein – hee-a, hee-a, hee-a, die Kinder werden getragen auf den Rücken der Väter, die Zuflucht suchen in anderen Dörfern. Aber sie werden sie nicht finden.«

Sie erhob trotzig das Kinn und schaute selbstbewusst in die Runde. Niemand klopfte, niemand klatschte. Da erhob sich Luise und rief so laut, wie sie konnte: »Bravo! Bravo!« Hannah tat es ihr gleich. Die Kinder und Tom standen ebenfalls auf und spendeten Applaus. Dann erst, wenn auch nur zögerlich, zollten ihr auch andere Beifall oder pochten auf die Pulte. Am Ende blieb nur eine Handvoll Wissenschaftler mürrisch und stur, unter ihnen auch Christopher.

»Nirgends gibt es Hilfe, dies ist das Feuer, das unsere gesamte Vierte Welt zerstört«, wiederholte Luise später immer wieder. Ihre Aufregung war überdeutlich zu spüren. »Hannah, weißt du, was ich denke? Wir wurden gerettet, zum vierten Mal wurden wir gerettet, diesmal die gesamte Menschheit, vor diesem Feuer. Wären sie nicht gekommen, würden wir verbrennen, würde die Erde im Flammenmeer untergehen. Verstehst du?« Hannah nickte. Luises Aufregung steckte sie an. »Ja, ich verstehe, wir verlassen die Vierte Welt, meinst du das?« Luise küsste sie: »Hannah, ja, natürlich! So ist es!« Sie freute sich. »Vor was für einem Feuer haben sie uns gerettet, Luise? Meinst du vor einer Art Atomwaffenkrieg? Oder vor einer neuartigen, uns nicht bekannten Waffe? Oder vor dem Krieg der Sterne? Oder vor einem Asteroiden?« »Ich weiß es nicht, aber wir werden es sicher bald erfahren, ich fühle es!«, sagte Luise. »Aber, aber vielleicht kommt es noch, das große Feuer! Stell dir vor, vielleicht steht es unmittelbar bevor, das große Inferno. Vielleicht …« Hannah erschrak bei diesem Gedanken, sprach jedoch weiter. »Vielleicht war mein Traum ja prophetisch, Luise, stell dir das bloß vor, und überall auf der Erde brechen gleichzeitig Vulkane aus, meine Güte, male dir das einmal aus, Luise!« »Wer weiß? Es gibt nichts mehr, was ich mir nicht vorstellen kann.« »Dann werden sicher nur die Guten gerettet. Wir gehören doch zu den Guten, oder, Luise?«

»Definitiv ja! Alles wird gut! Wir erleben den Übergang, wir sind mittendrin, wir reisen in die Fünfte Welt, Hannah, sie haben uns gerettet, unsere Kachinas, vor dem Feuer, Hannah. Es ist geschafft.« Sie zitterte vor Aufregung und Freude.

25

Tom reinigte seine Pistole und beobachtete dabei, wie ein etwa zehnjähriger einheimischer Junge dem Herrn Dr. Dr. einen Zettel überreichte. Dieser nahm ihn entgegen, verpasste dem Jungen sanft eine Kopfnuss und warf seine Zigarette weg. Er entfaltete das Stück Papier, und was er las, ließ ihn sichtlich frohlocken.

»Schönes Mann, ich warten auf Dich in einer Stunden in verlassene Berghütte hinter Windmühle. Ich bin Frau, die du hübsche Augen gemacht hast. Ich freue.«

Er duschte, stutzte seinen Dreitagebart und verabschiedete sich von Tom mit seinem ›Ahoi‹. Auf die Frage, wohin er ginge, und den Zuruf, er solle sich nicht zu weit entfernen, reagierte Christopher überhaupt nicht. Er war neugierig auf die Verfasserin der Zeilen. Sehr neugierig. Er hoffte, die junge hübsche Japanerin habe die Zeilen geschrieben. Ihr hatte er in der Tat schöne Augen gemacht. Doch wenn sich eine der anderen Damen als anonyme Schreiberin entpuppen sollte, sollte es ihm auch recht sein, sie waren alle mehr oder weniger ansehnlich. Unter den momentanen Umständen sollte er keine hohen Ansprüche stellen, es herrschte eine Notsituation. Nein, er würde keine von der Bettkante stoßen.

Freudig erregt erreichte er die einsame Hütte und trat ein. Den Raum erhellten zwei Kerzen. Ein modriger erdiger Geruch schlug ihm entgegen, doch das war ihm gleich. Sie wartete bereits auf ihn. Sie lag auf Kissen aus Strohballen gebettet, nur ein leichtes Laken bedeckte ihren Körper, auch ihren Kopf. Die Japanerin war deutlich kleiner, ›sie ist es nicht‹, schoss es ihm durch den Sinn. Egal. Hauptsache, willig. Und diese Frau war willig – daran bestand kein Zweifel. Ihre laszive Pose gefiel ihm sehr; so wie sie da lag und ihn erwartete, erregte ihn ungemein. Nur ein sinnlich lang gestreckter Fuß, in schwarzes Nylon gehüllt, lugte unter dem Laken hervor. Keine Frage, sie hatte eine unglaublich erotische Ausstrahlung. ›Ob wohl nur diese vermutlich halterlosen Nylonstrümpfe ihren Körper schmücken?‹, fragte er sich. Dieser Gedanke blieb nicht ohne Wirkung. Er spürte, wie ihm das Blut in die Lenden schoss. Er näherte sich ihr klopfenden Herzens. Er war bereit, sich in das Vergnügen zu stürzen. In diesem Moment streckte sie ihren Fuß weiter hervor und zog die Decke verführerisch bis zum Unterschenkel hoch. Er räusperte sich, vor lauter Aufregung wurde er heiser, er flüsterte ein ›Hallo‹ und zog sich zügig – zuerst sein T-Shirt und dann seine Hose – aus. Da stand er nun in Unterhosen vor dieser Frau, die sich räkelte und leise stöhnte. Christopher war nun nicht mehr zu bremsen, er kniete sich neben sie, berührte ihren Fuß und drückte ihn sanft. Seine Hand wanderte aufwärts.

Hannah und Luise saßen zur selben Zeit im Gras und schauten gedankenverloren auf den mit Wasserlinsen bedeckten See, der von hohen und dunklen Felswänden umschlossen war. Am hinteren Ende der Schlucht ergoss sich ein Wasserfall in mehreren Kaskaden in ein Felsbecken. Herrlich fanden die Frauen diesen Ort, nahezu magisch. Sie genossen die Ruhe. Sie tauchten immer wieder ihre Füße in das kühle Quellwasser und spritzten es sich auch in das Gesicht.

Plötzlich tauchte wie aus dem Nichts ein bunter Erpel auf. Er schwamm und beäugte die beiden Frauen voller Neugier. »Wunderschön ist es hier, jetzt fehlt nur noch die Sonne. Oh, schau, eine Ente, Luise!« Die beiden Frauen freuten sich über das Tier, das einen gut genährten und zufriedenen Eindruck machte. »Zum Glück findet sie noch etwas zu fressen«, flüsterte Hannah. Die Ente gab einen schnatternden Pfeifton von sich, als wollte sie Hannah antworten. »Ich bin keine ›sie‹, sagt er dir, Hannah!«, schmunzelte Luise. In diesem Moment gab der Erpel zwei Pfiffe von sich und die beiden Frauen lachten. »Meinst du, wenn er ›Ja‹ sagt, pfeift er zwei Mal?«, fragte Hannah erwartungsvoll. »Komm, wir probieren es aus. Lieber Erpel, geht es dir gut?« Sie warteten gespannt. Keine Antwort. Doch Hannah gab nicht auf. »Lieber Erpel, vermisst du auch die Sonne?« Schweigen. »Lieber Erpel, ist meine Frau nicht wunderschön?« Da, in diesem Moment, pfiff das Tier ununterbrochen und es wollte sich gar nicht beruhigen. »Oh, Hannah, jetzt hast du den armen Erpel ganz durcheinandergebracht mit deinem Spiel. Komm, spiel lieber mit mir …« Sie lächelte und legte ihren Kopf auf Hannahs Schulter.

Der Erpel beruhigte sich wieder und schwamm seine Runden. Hin und wieder tauchte er sein Köpfchen unter Wasser, schielte jedoch immer wieder zu den beiden Frauen hinüber.

Sie hörten in der Ferne Gelächter und Jubelrufe. Die Stimmen schienen näher zu kommen. Sie spitzten die Ohren und erkannten Konstantins Tonfall. »Sie waren sicher trainieren, die zwei; schön, dass sie so unbeschwert und fröhlich sind. Die Freundschaft tut beiden gut.« Hannah nickte und beobachtete Tom und ihren Ziehsohn. Sie unterhielten sich angeregt, klopften sich gegenseitig auf die Schultern, blieben immer wieder stehen, brachen in Gelächter aus und gestikulierten wild. Als sie die beiden Frauen entdeckten, winkten sie übermütig und machten sich auf den Weg zu ihnen. »Hallo, Mama, hallo, Hannah, geht es euch gut? Ist das Wasser warm? Tom, wollen wir?« Und schon zogen sie sich bis auf die Unterhosen aus. Luise und Hannah starrten Konstantin an. Was sie sahen, verblüffte sie. Sein linker Unterschenkel war glatt rasiert und die Zehen des linken Fußes mit lila Nagellack angemalt. Sie schauten sich verdutzt an. »Ist das jetzt die neueste Mode?«

Doch Konstantin war längst abgetaucht und hörte die Frage seiner Mutter nicht mehr. »Meinst du, die beiden …?«, fragte Hannah zwinkernd. Luise schüttelte amüsiert den Kopf.

»Ts, ts, ts … der Schlingel hat doch tatsächlich meinen Nagellack stibitzt. Heute früh hat er mich übrigens gefragt, ob ich ihm nicht eine Strumpfhose leihen wolle. Er würde sie zum Fischen brauchen.« »Nein, ehrlich? Mich auch, Luise, mich auch. Gestern Abend schon. Doch als ich ihm dann meine guten medizinischen Kompressionsstrümpfe brachte, verzog er nur das Gesicht. Sein Kommentar lautete, es handele sich um einen besonderen Fisch, den er damit einfangen wolle, dafür würden sich meine Strümpfe *nicht* eignen.« »Interessant …«, flüsterte Luise vergnügt. »*Meine* hingegen waren geeignet. Ich wüsste ja zu gern, welcher Fisch ihnen ins Netz gegangen ist.« Hannah zuckte die Schultern. »Na ja, Hauptsache, sie haben Spaß und vergessen für einen Moment ihr Trauma«, sagte sie leise.

Die beiden Männer schwammen im See um die Wette, sie döppten sich gegenseitig und brachen immer wieder in Lachen aus. Den Erpel schien der Lärm nicht zu stören, er schwamm nicht davon, sondern drehte weiter gemächlich seine Kreise. »Konstantin, der Erpel spricht mit uns!«, rief Hannah ihrem Ziehsohn vom Ufer aus zu. Die Männer winkten bloß, sie war sich nicht sicher, ob sie sie verstanden hatten. Doch die beiden hörten auf, sich gegenseitig nass zu spritzen und blickten das unerschrockene Tier an. Und dann, dann umarmten sie sich. Leider sprachen sie so leise, dass nicht einmal Luise, die über ein wirklich hervorragendes Gehör verfügte, irgendwelche Wortfetzen verstand. Zu guter Letzt salutierten sie vor dem Vogel. Hannah und Luise lachten auf. Der Erpel antwortete mit einem lauten Quaken und schwamm schließlich davon.

»Es hat ihm gefallen, es hat ihm gefallen!«, schrien beide aus tiefster Kehle und umarmten sich immer wieder. Hannah und Luise standen am Ufer und schüttelten belustigt die Köpfe.

Sophie arbeitete an ihrem Programm im Cockpit. Sie genoss es, sich dorthin zurückziehen zu dürfen und allein zu sein. Christopher war an seinem Platz und studierte seine Karten. Er sah nur kurz auf, als die vier Übrigen gemeinsam den Heli betraten, reagierte aber nicht. »Hannah, er hat sich über Konstantin *nicht* lustig gemacht, dabei war seine Kriegsbemalung doch *unübersehbar*. Also ist *Christopher* der Fisch«, flüsterte Luise etwas später. »Stimmt, ja, sonst hätte er gelacht und ihn verhöhnt, na klar, und wie! Oh, ich wüsste ja gern die ganze Geschichte!« »Geduld, meine Liebe, nur Geduld, wir werden schon noch jedes Detail erfahren, auch ohne danach zu fragen.« Etwas später beim gemeinsamen Abendtrunk, an dem Christopher seit der Schlägerei nicht mehr teilnahm, sondern an seinem Platz blieb, fragte Sophie leicht gereizt: »Sag mal, findest du das schön, so herumzulaufen, kleiner Bruder?« »Wie? Was meinst du?«, fragte dieser betont lässig. »Ja, so!« Sie zeigte auf seine nackten Füße. »Zieh dir doch wenigstens Strümpfe an! Mama, sag doch was!« Doch die Mutter schmunzelte bloß. »Ich mag nicht, mir ist warm! Nein, *heiß* ist mir! Findest du meinen Fuß denn nicht sexy, Sophie?« Sie verdrehte die Augen. »Schade, ich dachte, jeder liegt mir zu Füßen … neuerdings!«, antwortete er grinsend. Sophie schüttelte verständnislos den Kopf. Tom lachte und beobachtete, wie Christopher seine Nase noch tiefer in seine Karten zu stecken schien.

Als er das Knie berührte, wurde ihm speiübel. Das war das Knie eines Kerls. »Ihr Scheißkerle! Das werdet ihr mir noch büßen!«, schrie Christopher wutentbrannt. »Ich hasse euch! Ihr Drecksäue!«, tobte er. Tom und Konstantin brüllten vor Lachen. »Pass auf, wie du dich demnächst uns und unserem Team gegenüber verhältst!«, drohte Tom. »Wir haben dich in der Hand, Herr Dr. Dr.! Wir werden schweigen, solange du anständig bleibst!« Christopher schnappte sich seine Kleider und verließ zürnend die Hütte.

26

Die Tage wurden wieder dunkel und zusehends kälter. Die Dämmerung war einmal mehr der Finsternis gewichen, doch inzwischen waren alle so an den steten Wechsel zwischen dem diffusen Licht und der Dunkelheit gewöhnt, dass sich niemand mehr großartig Gedanken darüber machte, was das wohl zu bedeuten hatte. Ihr nächstes Ziel waren die USA.

Drei Zwischenstopps auf Flugzeugträgern im Atlantik waren nötig, um den Hubschrauber aufzutanken. Die ersten zwei verliefen unspektakulär, es wurde zügig gearbeitet und noch zügiger gestartet, wohingegen über die Landung auf dem dritten lange gelacht wurde. Als Sophie die Koordinaten des letzten Landeplatzes im Ozean eingab und der Bildschirm in der Kommandozentrale unerwartet anging und die Mondscheinsonate erklang, fiel der junge Mann, der seit Tagen keinen Kontakt zur Außenwelt gehabt hatte, vor Schreck fast von seinem Stuhl. Als ob das nicht genug sei, erschien auf dem Monitor plötzlich ein sehr blasses Gesicht, mit großer Brille und von Kräuselhaaren umgeben. Voller Bestürzung starrte der junge Kommandant auf dieses Gesicht und glaubte fest an eine Erscheinung aus dem Jenseits.

Die Nacht umhüllte den Helikopter, als sie der neuesten Order entsprechend die amerikanische Ostküste erreichten.

»Es ist wieder so weit, wir müssen tanken, los, Leute, aussteigen!«, kommandierte Sophie.

Sie landeten auf einem Militärflughafen. Tom begab sich zügig zu dessen Kommandozentrale, um sich die Genehmigung erteilen zu lassen.

»Ich gehe eine rauchen«, verkündete Christopher.

»Aber geh nicht zu weit!«, mahnte Hannah.

»Ach, Mutter Hannah, nerv nicht …«

»Leute, Leute, Leute, warum juckt mein linker Fuß grad so furchtbar?«, fragte Konstantin. Christopher schnaubte und verschwand. Die Glut seiner Zigarette, ein tanzender roter Lichtpunkt, entfernte sich vom Helikopter und wurde immer kleiner.

»Oh, mir tun meine Beine so furchtbar weh!«, klagte Hannah. »Ich kann kaum noch sitzen. Zum Glück haben wir wieder Boden unter den Füßen! Wollen wir auch eine kleine Runde drehen? Hier dürfen wir das ja, hier sind wir sicher.« »Gut«, meinte Luise bereitwillig, »komm, wir gehen Tom entgegen.« Und die beiden Frauen entfernten sich vom Heli. Konstantin und Sophie blieben beim Hubschrauber. Weder der rote Lichtpunkt noch die Stimmen ihrer Mutter und Hannahs waren mehr wahrzunehmen. »Hast du das gehört?«, fragte Hannah aufgeregt. »Luise, wir hatten recht, *er* ist der Fisch! Wir sind richtige Detektivinnen, Luise!« Luise nickte lächelnd. »Eindeutig! Er *ist* der Fisch! Und wir können uns auch in etwa denken, worum es ging, nicht wahr?« Nun war es an Hannah, lächelnd zu nicken. Kurzes Schweigen. »Alles Schlechte bringt auch Gutes, stimmt's, Luise?« »Oh ja!«, erwiderte diese. Sie hakte sich bei Hannah unter, gab ihr einen Kuss und fragte: »Was meinst du im Speziellen?«

»Nun, sieh mal, durch dieses furchterregende Ereignis am Himmel« – bei dem Wort Ereignis deutete sie mit den Fingern Anführungszeichen an – »bin ich dazu gezwungen worden, meine weißen Träume aufzugeben, und ich glaube«, sie fasste sich an den Bauch, »ich glaube, ich habe schon etwas abgenommen. Findest du nicht auch?« Luise grinste und küsste sie ein weiteres Mal. »Lass mal fühlen! Hmm … Du könntest recht haben. Aber dann sind es ein paar Gramm weniger an dir, die ich nun lieben darf!« Luise spielte die Enttäuschte. Darauf lächelten sich die beiden an. »Was schätzt du, wie groß ist die Entfernung vom Heli zu der Basis hier?«

Die beiden Frauen blieben stehen. Sie schauten abwechselnd vom Heli zu der Basis. »Einen halben Kilometer, würde ich schätzen!« »Das könnte hinkommen, Luise, ja. Guck, da ist Tom, siehst du ihn auch?« Luise nickte. »Hannah, weißt du, durch dieses Ereignis« – und nun zeichnete *sie* Anführungszeichen in die Luft – »wird die Menschheit vielleicht näher zusammenrücken, friedlicher werden, falls sie es überlebt. Das wäre wünschenswert. Und weißt du, was noch? Ich finde, unser Konstantin ist so reif geworden. Wären wir zu Hause, würde er nur faulenzen, seinen Sport machen und mit seiner Clique feiern. Und hier, hier ist er gereift. Und er hat einen wunderbaren Freund gefunden.« »Stimmt! Das ist auch wirklich etwas Gutes! Und er meckert überhaupt nicht. Ich staune, wie bereitwillig er sich mit den mickrigen Tagesrationen zufriedengibt. Und zu Hause? Da hat er uns die Haare vom Kopf gefressen!« Sie lachten. Hannah fuhr fort. »Ja, beide Kinder schlagen sich wacker. Guck dir Sophie an, sie darf ihre Erfindung ausprobieren und perfektionieren.« »Ach, ich liebe diese Gabe an dir, jeder Situation etwas Positives abzugewinnen, wenigstens ein klitzekleines Quäntchen.« »Diese Eigenschaft ist uns gemein, Luise, mein Wunder, du! Wie sagst du immer?«, und sie richtete sich mit all ihrer Autorität auf und zitierte: »Das Gesetz der Resonanz müssen wir achten und leben, so oft und so gut wir können. Wir müssen versuchen, aus allem das Beste zu machen. Klar, Leben ist Kampf, doch gibt das Leben dir Zitronen, mach Limonade daraus.« Sie schenkte Luise ein strahlendes Lächeln und fügte hinzu: »Ja, das, genau das, ist das Geheimnis eines glücklichen Lebens. So viele Menschen vergällen sich selbst ihr Dasein mit ihrem Pessimismus, mit ihrer Nörgelei.«

»Irgendwie riecht es hier komisch, findest du nicht auch?«, fragte Konstantin. »Ähm, ehrlich gesagt, nein, kleiner Bruder. Ich benutze täglich mein Deo und okay, ich geb' zu, meine Haare, die habe ich wirklich schon ein paar Tage nicht waschen können, das Wasser im Heli ist mir einfach viel zu kalt. Aber riechen tun sie nicht, oder doch?« Sie zog eine Strähne lang und schnupperte an ihr. »Nein, im Ernst, Sophie, riechst du das nicht?« Er sog die Luft ein. Sie tat es ihm nach. »Das ist so unheimlich. Was riechst denn du? Ich rieche nur das Kerosin.« »Ich weiß nicht, das erinnert mich an …«, er dachte angestrengt nach, »… an Zooluft!« Sophie brach in schallendes Gelächter aus. »Du Witzbold, du hast mir wirklich einen Schrecken eingejagt! Ich dachte, du würdest weiß Gott was wahrnehmen! Zooluft! Dass ich nicht lache! Inmitten eines Militärflughafens!« Sie stutzte, denn Konstantin blieb ernst. »Das ist doch nicht dein Ernst, oder? Ich rieche nichts dergleichen.« »Kein Wunder! Das liegt an den weiblichen Hormonen«, antwortete er grinsend und kassierte dafür einen sanften Kniff in den Arm. »Da bist du aber komplett falsch informiert, Brüderchen! Es verhält sich genau umgekehrt: Frauen verfügen über fast fünfzig Prozent mehr Nervenzellen in ihren Riechkolben als Männer! Und die größere Zahl der Nervenzellen sowie der Synapsen ermöglicht *UNS* eine bessere Riechleistung. Und hinzu kommt, dass *WIR* uns Gerüche besser merken können als ihr! ›Geruchsidentifikation‹ sagt die Wissenschaft dazu!« Sie streckte ihm die Zunge heraus und er wechselte das Thema. »Sag mal, wie weit bist du mit dem KT? Kommst du voran?« »Ich muss nur noch zwei Gateways installieren!« Sie schlang ihre Arme um sich und bemerkte leicht fröstelnd: »Weißt du, wer mich erstaunt? Mama und Hannah! Sie halten sich echt gut, findest du nicht auch?« »Oh ja, absolut. Die beiden sind klasse.«

»Du, Konstantin, irgendwie ist mir gerade total unheimlich.

Wo bleiben die denn alle? Lenk mich ab, komm, erzähl mir etwas.«

»Möchtest du etwas über die Drogensucht bei …«

»Oh bitte, erspar mir das!«

»Na gut, aber ich muss zugeben, mir ist irgendwie auch komisch, so, als würden wir beobachtet. Sollen wir reingehen?«

»Ja, komm!«

Sophie ging vor, Konstantin folgte dicht hinter ihr. Plötzlich hörten sie ein Kichern in der Ferne. Es klang menschlich, war es aber nicht. Das Blut gerann ihnen in den Adern.

»Mein Gott, du hast recht, hier muss doch ein Zoo in der Nähe sein!« Sie stolperten in den Heli und schlossen die Tür. Sophie öffnete ihren KT und tippte nervös auf die Tasten. »Da stimmt etwas nicht, Konstantin, ich gebe es noch mal ein. Moment. Na los, mach schon, na los!«, feuerte sie ihr selbst entwickeltes Gerät an.

»Das kann doch nicht sein! Es gibt hier wirklich einen Zoo, aber … aber er ist 65,3 Kilometer von der Basis entfernt! Kiilomeeter! Denkst du, was ich denke?«

»Ja, auf diese Entfernung hätte ich sie weder riechen noch hätten wir sie hören können. Das bedeutet, sie sind irgendwo hier!« »Gott, was machen wir jetzt bloß?« »Bleib du hier, ich gehe die anderen warnen!« »Ich komme mit, kleiner Bruder!« Sie öffneten hastig die Tür und schraken zurück – beinahe hätten sie Tom mit der Tür am Kopf getroffen. Luise und Hannah traten kurz nach ihm ein. »Habt ihr das gehört?«, fragte Sophie beunruhigt. »Ja«, antwortete ihre Mutter kurzatmig, »haben wir, es klang wie das Lachen von Hyänen! Oder?« Die Kinder nickten. »Schrecklich! Ich habe eine Gänsehaut am ganzen Körper! Wir sind zurückgerannt, so schnell wir konnten, das Kichern kam aus eurer Richtung!«, schloss sie. Hannah hatte noch mit ihren Seitenstichen zu kämpfen und somit hörte man sie nur nach Luft schnappen. »Das Gelände ist eingezäunt, hier sind wir sicher. Ich lasse jetzt den Hubschrauber auftanken! Bleibt ruhig drin. Wo ist eigentlich der Physiker?« »Der wollte eine rauchen gehen. Hannah hat ihn gewarnt, sie hat ihm gesagt, er soll nicht zu weit weggehen«, meinte Sophie. Tom nickte ihr zu. »Na ja, er wird schon wieder auftauchen. Also bleibt hier drin, ich bin in circa zehn Minuten fertig.«

Tom half den Mechanikern, die Tankvorrichtung an den Heli zu schrauben, und kontrollierte daraufhin den Ölstand, als plötzlich ein markerschütternder Schrei über das Gelände hallte. Das Blut gefror Tom in den Adern und die Nackenhaare sträubten sich ihm. So etwas Schauriges hatte er noch nie gehört. Tom ließ sein Werkzeug fallen und rannte furchtlos in die Richtung, aus der er den Schrei vermutete. Er setzte behände sein Nachtsichtgerät auf, sprintete weiter und erreichte bald den Grenzzaun. ›Gott, der Idiot muss über den Zaun geklettert sein!‹ Hastig schwang er sich über die Absperrung und der widerliche Gestank der Hyänen raubte ihm den Atem. Er schoss ein paarmal in die Luft, in der vagen Hoffnung, die Tiere damit zu verjagen.

Dann sah er ihn. Er lag auf dem Boden, verletzt und umzingelt von zwei Hyänen, die an ihm zerrten, und schrie vor Höllenqualen. Tom schoss auf die Tiere, die zunächst jaulend davonrannten, und war mit einem Sprung bei Christopher. Tom bekam seinen Arm zu fassen, doch blitzartig schnellte aus der Dunkelheit eine Hyäne wieder hervor, grub ihre Zähne in seinen Unterarm und ließ nicht mehr los. Ein furchtbarer Schmerz durchzuckte ihn. ›Oh mein Gott, sie beißt sich fest!‹ Gleichzeitig nahm er wahr, wie sich ihm noch mehr Tiere voller Gier und Blutdurst näherten, er zählte weitere vier oder fünf. Trotz der klirrenden Kälte rannen ganze Schweißbäche seinen Rücken hinunter. ›Jetzt! Jetzt!‹, befahl eine Stimme in seinem Kopf. Wie im Reflex winkelte er sein Knie an und trat blitzschnell, und so fest er konnte, in Richtung des ausgehungerten

Tieres. Er traf es in die Seite. Unter einem lauten Aufjaulen gab die Hyäne ihre Beute einen kurzen Moment frei. All seine Kraft nutzte er in diesem Augenblick, um sich aufzurappeln und über den Zaun in Sicherheit zu bringen. Auf der anderen Seite angekommen, blickte er sich um und sah mit Entsetzen, wie mehrere Hyänen den inzwischen verstummten – und wie Tom inständig hoffte – toten Physiker fortschleppten.

Erschüttert kehrte er zum Helikopter zurück, in dessen Innerem ihn die Übrigen bang erwarteten. »Wir können nichts mehr für ihn tun. Es tut mir leid, ich hatte keine Chance!«, sagte er leise und schaute dabei Sophie an. Diese nickte nur und verschwand im Cockpit. Ihr Bruder folgte ihr besorgt.

»Junge, du bist ja verletzt!« Erschrocken starrte Hannah auf seinen blutigen Hemdsärmel. »Was ist denn passiert, Tom? Los, setz dich! Luise, guck dir das an!« Hannahs Aufforderung war nicht nötig. Luise hatte die Situation längst erfasst und stand schon mit dem Verbandskasten in den Händen hinter ihr. Tom tat, wie ihm geheißen. Luise streifte sich Einmalhandschuhe über und schnitt vorsichtig seinen Ärmel auf. Er verzog trotz schlimmster Schmerzen keine Miene. Es kam eine hässliche Wunde zum Vorschein. »Zieh du auch Handschuhe an, Hannah, ich brauche Hilfe! Tom steht unter Schock, es ist besser, er legt sich hin!« Tom ließ sich widerspruchslos zu seiner Pritsche führen.

Luise wusch die Bisswunde sorgfältig mit Wasser und Seife aus und desinfizierte sie anschließend mit siebzigprozentigem Alkohol. Hannah assistierte ihr und sprach Tom dabei Mut zu.

Nachdem der Unterarm mit sterilen Kompressen abgedeckt und verbunden war, setzte bei Tom ein Zittern am ganzen Körper ein. Luise deckte ihn zu. »Der Schock lässt gleich nach. Tom, alles wird gut!« Sie drückte tröstend seine Hand. »Möchtest du etwas trinken?«, fragte Hannah besorgt. »Das ist eine gute Idee, Schatz, bring ihm doch ein Glas Zuckerwasser!«

»Ein Glas Whisky wäre mir lieber!«, widersprach er. Die Frauen lachten erleichtert auf. »Ich besorge dir welchen!« Schnellen Schrittes verließ Hannah den Hubschrauber. Luise versicherte: »Also, wenn es jemand schafft, dann sie. Du bekommst gleich deinen Whisky!« Tom rang sich ein Lächeln ab. »Sag mal, Tom, hast du einen Impfausweis?« »Natürlich! In meinem Spind. Brauchst du ihn?« »Ja, ich würde gern einen Blick hineinwerfen!« Sie öffnete sein Fach und staunte ungläubig, weil er da nicht hingehörte, dieser ihr durchaus vertraute Gegenstand. Ihr wurde warm ums Herz und sie lächelte.

In der rechten Ecke lag ordentlich ein Stapel mit Dokumenten und davor ein dunkelblauer Kosmetikbeutel.

Erleichtert stellte sie fest, dass Toms Impfschutz gegen Tetanus ausreichend war. Sie legte den Ausweis auf den Stapel zurück und setzte sich wieder zu ihm.

»Ich fühl mich so hin- und hergerissen, Konstantin. Es ist schrecklich. Wieso sterben auf dieser Mission alle? Erst der Major und jetzt Chris. Es tut mir so leid, so ein schrecklicher Tod, den hat er nicht verdient. Ich wollte ihm noch so viel sagen, ach, ich … ich mochte ihn, trotz allem.« Sophie schüttete ihm ihr Herz aus. Konstantin nahm ihre Hand und schaute betreten drein. »Er war ein übler Kerl, Sophie. Und ein treuer Ehemann wäre er dir auch nie gewesen.« Am liebsten hätte er ihr erzählt, wie leicht verführbar Christopher war, doch er biss sich auf die Zunge. Es war nicht der richtige Moment. Vielleicht würde es nie den richtigen Augenblick geben, ihr von dem Streich zu erzählen, den sie ihm gespielt hatten. »Das habe ich begriffen. Und dennoch. Ach, ich weiß nicht. Ich mochte ihn. Er war ein exzellenter Wissenschaftler. Und gleichzeitig, gleichzeitig konnte er so abweisend und so abfällig sein. So gemein. Trotzdem. Ich vermiss' ihn irgendwie!! Wir sind uns schon sehr nah gekommen. Mir ist klar, er war nicht in mich verliebt. Aber ich, ich mochte ihn schon sehr. Ach, Konstantin, jetzt ist er tot. Er fehlt mir … Oh, ist das alles furchtbar. Ach, ich red' dummes Zeug«, flüsterte sie mit tränenerstickter Stimme. Ihr Bruder nahm sie in den Arm und hielt sie einfach fest.

»Also, Tom, Whisky habe ich keinen auftreiben können!«, sprach Hannah und schnappte nach Luft. »Aber schau her!« Sie präsentierte stolz ihre Trophäe und hielt sie in die Höhe. »Tandaradei«, flüsterte er, zum ersten Mal in seinem Leben sprach er dieses Wort aus. Ihm gefiel Luises Ausruf der Freude und er nahm ihn in seinen Wortschatz auf, »du bist echt verrückt, lieb verrückt!«, und lächelte dabei breit beim Anblick der Flasche Martini. Luise goss ihm einen großen Schluck in ein Glas und Tom schüttete ihn hastig herunter. Die beiden Frauen schauten ihn freudig an und dankten dem Universum, dass er noch lebte.

Nach dem zweiten Glas begann er zu erzählen. »Ihr seid so lieb! Und so toll! TANDARADEI! Was bedeutet eigentlich ›Kujon‹? So hast du doch den Physiker einmal genanannt, wenn ich mich recht entsinne.« Luise und Hannah lächelten sich an, der Alkohol wirkte. Er löste Toms Zunge. Dann ergriff den jungen Mann ein Schütteln und seine Miene verdüsterte sich. »Der Gestank war widerwärtig … es waren Bestien, keine Tiere. Wie sie sich über ihn hergemacht haben … wie sie die Zähne fletschten … ich habe ihn da nicht rausholen können … sie stanken nach Fäkalien, nach Verwesung und nach Tod.« Er erzitterte und nahm einen großen Schluck direkt aus der Flasche. Luise zog eine Braue hoch und holte Wasser für ihn. »Sie haben ihn getötet und fortgeschleppt … mein Gott! Ich konnte nichts tun! Ich habe es versucht! Doch …« Er wollte gerade die Flasche Martini erneut ansetzen, doch Luise war schneller und tauschte sie gegen die Wasserflasche aus. Tom schien es nicht zu bemerken und trank. Er sprach weiter. »Sie werden ihn aufgefressen haben … sie waren so grausam … so … so … blutrünstig …«

›Rauchen tötet‹, schoss es Hannah unwillkürlich durch den Kopf.

Luise drückte seine Hand. »Tom, du musst geimpft werden!« »Wie, wieso? Ich bin doch geimpft. Hast doch meinen Ausweis gesehen!«, stutzte Tom. Luise stand auf. »Gegen Tollwut, Tom. Hannah, wir dürfen kein Risiko eingehen. Es ist möglich, dass sie infiziert waren. Wir müssen Tom impfen lassen.« Hannah nickte und stürzte aus dem Heli. »Meine Güte, wo rennt sie denn hin? Sie wird ja noch eine richtige Sportskanone!«, ulkte Tom. »Sie holt Hilfe, Tom!« »Das ist heute bereits der dritte Kilometer, den sie rennt!«, stellte Tom verblüfft fest.

»Mister, wir brauchen dringend Hilfe.« Dieser Mister, ein junger Soldat, war derjenige, der ihr die Flasche Martini geschenkt hatte. »Wir brauchen einen Arzt!« »You have drunken too much, Lady?« Sie erklärte ihm, was geschehen war, und erfuhr, dass die Basis notbesetzt sei, nur er, zwei Techniker und eine Handvoll Mechaniker die Stellung hielten und weder einen Arzt noch irgendwelche Impfstoffe stellen könnten. »Please, can you look where the next Notfalldepot and hospital is?« Er setzte sich an seinen Schreibtisch und überlegte kurz. Hannah hielt vor Aufregung die Luft an. ›Liebes Universum, bitte hilf!! Lass ihn die Listen finden!‹ Dabei fiel ihr Blick auf ein Foto auf seinem Tisch. Es zeigte eine strahlende rothaarige Frau und zwei kleine Mädchen, die sich zum Verwechseln ähnlich sahen. »Oh, is this your family?« Hannah lächelte. »I hope, sie sind wohlauf.« »Here, Lady, this Hospital can help you, I think.« »Danke, danke!«, sie fiel dem Soldaten vor Erleichterung um den Hals, gab ihm einen Kuss auf die Wange und wünschte ihm viel Glück und Kraft. »God bless you, good man!«

Mit dem Zettel in der Hand machte Hannah sich im Eiltempo auf den Rückweg. Die Knie schmerzten, doch sie biss die Zähne zusammen und steigerte ihre Geschwindigkeit. ›Ich darf keine Zeit verlieren, los, Hannah, renn, renn wie früher, als du noch jung warst … ach, früher war ich gut gebaut, heute bin ich nur noch gut. Früher war ich durchtrainiert, heute bin ich einfach durch!‹, und sie beschleunigte. ›Gleich habe ich es geschafft, hundert Meter noch. Ach, was war ich früher sportlich, heute bin ich nur noch ich.‹

Und plötzlich … Licht. Helles Licht. So hell, dass es ihre an die Dunkelheit gewöhnten Augen blendete. Sie kniff sie zusammen, um sehen zu können, woher die Lichtquelle kam. ›Scheinwerfer? Hat da jemand einen Scheinwerfer auf mich gerichtet?‹ Sie schützte ihre Augen mit vorgehaltener Hand. Langsam gewöhnten sich diese an die Helligkeit und sie wagte es, sie weiter zu öffnen. Und dann sah sie sie. Eine weißglühende Sonne. Größer, als sie sie jemals zuvor gesehen hatte. Die Hitze, die sie ausstrahlte, brannte Hannah im Gesicht. Sie schaute zum Heli und erkannte Luise und die Kinder. Sie standen draußen und schauten gen Himmel.

»Mum, Mum, die Sonne ist wieder da!« Die Zwillinge lachten und freuten sich. Lilly begann das ›Sonnenlied‹ zu trällern und Milli klatschte in die Hände und trat mit den Füßen rhythmisch gegen den Sitz der Mutter. »Kinder, bitte seid ruhig!« Die Mutter, eine rothaarige hübsche junge Frau, saß am Steuer und schaute konzentriert auf die Straße. »Mum, ich muss mal!«, meldete sich Lilly von rechts hinter ihr. »Jetzt nicht, Lilly, wir sind doch gleich bei Dad!« »Ich muss aber ganz, ganz doll!« Lilly quengelte mit Tränen in den Augen. »Ich muss sofort! Ich kann es nicht mehr anhalten!« Und dann fing sie an zu jammern. »Meine Güte, Lilly, gut! Ich halte!«, die Mutter gab

nach. Sie brachte den Wagen zum Stehen und öffnete ihre
Tür. Es passierte plötzlich und mit voller Wucht. Der Aufprall
erschütterte das Auto und die Mädchen schrien aus vollem
Halse. Die Mutter schloss panisch ihre Tür und schaute zu den
Kindern. Eine Bestie mit Schaum vor dem Maul und den ge-
waltigsten Zähnen, die sie je geschehen hatte, blickte durch das
Seitenfenster in das Innere des Autos. Die Mädchen kreischten
und das Tier fletschte knurrend die Zähne. Die Fensterscheibe
auf Lillys Seite war vor lauter Speichel komplett verschmiert.
»Mum, ich muss nicht mehr!«, schrie Lilly. »Mum, Mum, Lilly
muss nicht mehr!«, krächzte Milli. Die Mutter hatte kein Gefühl mehr in den Beinen. Sie waren vor Angst wie gelähmt.
Es dauerte eine halbe Ewigkeit, bis es ihr gelang, den Motor
wieder zu starten und Gas zu geben. »Ich muss nicht mehr,
ich muss nicht mehr!«, plärrte Lilly. Die Mutter raste in Panik
los und achtete weder auf Schlaglöcher noch auf eventuell ent-
gegenkommende Fahrzeuge. Sie betete, der Sprit möge noch
reichen. Welch entsetzliche Vorstellung, wenn dem nicht so
wäre. Der Schock leitete sie. Ihrem Mann würde sie später
nicht mehr sagen können, wie sie den Weg zu ihm gefunden
hatte. Die Mädchen greinten, und sie hörten erst damit auf,
als sie die Militärbasis erreichten. Sie standen unter Schock
und sie fühlten sich so benommen, dass sie nicht einmal den
dröhnenden Lärm des in ihrer unmittelbaren Nähe startenden
Hubschraubers vernahmen.

27

»Wir haben einen Notfall, Herr Steinzer. Wir müssen eine Klinik aufsuchen, daher wird sich unsere Ankunft beim 5. Team etwas verschieben«, sprach Luise in den KTransformator. Ein Rauschen erklang und dann meldete sich die bekannte Stimme: »Was heißt Notfall? Was ist passiert? Wer ist verletzt?« »Der Herr Unteroffizier braucht dringend medizinische Hilfe. Er muss gegen Tollwut geimpft werden.« Knacken. »Fliegt Ihre Tochter?« Luise bejahte. »Dann lautet Ihr Befehl, ohne Verzögerung Ihre Mission fortzusetzen und sich zu dem vereinbarten Treffpunkt zu begeben. Das ist die letzte Station Ihrer Mission. Eine Verzögerung würde Ihren Auftrag gefährden. Sie können für den Herrn Unteroffizier im Augenblick nichts tun. Setzen Sie die Mission fort, Luise! Haben Sie mich verstanden?« »Ich habe verstanden«, antwortete Luise kühl. »Gut. Ende«, ließ ihr Kontaktmann verlauten und fügte hinzu: »Melden Sie sich, wenn Sie wieder gelandet sind.« Das Rauschen erstarb.

»Also, umkehren, Mama?« Sophie war sich nicht schlüssig. Konstantin starrte auf die Instrumente vor sich und hielt den Atem an. »Nein, Sophie, die Klinik ist unser nächstes Ziel. Ich habe gesagt, ich habe verstanden, ich habe nicht gesagt, ich werde gehorchen.« Mit ernster Miene zwinkerte sie Sophie zu und verließ das Cockpit. Konstantin atmete erleichtert auf und folgte ihr. »Wie geht es Tom, Mama?« »Den Umständen entsprechend gut. Konstantin, bleib bei deiner Schwester, bitte!« »Ja, Mama, ich muss nur kurz auf die Toilette!« Konstantin warf einen Blick auf seinen Freund. Dieser schlief tief und fest und Hannah hielt neben ihm Wache. Dann erblickte er die angefangene Flasche Martini. »Oh, habt ihr gefeiert? Habt ihr mir einen Schluck übrig gelassen?« Er nahm die Flasche und spähte durch den Flaschenhals. Dann grinste er und wollte gerade ansetzen, als ein Entsetzensschrei seiner Mutter ihm das Blut in den Adern gefrieren und ihn in der Bewegung erstarren ließ. Schon war Luise bei ihm und riss ihm die Flasche aus der Hand. »Nein, nicht, der Martini ist eventuell kontaminiert!«, rügte sie ihn aufgebracht. Sie schüttete den Inhalt in die Toilette und warf die Flasche in den entsprechenden Müllcontainer. Konstantins Druck auf die Blase war wie weggeblasen, er drehte auf der Stelle um und kehrte zu Sophie zurück.

»Das Licht tut mir gut! Dir auch, Luise?« Luise nickte und schaute aus dem Fester neben ihrem Sitz. Hannah setzte sich neben sie. Sie fassten sich an den Händen und in diesem Moment erschien zu ihrer Linken ein großer flammend roter Ball, der das weiße Licht rosa färbte. »Mein Gott, zwei Sonnen gleichzeitig am Himmel! Wo sind wir bloß? Wo kommt denn die zweite her?«

»Es gibt Planeten, die Doppelsterne umkreisen. Wir müssen in solch einem Sonnensystem sein!«

»Mich erschüttert hier gar nichts mehr«, bemerkte Hannah trocken. »Hauptsache, wir können Tom retten.«

Die Hitze der Sonnen brannte auf sie herunter. Der Hubschrauber samt Kindern und Tom ward unsichtbar. So schnell sie konnten, eilten die beiden Frauen Richtung Krankenhaus. Wie viel angenehmer war es doch, bei Tageslicht zu laufen und die Nachtsichtgeräte nicht gebrauchen zu müssen, selbst wenn die Sonnen so unbarmherzig stachen.

»Wie sieht unser Plan jetzt aus, Luise?«, erkundigte sich Hannah. »Wir versuchen, einen Arzt zu finden, der Tom impfen kann! Wir haben nicht mehr viel Zeit; Sophie hat recherchiert, es muss eine Postexpositionsprophylaxe eingeleitet werden, und zwar so früh wie möglich, am besten am Tag 0. Wenn Symptome ausbrechen, ist es zu spät. Tollwut endet immer tödlich«, antwortete Luise. »Gut, dann weiß ich, was zu tun ist!!« Hannah sprintete los. Gazellenhaft folgte Luise ihr.

Schon aus der Ferne erkannten sie das hohe Klinikgebäude und eine große Menschenmasse davor. Die meisten Personen saßen zusammengekrümmt auf dem Boden, manche lagen und nur wenige standen. »Wo endet hier die Schlange?«, erkundigte sich Hannah lauthals. Sie bekam keine Antwort. Aus voller Kehle wiederholte sie ihre Frage. Ein älterer, fahl aussehender Mann antwortete mit gedämpfter Stimme: »Es gibt hier keine Warteschlange. Sie kommen und holen zuerst die, die Hilfe am dringendsten benötigen. Und für viele von uns kommt jegliche Hilfe zu spät. Heute haben sie bestimmt schon fünfzig Tote von hier weggetragen. Mit Verlaub, Ladys, Sie scheinen sich allerbester Gesundheit erfreuen zu dürfen, also was haben Sie hier verloren?« Hannah setzte zu einer Antwort an, wollte erklären, dass ein Freund in Lebensgefahr schwebte, doch Luise nahm sie an die Hand und zog sie mit sich fort. Sie schritt selbstsicher zum Eingang der Klinik, vorbei an jammernden und vor Schmerzen stöhnenden Menschen. Der Geruch war unerträglich, es roch nach Schweiß und Urin. Urplötzlich packte ein junger Mann Hannah am Arm und schrie: »Helfen Sie mir! Ich brauche dringend meine Medizin!« Hannah blieb unvermittelt stehen, doch Luise zog sie weiter mit sich. »Nicht anhalten!« Hannah gehorchte. Sie folgte Luise, die schnellen Schrittes, doch enorm sicher die Klinik betrat. Im Innern des Gebäudes bot sich den beiden dasselbe Bild wie vor seinen Toren. Es war ein Bild des Grauens. Die Gänge waren verstopft, überall lagen und saßen Menschen herum und wurden notdürftig versorgt. Einige wenige in weiße Kittel gekleidete Personen hasteten rastlos von einem Patienten zum nächsten. Wen sollten sie da ansprechen? Wer würde schon die Klinik verlassen, um einen Menschen zu retten, wenn doch hier Unzählige um ihr Leben bangten? Hannah versuchte es, sie sprach eine etwa gleichaltrige freundlich aussehende Krankenschwester an, erntete jedoch nur böse Blicke. Luises Gedanken rasten. ›Was ist zu tun? Es gibt *immer* eine Lösung! Denk nach, Luise!‹ Dann sah sie eine junge Frau in Zivil, die ein Zimmer betrat und es Sekunden später angetan mit einem weißen Kittel wieder verließ. Eine Schnelldenkerin war Luise schon immer gewesen und Spontanität war ihre große Stärke. »Folge mir, Schwester Hannah!«, wies sie ihre Freundin an und beide schlüpften in das Arztzimmer, aus dem die junge Frau eben gekommen war.

»Der Kittel steht dir klasse! Du siehst aus wie eine der Ärztinnen aus ›Grey's Anatomy‹, ach, wie heißt sie noch mal … die wunderschöne Ärztin …?« Hannah grübelte kurz, doch schon öffnete Luise die Tür zum Flur und das Wehklagen wurde lauter. »Los! Wir schaffen das, Hannah! Spiel einfach eine Krankenschwester!« Luise hastete zur nächsten Person im weißen Kittel, welche gerade einen weinenden Säugling untersuchte, und sprach sie freundlich, aber bestimmt, an: »Ich brauche dringend Impfstoffe. Wo befindet sich der Kühlraum?« Prompt und ohne aufzublicken, antwortete die junge Ärztin: »Im Keller, hinter der Röntgenabteilung. Ist ausgeschildert.«

Luise schaute sich nach Hannah um. Weg. ›Wo ist sie? Ach, da.‹ Eine junge Mutter mit Kind auf dem Arm redete auf Hannah ein und diese nickte bloß und hob entschuldigend die Arme. Ihre Blicke trafen sich und Hannah verließ die immer noch klagende und dabei immer lauter ihre Stimme erhebende Mutter. »Was ist mit ihr?« »Ach, das Kind hat eine Platzwunde, ich finde, die sah nicht so bedrohlich aus.« Sie erreichten den Keller und fanden den Kühlraum. Luise öffnete die Tür klopfenden Herzens. »Rabies, Hannah, irgendetwas mit Rabies muss draufstehen. Wir brauchen zwei davon, oh, liebes Universum, bitte hilf! Wir brauchen ein Immunglobulin und noch ein anderes … wie hieß das noch mal? Das war eine Abkürzung mit vier Buchstaben.«

»IPV?«, fragte Hannah nervös.

»Mit vier Buchstaben, Hannah.«

Die beiden Frauen suchten systematisch die Fächer ab.

FSME … DTPA …

»HDCV?«

Luise horchte auf. »Ja, das ist es, klasse, wo hast du es gesehen?«

»Hier. Hier unten. Und es gibt viele davon, Luise, oh, Luise, mir ist bange.«

Luise erinnerte sich, dass sie von dem Impfstoff mit den vier Buchstaben mehrere Impfdosen brauchten, und war ungemein erleichtert, dass in dieser Klinik mehrere hundert gelagert wurden. Also packte sie ohne schlechtes Gewissen sechs in ihre Kitteltaschen. »Jetzt brauchen wir noch den anderen … ah … hier ist er. Eine Dosis reicht. Davon ist auch reichlich vorhanden. So, nun schnell wieder zurück, Hannah, wir haben es gleich geschafft.«

Sie hasteten den Flur entlang, nahmen die Treppe nach oben und näherten sich dem Ausgang. In dem Korridor klammerten sich Menschen an sie, ein jeder wollte eine Person mit weißem Kittel bei sich wissen. »Hannah, wir müssen unsere Verkleidung loswerden.« Sie flüchteten in einen Umkleideraum, zogen ihre Kittel aus, steckten die Impfdosen in einen Stoffbeutel, den sie dort fanden, und traten ihren Rückweg an. »Soll ich den Beutel tragen?«, fragte Hannah. »Ja, sehr gut, mach das! Und los!«

Verschwitzt und groggy erreichten sie den Helikopter. Tom schlief immer noch, Sophie saß im Cockpit am Steuer und betete, dass ihre Mutter und Hannah bald und unversehrt zurückkommen würden, und Konstantin tigerte von einem zum anderen.

»Tom, Tom, wach auf!« Luise berührte den jungen Mann

sanft an seinem unverletzten Arm. Tom öffnete ein Auge. »Tom, wir haben den Impfstoff!« Tom schlug auch das zweite Auge auf. »Wie fühlst du dich?«

»Blendend! Habe nur höllische Kopfschmerzen, vielleicht vom Martini?« »Ganz sicher von dem Martini«, schaltete sich Hannah beruhigend ein, »du hattest großen ›Durst‹, Tom!«

Luise studierte bereits die Packungsbeilagen und war unendlich dankbar, dass sie die Hinweise zur Anwendung verstand und dass sie im Spritzen geübt war. Ihrer gutmütigen Hündin, die im hohen Alter an Diabetes erkrankt war und bis zu ihrer letzten Stunde Insulin verabreicht bekommen hatte, sei gedankt. So war die Überwindung, einem Menschen eine Injektion zu verabreichen, nicht ganz so groß.

Das Immunglobulin, das der passiven Immunisierung diente, applizierte sie rund um die Bissstelle, und zwar wie beschrieben nur die Hälfte der Dosis. Den Rest injizierte sie in den Oberschenkelmuskel. Hannah hockte neben ihr und betete und dankte dem Universum, dass sie in der Klinik erfolgreich gewesen waren. Den aktiven Impfstoff musste Luise vorbereiten, denn er lag in pulverisierter Form vor; er musste zuerst in dem beigefügten Lösungsmittel gelöst werden. »Hannah, wo befindet sich der Musculus deltoideus?«, fragte Luise, während sie die Mischung schüttelte. Hannah zögerte mit der Antwort. Konstantin kam ihr zuvor. »Hier ist er«, sagte er stolz und spannte seinen an. Tom grinste. Luise verabreichte den aktiven Impfstoff in den unverletzten Arm. »So, das hätten wir. Ich hoffe, ich habe alles richtig gemacht!« »Ganz bestimmt hast du das!«, lobte Hannah sie. Tom gähnte benommen. »Warum habt ihr so viele Impfstoffe mitgebracht? Für euch?« »Nein, nein, die brauchst du noch«, erklärte ihm Hannah freudestrahlend, »nach einem festen Schema bekommst du die anderen in den nächsten Tagen auch injiziert.« Tom nickte dankbar und sank in einen unruhigen Schlaf.

»Gut! Dann mal los! Auf zum nächsten Ziel! Konstantin, magst du mein Copilot sein?« Sophie startete den Hubschrauber, während die beiden Frauen erschöpft in ihre Sessel sanken.

Sie fassten sich an den Händen und gaben sich zärtliche Küsse.

Die rote kleinere Sonne war wieder untergegangen, nur die weiße brannte noch. »Verrückt. Wie viel Uhr haben wir wohl?«, murmelte Hannah. »Egal, küss einfach!« antwortete Luise sinnlich und Hannah vergaß alles um sich herum.

28

Nach etlichen Stunden setzte Sophie zum Landeanflug an. Tom schlief inzwischen tief und ruhig. Er war ein kräftiger junger Mann, sowohl körperlich als auch geistig zäh. Er würde es schaffen, sie spürten es beide. Luise und Hannah waren ein großartiges Team, sie verstanden sich oft ohne Worte und ergänzten einander wunderbar. Sie schienen gar oft den gleichen Gedanken nachzuhängen, so wie auch dieses Mal, denn sie schauten sich an und lächelten wissend. »Alles wird gut«, flüsterten beide gleichzeitig. In just diesem Moment erwachte Tom. Sein Schädel brummte. Und sein Arm schmerzte. Doch er war am Leben. ›Was wohl in der Zwischenzeit geschehen ist?‹, schoss es ihm durch den Kopf. Laut fragte er: »Wie lange habe ich geschlafen, Luise?«

Die beiden Frauen drehten sich zu ihm um. »Tom!«, riefen sie gleichzeitig, einen Zacken lauter als beabsichtigt. »Wie fühlst du dich?« Auch diese Frage stellten sie unisono. Tom grinste schief. »Dank eurer Impfung …«, er dachte nach und flüsterte: »Hundeelend!«

Luise wechselte seinen Verband und Hannah versorgte ihn mit Wasser und Keksen.

»Wir sind da, Leute! In einer Stunde sollen wir auf das amerikanische Team treffen, sagte man mir. Unsere Gesprächspartner erwarten uns in einer Militärbasis. Die Adresse habe ich. Übrigens, Steinzer ist von unserem ›Ausflug‹ nicht sonderlich erfreut gewesen, er drohte uns gar Konsequenzen an. Ganz und gar nicht nett war er, kann ich euch sagen. Hmm, wollen wir alle gemeinsam zu der Zusammenkunft gehen?«, fragte Sophie und schaute abwechselnd von Tom zu ihrer Mutter.

»Schaffst du es, Tom?«, fragte Luise.

»Ja, sicher!«

Sophie mochte sein ›Ja, sicher!‹. Es war eine stehende Redewendung bei ihm. Und nie sagte er die beiden Worte zögerlich. Es war stets ein klares und lautes ›Ja‹, und das Wort ›sicher‹ betonte er noch stärker und deutlicher. Sein ›Ja, sicher!‹ drückte Mut und Zuversicht aus und duldete keinerlei Zweifel. Er war ein Mann, der nicht viel sprach. Doch was er sagte, schien aufrichtig und gut durchdacht zu sein. Er war ein Mann der Tat. Und stets handelte er besonnen. Er war ein Beschützer. Wäre ihr Leben, diese Katastrophe, ein Film, wäre er der Superheld und die Mädchen würden ihm scharenweise zu Füßen liegen, dachte sie. Und mein Christopher, sie lächelte wehmütig, wäre der Antiheld gewesen. Und welche Rolle würde ihr zuteil? Wer würde ihr Herz gewinnen?

Konstantin riss sie aus ihren Gedanken. »Träum nicht, Schwesterherz, hilf mir lieber. Wie schalte ich auf unsichtbar?« Wahrscheinlich würde ich allein bleiben, und mein Bruder würde sein Herz gewinnen, dachte sie und lachte im Geiste über sich selbst.

Sie befanden sich am Rande einer typisch südkalifornischen Kleinstadt.

Ein klägliches Miauen durchdrang die Stille der Nacht, als sie ausstiegen. »Eine Hyäne, Leute!« »Sei still, Konstantin, das ist nicht witzig! Es ist pietätlos!«, raunte Luise ihm zu. Der junge Mann wirkte reumütig, er sollte wirklich nicht alles aussprechen, was ihm in den Sinn kam. Das musste er unbedingt trainieren. Aber leicht würde es nicht werden. Hannah und seine Mutter sagten ihm oft, er solle bis zehn, noch besser bis zwanzig zählen, bevor er sich äußerte, aber diesen Rat beherzigte er selten. Er musste unbedingt besonnener werden, souverän, schalt er sich. Wie die Micky Maus. ›Sei wie die Micky

Maus! Nicht wie der aufbrausende Donald!‹, wie oft hatte ihm das Hannah gepredigt. Er lächelte still in sich hinein.

Wieder dieses Miauen. Nun schwieg er. Er übte.

Hannah, die jede verlorene Seele dieser Erde retten wollte, blieb stehen. »Wir müssen schauen, ob sie unsere Hilfe braucht.« »Wir haben keine Zeit«, sagte Sophie, verhielt jedoch ebenfalls den Schritt. Hannah war auf der Suche nach dem Kätzchen schon verschwunden. »Hey, schnell, kommt her!«, rief sie einige Sekunden später. Da lag es. Das kleine Bündel Elend. Abgemagert bis auf die Knochen. Das Fell struppig. Die Äuglein verklebt. Es lag da und es stank. »Es muss Hunger leiden, das arme Ding!« Hannah fühlte unsägliches Mitleid. »Die hat bestimmt Würmer, fass sie ja nicht an!« Da war er wieder, der ungebremste Konstantin. Ohne auf ihn zu achten, hob sie das Bündel auf und drückte es an sich. »Wir nehmen es mit! Könnt ohne mich zu den Amerikanern, ich bleibe hier und kümmer mich um das Tierchen!« »Wir bleiben zusammen, wir gehen nicht ohne dich«, sagte Sophie energisch. »Hmmm, gut, dann trag' ich es in den Heli. Da ist es sicher.« »Leg es ja nicht auf meine Liege!« Hannah ignorierte den jungen spöttelnden Mann.

Wie vereinbart klopften sie an der Pforte des angegebenen Gebäudes auf dem Gelände der Militärbasis das Erkennungszeichen und fast augenblicklich öffnete eine hochgewachsene junge Frau die schwere Tür.

Selbst in dieser schwierigen Situation war sie – wie allgemein üblich bei Amerikanerinnen – perfekt geschminkt und mit einem undurchdringlichen Gesichtsausdruck ausgestattet, der keinerlei echte Emotionen erkennen ließ, sondern ihre Professionalität zur Schau stellte. Mit einem Kopfnicken bat sie die Ankömmlinge herein und sofort, als sie alle den Raum betreten hatten, schloss sich die Tür geräuschlos hinter ihnen. Dämmer-

licht umfing sie in dem Korridor, an das sich ihre Augen erst
gewöhnen mussten, um dann ein paar Meter weiter durch eine
halb geöffnete Tür in einen hell erleuchteten Raum zu blicken.
›Gott, sie muss mich für eine Schlampe halten‹, dachte Sophie
beschämt. Seit etlichen Wochen sprossen ihre Augenbrauen
so, wie die Natur es vorgesehen hatte, und ihre Gesichtshaut
hatte auch schon bessere Zeiten erlebt. Sie schritt als Letzte in
den Raum und wäre am liebsten an der Tür zurückgeblieben.
Es wäre ihr auch gelungen, wäre da nicht Tom gewesen, der
ihr Zögern bemerkte und seine Aufgabe, alle beisammenzu-
halten, sehr ernst nahm. »Bist du ein Hütehund, oder was?«,
schnauzte sie ihn an. Tom zuckte mit den Achseln und schob
sie vor sich her.

Die Amerikanerin führte sie durch Reihen mit Computerplät-
zen, alle besetzt von Militärangehörigen, die konzentriert auf
ihre Bildschirme blickten und die Ankömmlinge gar nicht
wahrzunehmen schienen. Niemand schaute auf.

Am Ende des lang gestreckten Raumes angekommen, kam
ihnen ein stattlicher dunkelhäutiger Mann in Militäruniform
entgegen. Er begrüßte sie knapp und bedeutete ihnen, ihm
zu folgen. »Das ist ein Oberoberobergeneral«, flüsterte Tom
Sophie zu, voller Ehrfurcht vor diesem Rang. »Ist mir doch
scheißegal!«, raunte diese respektlos. Tom schnalzte verständnislos mit der Zunge. Ihre Reaktion war ihm ein Rätsel. Frauen
insgesamt waren ihm ein Rätsel.

Der Oberoberobergeneral geleitete sie in einen kleinen Raum
ohne Fenster, dafür aber mit einem riesigen Bildschirm ausgestattet, der eine gesamte Wand bedeckte.

»Schalten Sie nun die Verbindung zu unserer Regierung frei«,
verlangte er. Sophie nickte und legte ihren KT in ihre Linke.
»Ich benötige die entsprechenden Koordinaten oder einen
Code.«

»Den kennen Sie doch, den nutzen Sie schon die ganze Zeit!«

Leicht irritiert tippte Sophie die Buchstaben- und Ziffernfolge ›Y&1boot4++*dow259‹ in den KT und entschied sich für die Übertragung auf den großen Bildschirm. Alle sollten Zeugen dieses besonderen Augenblickes sein.

Nach ein paar Sekunden erhellte sich die Projektionsfläche.

Aus einem unregelmäßigen Flackern und Grisseln schälten sich auf ihr allmählich die Köpfe mehrerer Männer heraus.

Sophie starrte wie gebannt auf den großen Monitor. Ihr stockte der Atem. »Das kann doch nicht wahr sein!«, stieß sie ungläubig hervor und rammte Tom ihren Ellenbogen in die Seite. Tom zuckte zusammen. ›Jetzt ist sie komplett verrückt geworden!‹

»Guck doch mal, wer da sitzt!!! Unser Steinzer! Was macht der denn da? Der gehört doch zu u n s e r e r Regierung!! Warum hockt der neben der amerikanischen?? Und überhaupt! Guckt euch diesen ganzen Pomp an!!«

Der Oberoberobergeneral schien sie belustigt anzusehen, blieb jedoch stumm. Auf dem Display ihres KT war immer nur Steinzers Gesicht eingeblendet worden, niemals sein Büro oder sein Arbeitsplatz, von dem aus er operierte und seine Anweisungen gab. Niemals hätte sie vermutet, dass es sich nicht um einen regulären nüchternen Dienstraum oder eine geschäftige Kommandozentrale handelte, sondern um eine noble, komfortable, superschicke Wohnlandschaft, die mit allerlei Luxus ausgestattet war. Verwirrt starrte sie auf den großen Schirm. Im Hintergrund erblickte sie eine Anlage mit bequemen Sitzgruppen, mehreren Pools, Bars, grüne Pflanzen, klares Sonnenlicht. Wie konnte das sein?

Der Mann neben Steinzer ergriff in perfektem Englisch das Wort. Er fragte knapp: »Was habt ihr zu melden?«

Tom räusperte sich: »Wir … haben … vermuten … glauben …, dass … die Erde … unsere Erde ist nicht mehr da, wo sie sein soll. Und Ufos sind hier … auch da, wo sie nicht sein sollen.«

Konstantin brach ob der Komik der Situation in Gelächter aus. Sophie kniff ihn und zischte »Psst!« Konstantins Lachen erstarb und hinterließ einen stummen Nachhall.

Tom sprach nun etwas flüssiger: »Wir haben den Tod zweier Kameraden zu melden, des ehrenwerten Herrn Major Berg und des Astrophysikers Herrn Chri…«

»Sie haben uns nichts mitgeteilt, was wir nicht schon gehört hätten! Damit ist Ihre Mission beendet!«, unterbrach ihn der Mann neben Steinzer auf dem Bildschirm abrupt. Augenblicklich entschwand die Poollandschaft samt Steinzer und Co. ihren Blicken und das Bild verwandelte sich wieder in Grissel, bis das Display gänzlich dunkel wurde.

Sprachlos und ungläubig hielten die verbliebenen Teilnehmer der ›Mission‹ ihre Blicke auf den Monitor gerichtet. Wie konnte das sein?

»Und nun? Was passiert jetzt?«, meldete sich Luise zum ersten Mal zu Wort. »Ich erkläre euch jetzt erst einmal, was hier läuft! Das, was ihr da eben auf dem Bildschirm gesehen habt, ist UNSERE Regierung. Und wenn ich sage, unsere, dann meine ich UNSERE! Die Regierung der Menschen! Aller Menschen! Das sind unsere Lenker! Die wahren Mächtigen! Die Präsidenten sind Hampelmänner, Schauspieler, unwichtig in diesem Spiel. Wo auch immer die sich aufhalten und was sie tun, ist egal. Die Wichtigen des Planeten, die wirklichen Bosse, sind in Sicherheit. Weit weg. Sehr, sehr weit weg.

Wir haben unsere Regierung in Sicherheit gebracht, sobald unsere Wissenschaftler herausgefunden hatten, dass uns über Monate heftigste Sonneneruptionen katastrophalen Ausmaßes drohten. So apokalyptisch, dass das Überleben der Menschheit unmöglich sein würde.«

»Aber … aber das … wussten wir gar nicht … hat man uns nicht gesagt!«, stotterte Tom. Trocken lachte der Schwarze auf. »Warum sollte man euch das erzählen, das gemeine Volk mit so etwas verunsichern, wer seid ihr schon? Kanonenfutter seid ihr! Ameisen!« »Unter diesen Umständen möchten wir gerne nach Hause zurückkehren. Können Sie uns dabei helfen?«, fragte Luise besorgt. Wieder lachte der Schwarze sarkastisch. »Wie Sie gerade gehört haben, ist Ihre Mission beendet. Ich verabschiede mich von Ihnen und wünsche Ihnen eine gute Reise! Meine Kollegin begleitet Sie jetzt zum Ausgang!«

Er verschwand durch eine Nebentür.

29

»Ich wusste es!!! Ich habe es euch immer gesagt!!!« Konstantin war so zornig und aufgebracht, dass er beim Schimpfen spuckte. »Die sitzen in ihren Luxusbunkern, fressen die besten Speisen und lassen es sich gut gehen! Wahrscheinlich drehen sie jetzt ein paar Runden im Pool und machen sich lustig über uns Ameisen! Oh, ich bin so wütend! Was sind das für Menschen? Schauen kaltblütig zu, wie wir verrecken! Sie wussten, dass die Erde untergehen wird, und … und retten NUR die eigenen Ärsche! Natürlich informieren sie uns nicht, warum sollten sie?! Wir sind ein Nichts für die, Dreck! Ich wusste es, oh, wenn ich sie in die Finger kriegen würde, oh, diese Drecksäue, diese Quallen – oh, ich bin so wütend!« Er rannte zur Tür zurück, die sich einen Augenblick zuvor hinter ihnen geschlossen hatte, und hämmerte dagegen. Doch nichts geschah. »Warum so wütend, wenn du es eh schon wusstest?« Da war sie wieder, die nüchtern denkende Sophie. »Beruhige dich, Bruder! Wir müssen gemeinsam nachdenken! Los, zurück zum Heli!«

Im Eiltempo hasteten sie zum Helikopterlandeplatz. Sie erreichten ihn bald, glaubten jedoch zunächst nicht, was sie sahen. Ihr Hubschrauber flog davon. Ohne sie.

»Tja, so ist das mit Dienstfahrzeugen! Man darf sie nutzen, solange man angestellt ist!«, stellte Konstantin fest. Da meldete er sich wieder, sein schwarzer Humor.

»Unser Kätzchen! Unser Kätzchen, Luise!« Hannah war den Tränen nah.

Plötzlich vernahmen sie Reifenquietschen hinter sich und sahen, als sie sich umwandten, einen Jeep auf sich zurasen. »Weg, schnell, man will uns eliminieren!«, schrie Tom. »Mir nach!«

Sie rannten los, bogen in eine Nebenstraße ein. Mühelos holte der Wagen sie ein, schnitt ihnen den Weg ab und vollzog direkt vor ihnen eine Vollbremsung. Tom zog seine Waffe und zielte auf den Fahrer.

Die Fensterscheibe fuhr herunter und die perfekt geschminkte junge Frau aus der Basis rief ihnen zu: »Schnell, steigt ein, ich helfe euch!« Tom steckte seine Pistole ein. »Los, rein mit euch, Leute!« Alle suchten Zuflucht im Wagen, Tom zuletzt. Die Frau fuhr sofort los.

»Ich darf das hier nicht tun, aber ihr tut mir leid, ich will euch helfen! Legt euch flach hin, man darf euch nicht sehen!« Sie gehorchten. »Unser Kätzchen, was wird aus ihm, es hat nicht einmal einen Namen«, wimmerte Hannah. ›Selbst schuld! Hättest auf mich hören sollen‹, dachte Konstantin, entschied sich jedoch zu schweigen und biss sich sicherheitshalber auf die Zunge. Hannah brach in Tränen aus. »Sie werden es töten, Luise, und es ist meine Schuld. Hätt ich es bloß liegen lassen, dann … ohhhh … und meine Schwestern, Luise, wie geht es wohl Helen und Alice?« Sie war komplett aufgelöst, wie von Sinnen, weinte bittere Tränen und ließ ihren Gefühlen freien Lauf. Es war ihr vollkommen egal, was die junge Amerikanerin wohl von ihr denken könnte. Sie heulte und schluchzte und nicht einmal Luise konnte sie beruhigen. Wann hatte sie die beiden zum letzten Mal gesehen? Es war schon ewig her. Sie liebte ihre Schwestern, als wären sie ihre Kinder. In gewissem Maße waren sie es auch, denn der Altersunterschied zwischen ihnen war gewaltig. Die Mittlere, Helen, lebte mal hier, mal dort, sie war als begnadete Musicaldarstellerin auf den Weltbühnen zuhause, und das letzte Mal gastierte sie – wo gastierte sie überhaupt? In Wien? In Hamburg? Sie wusste es nicht mehr. Sie tourte durch Europa. Hannah schrie panisch, sie sei am Ende und sie könne und wolle sich nicht verstecken. Sie wolle aussteigen und das Kätzchen suchen, die Amerikanerin müsse auf der Stelle anhalten. Konstantin hielt sich die Ohren zu, denn Hannah saß direkt neben ihm und kreischte ihm ihr Leid in seine Ohren. »Mama, tu doch was, sie dreht durch!«, forderte er. Luise packte sie, schüttelte sie, doch es half nichts. Hannah schrie und beweinte abwechselnd das Los des Kätzchens und das ihrer Schwestern. »Liebling, verzeih, aber ich muss das jetzt tun!« Und mit diesen Worten gab Luise Hannah zum ersten und – sie betete darum – zum letzten Mal eine Ohrfeige. Der Schlag wirkte augenblicklich. Hannah verstummte für einen Moment, starrte Luise ungläubig an, um dann wieder in Tränen auszubrechen, doch dieses Mal klang ihr Weinen kontrollierter. Sie klammerte sich an Luise und bat sie tränenüberströmt um Verzeihung. »Tut mir leid, meine Nerven liegen blank, ich bin am Ende. Ich mache mir solche Sorgen um meine Schwestern.« »Es geht ihnen bestimmt gut, sie sind beide sozial gut vernetzt. Haben viele Freunde, sie haben sicher Schutz gefunden. Ich weiß es, Liebes, mach dir bitte keine Gedanken, quäl dich nicht! Und dem niedlichen Kätzchen werden sie gewiss nichts tun.« »Hannah«, schaltete sich Konstantin ein, »ich wette mit dir, die da oben haben Helen in ihren Luxusbunker eingeladen, damit sie sie mit Gesang und Tanz erfreut. Und Helen wird nicht ohne ihre kleine Schwester Alice gegangen sein. Sie sind doch so dicke, also mach dir keinen Kopf. Sie sind in Sicherheit und dürfen sich an den köstlichsten Speisen dieser Welt gütlich tun!«, schloss Konstantin mit einem schiefen Grinsen. »Und das Kätzchen wird allen, die ihm weh tun wollen, die Augen auskratzen.« Das hätte er vielleicht lieber für sich behalten sollen, schoss ihm durch den Kopf. Doch nun war es heraus. Seine Zunge war wieder einmal schneller gewesen als sein Verstand. »Dann werden sie es erst recht töten!«, sagte Hannah vergrämt.

»Idiot!«, raunte Sophie ihm zu, schüttelte verächtlich den Kopf und versicherte: »Hannah, hör zu, sie werden dem Kätzchen nichts tun, es ist ein Baby, glaub mir! Sie werden sich seiner erbarmen!«

»Das stimmt!«, pflichtete ihr Tom bei. »Es sind Militärs, Menschen wie der Major oder ich. Sie werden dem Kätzchen nichts zuleide tun!« »Hoffentlich habt ihr recht«, von Hannah kam nur noch ein Flüstern. Nun war es wieder an Luise, sie zu trösten: »Es sollte alles so kommen, wie es gekommen ist, Hannah, du kennst doch unsere Maxime: Alles hat seinen Sinn im Leben! Und alles wird gut!« Hannah nickte, doch Luise hatte sie noch niemals zuvor so mut- und kraftlos erlebt.

Während des Tumults im Wagen hatte niemand von ihnen beobachtet, wohin sie fuhren. Das Augenmerk war auf Hannah gerichtet. Erst als die junge Amerikanerin bremste und den Motor ausschaltete, bemerkten sie, dass sie an ihrem Ziel angelangt waren. Die junge Frau sagte: »Wir sind in Sicherheit. Das ist mein Zuhause.« Und sie fügte hinzu: »Übrigens, ich heiße Eleonore.« Die fünf sahen sich um. Sie befanden sich in einer Garage, hell erleuchtet und penibel aufgeräumt. Kaum waren sie ausgestiegen, sprangen der jungen Frau stürmisch zwei kleine Jungen entgegen und umarmten sie. »Wo warst du so lange, Mama? Papa macht sich große Sorgen.« »Alles ist gut, ihr Mäuse, lauft vor und sagt Papa, ich habe Freunde mitgebracht.« Die Jungen nickten artig und verschwanden. »Ihr könnt bei uns bleiben, bis sich die Lage geklärt hat. Mein Mann wird nichts dagegen haben.« Sie verließen die Garage durch einen schmalen Flur und betraten ein retro-rustikal eingerichtetes anheimelndes Wohnzimmer. »Darling, da bist du ja endlich!«, Eleonores Ehemann war seine Erleichterung überdeutlich anzumerken. Sie stürzte zu ihm und gab ihm einen Kuss. »Das ist George, mein Mann!«, stellte sie ihn vor. Die beiden Jungen saßen auf seinem Schoß und schauten neugierig auf die Neuankömmlinge. »Daddy, los, wir wollen noch mal fahren! Los!« Der Vater lächelte knapp und gehorchte, und sein Stuhl bewegte sich vorwärts. Da erst erkannten die Besucher, dass der Mann im Rollstuhl saß. Eleonore goss den Gästen und auch ihrem Mann und sich selbst einen Whisky ein. »Los, lasst uns trinken! Und dann reden wir!«

»Wenn wir sterben, ist es ihnen egal. Sie legen es jetzt sogar darauf an, richtig?«, fragte Tom. Eleonore füllte allen ein zweites Glas ein und nickte. »Ja, so in etwa.«

Ihr Mann George, der – wie sie inzwischen erfahren hatten – ein anerkannter US-amerikanischer Astronom war, schaute seine Frau mit hochgezogenen Augenbrauen an. »In etwa, Darling? ›Ja, so in etwa‹ trifft es nicht, das ist die falsche Antwort. Die richtige lautet: Ja! Ja, Tom, es ist ihnen egal. Es ist ihnen egal, was mit euch passiert, und auch *unser* Schicksal und das unserer Jungs ist ihnen egal.« Er trank einen großen Schluck und schnaubte erbittert. »Wenn sie keine Verwendung mehr für uns haben, entsorgen sie uns – den einen so, den anderen so. Es ist ein Verhängnis, dass böse Mächte diese Welt regieren. Warum lenken nicht Dalai Lamas und Charlie Chaplins oder Menschen wie wir die Geschicke dieses Planeten? Sie sind abscheulich. Widerwärtig. Es war unter führenden Wissenschaftlern hinlänglich bekannt, dass die bevorstehenden Sonneneruptionen für die Menschheit zerstörerisch werden würden. Unsere Studien prognostizierten weltumfassende Flutwellen aus hochenergetischer und intensiver Strahlung, die über Jahre hinweg für völlige Blackouts gesorgt hätten. Alle Hightech-Systeme würden zerstört. Die Strom- und Energieversorgung über Jahre, vielleicht Jahrzehnte lahmgelegt. Ohne Strom keine Zivilisation. Das totale Chaos drohte. Schon nach wenigen Stunden Plünderungen, Mord und Totschlag. Jede Nation würde den Notstand oder das Kriegsrecht ausrufen.« Zustimmendes Gemurmel. Seine Stimme brach plötzlich. »Aber die *größte* Gefahr ginge von den Kernkraftwerken und den sogenannten Forschungsreaktoren aus. Wie viele Kernreaktoren gibt es weltweit? Wer weiß es?« Ohne eine Antwort abzuwarten, fuhr er fort: »Siebenhundert! Siebenhundert Kernreaktoren! Wir hätten es plötzlich mit siebenhundert Kernreaktoren … Sam, nicht schon wieder, bitte!«, ermahnte er einen seiner Jungen. Dieser ließ sofort die Zapfen los. Der Kleine liebte die Uhr und den Ruf des Kuckucks, wenn dieser aus seinem Gehäuse schnellte, und wenn er sich unbeobachtet fühlte, kletterte er auf einen Stuhl und verstellte die Uhrzeit auf kurz vor zwölf. Und dann lauschte er dem Gesang und beobachtete verzückt den Tanz des Vogels. Dieses Spektakel faszinierte ihn. »Geh zu deinem Bruder, Sam!« Der Junge gehorchte willig und verließ das Zimmer. Mit einem Räuspern fuhr George fort. »… mit siebenhundert Reaktoren zu tun, die alle gleichzeitig in eine Notfallsituation gerieten und von ihren Notstromaggregaten in Form von Batterien oder Generatoren abhingen, mit denen der Kühlmittelkreislauf aufrechterhalten werden müsste, um eine Kernschmelze zu verhindern. Leider steht diesen kerntechnischen Anlagen nur ein kleines Zeitfenster zur Verfügung, so lange nämlich, wie die Batterien halten. Das sind circa acht Stunden. Und dann blieben noch ein paar Tage, bevor die Dieselvorräte verbraucht wären und die Generatoren …«, er hustete hart und trocken, leerte sein Glas und fuhr fort, »… die Generatoren nicht mehr laufen könnten. Uns war klar, dass die bevorstehenden geomagnetischen Stürme zu einem weltweiten nuklearen Holocaust führen würden. Könnt ihr euch ausmalen, was aus der Erde und der Menschheit würde, wenn sich in hunderten kerntechnischen Anlagen gleichzeitig die Kernschmelze ereignen würde?« Das war eher eine rhetorische Frage an die Gäste, denn er schien einen Monolog zu halten. Es war unheimlich. Eine Gänsehautstimmung machte sich unter den Anwesenden breit. Ja, sie hatten alle erlebt, was auch nur die Explosion *eines* einzigen Reaktors für katastrophale Verwüstungen anrichten kann. Bilder von den Nuklearkatastrophen von Tschernobyl oder auch Fukushima, den jeweiligen verwüsteten Gebieten und dem kontaminierten Ozean tauchten vor ihrem inneren Auge auf. Welche Apokalypse würden dann Hunderte solcher ›Störfälle‹ entfachen? Die Erde würde ein toter Planet werden. Und Leben auf dem Globus wäre auch in einer Million Jahren undenkbar.

»Siebenundzwanzig Tage vorher wussten wir mit ziemlicher Gewissheit über die bevorstehenden Super-Sonnenstürme Bescheid. Meine Kollegen und ich traten an die Regierung heran und auch an die Medien. Die Menschen haben das Recht, die Wahrheit zu erfahren, haben wir immer wieder gesagt, und die Verantwortlichen haben die Pflicht, alles in ihrer Macht Stehende zu unternehmen, um diesen Planeten und die Menschheit zu retten. Mit zwei Maßnahmen hätte man sofort beginnen müssen: unterirdische Bunker für die Bevölkerung bauen und die Kernkraftanlagen kontrolliert abschalten. Wir wussten, dass uns die Zeit davonrannte, doch gemeinsam wäre es uns vielleicht gelungen, der Katastrophe irgendwie entgegenzuwirken. Es zumindest zu versuchen, alles zu versuchen, das wäre doch unsere Pflicht!« In seinen Augen standen Tränen. Zornig fuhr er fort: »Doch nichts von alledem geschah. Alle Wissenschaftler, die diese Gefahren und die Notwendigkeit der zu ergreifenden Maßnahmen öffentlich anzusprechen wagten, wurden kurzerhand diskreditiert. Abgeschoben. Mir erging es genauso. Ich wurde auf der Stelle von meiner Tätigkeit entbunden. Und zu einem Alkoholiker erklärt. Zu diesem Zeitpunkt war ich keiner, inzwischen aber bin ich wohl auf dem besten Wege, einer zu werden!«, schloss er sarkastisch. Dann fiel er in ein langes tiefes Schweigen. Eleonore legte ihre Hand auf seine. »Mein Mann hatte keine Chance, die Bevölkerung zu warnen. Niemand nahm ihn mehr ernst. Seine Internetseite wurde gesperrt und er wurde im Netz aufs Übelste verleumdet. Daraufhin ist George in unserer Stadt von Haus zu Haus gefahren, um die Menschen zu warnen. Er hat sich jeden Tag auf den Marktplatz gestellt, um in aller Öffentlichkeit die bevorstehende Apokalypse zu verkünden. Doch niemand glaubte ihm. Man hielt ihn für einen Spinner oder gar Sektenprediger. Es wurde in den Medien gehöhnt, der Astronom bräuchte nun auch noch einen Rollstuhl fürs Gehirn. Drei Mal ist er von der Polizei in Gewahrsam genommen worden. Vereinzelt fragten aber doch Leute bei unseren Volksvertretern«, sie sprach das Wort mit großer Verachtung aus, »an, ob es denn stimmen könnte, was Dr. George Mac Kencie behaupte, ja, so manch einen haben Georges leidenschaftliche Reden verunsichert, doch die Antwort war stets die gleiche: Wenn Gefahr drohte, würden die Menschen informiert, und zwar von der Regierung. Man solle bitte nicht irgendwelchen verkrachten Existenzen im Rollstuhl à la George auf den Leim gehen und sich einen Bunker bauen oder Selbstmord begehen, nein, sondern sein Leben genießen und sich zurücklehnen. Die Volksvertreter nähmen ihre Aufgaben ernst und handelten stets gewissenhaft und sie seien sich ihrer Pflichten bewusst … bla, bla, bla. Auch meine Kollegen auf der Militärbasis glaubten den Warnungen nicht. Bis jetzt. Tja. Sie sind zwar enttäuscht von unserer Regierung, doch sie wissen, sie werden jetzt gebraucht, vielleicht mehr denn je. Also tun sie gewissenhaft ihre Pflicht. George und seine Kollegen waren in der Tat chancenlos. Es war eine schlimme Zeit.« Sie schaute verbittert drein. »Was sind das für Menschen, die das Auslöschen der Menschheit in Kauf nehmen und sich selbst in Sicherheit bringen lassen, kurz bevor die Apokalypse beginnt? So sieht es aus. Feige Verbrecher und Massenmörder sind unsere Regierenden. Verabscheuen tun wir sie. Leider wissen wir nicht, wo sich ihre Unterkünfte befinden. Sonst könnt ihr euch denken, was geschehen würde. Wir würden sie stürmen! Wir würden die Gerechtigkeit wiederherstellen!« Eleonore sah unsagbar entschlossen und müde zugleich aus. »Einen Satz noch: Jeder Mensch sollte die Chance haben, sich – wie auch immer – in Sicherheit zu bringen, es zumindest zu versuchen. Und die letzten Stunden und Tage seines Lebens so zu verbringen, wie es ihm wichtig ist. Nicht wahr?« Die Gruppe nickte, ja. Sie sprach ihnen aus der Seele. »Hätten sie uns gewarnt, hmm, dann wäre doch niemand arbeiten gegangen!«, rief Konstantin heiser dazwischen. »Korrekt, junger Mann«, antwortete George. »Eleonore, bitte hol doch eine Flasche Wein, ja? Ich will doch meinem Ruf gerecht werden!« »Du hattest genug heute, George!«, stoppte sie ihn. George schaute sie grimmig an und zürnte: »Ich brauche Wein, hol ihn mir!« Die Stimmung kippte. »Nein, George! Es war genug heute!« George nahm sein Glas und schleuderte es gegen die Wand. Eleonore stand auf, stellte sich vor ihn hin und sprach gefährlich leise: »Wenn du dich nicht auf der Stelle beherrschst, bin ich weg. Unsere Jungs nehme ich mit!« »Hah!«, brüllte dieser. »Wo wollt ihr denn hin?« »Mach dir darüber keine Gedanken, die Militärbasis bietet Platz genug für uns. Und nun hole ich dir *zehn* Flaschen und packe!« Da brach George plötzlich zusammen. Er jammerte und es war ihm völlig gleichgültig, dass er Zuschauer hatte. Zuschauer, die die Luft anhielten, weil sie zu schwer zum Atmen war. »Darling, bitte bleib! Verzeih mir!«, murmelte George. Eleonore kehrte auf der Stelle um, fiel ihm um den Hals und flüsterte ihm etwas ins Ohr. Luise begann mit Hannah ein Gespräch, um die Atmosphäre etwas aufzulockern, während die Kinder und Tom wie gebannt auf George und Eleonore starrten. Letztere löste sich von George und sagte: »Die Obersten hätten kaum unbemerkt in ihre Bunker verschwinden können. Sie wären aller Wahrscheinlichkeit nach aufgehalten worden, also verschwiegen sie uns die Gefahr. Sie wollten kein Risiko eingehen.« George wischte sich übers tränenüberströmte Gesicht und atmete schwer ein. Mit einem breiten Grinsen, das Schadenfreude, doch auch äußerste Verwunderung ausdrückte, fuhr er fort: »Aber irgendwer oder irgendetwas schlug ihnen ein Schnippchen. Wir auf der Oberfläche sind *nicht* verbrannt und auch die Erde ist *nicht* verwüstet worden. Mit einem Mal waren die Menschheit und unsere Erde wie durch einen Zauber gerettet. Und die Herren da oben verstanden rein gar nichts mehr.« Ein zaghaftes Klopfen an der Tür unterbrach ihn. »Kommt rein, ihr Zwerge!«, rief er fröhlich und fuhr sich mit seinen Fingern durch sein schulterlanges schneeweißes Haar. Der ältere Junge hatte den jüngeren im Schlepptau, der ungeniert fragte: »Habt ihr euch wieder gestreitet?« Der Größere kniff den Kleinen. Die Mutter sah diese Geste, lächelte den Erstgeborenen an und schaute zu dem Jüngeren: »Ein klein wenig, ja, Sam – gestritten heißt es. Aber mach dir keine Sorgen darüber. Streit ist wie ein Gewitter, das habe ich Timmy und dir schon oft erklärt.« Der Jüngste legte den Kopf schief, er schien nachzudenken, dann kratzte er sich an der Stirn und nickte. Die Antwort schien ihn zufriedenzustellen. Die Mutter fuhr aufrichtig fort: »Ihr wisst ja, es gibt sehr große Probleme auf dieser Erde und wir müssen sie lösen. Manchmal sind wir nicht der gleichen Meinung, aber da es uns sehr wichtig ist, dass wir gemeinsam einen Weg finden, wird Papa …« George unterbrach sie lächelnd: »Manchmal auch Mama …« – »Ja …«, nun erwiderte auch Eleonore sein Lächeln, »manchmal auch Mama, hin und wieder etwas *lauter*.« »Streit macht alles wieder klar und sauber und rein wie das Gewitter«, gab Timmy zum Besten. ›Wie gut, dass unsere schon erwachsen sind‹, dachten Luise und Hannah gleichzeitig.

»Mama, hast du uns einen Apfel mitgebringt?« Eleonore fiel nun siedend heiß ein, dass sie die Tagesration ob ihrer spontanen Rettungsaktion im Büro vergessen hatte. »Tut mir leid, Sam, habe ich nicht, ich bringe die Äpfel morgen Abend.« Sam fing vor Enttäuschung augenblicklich an zu weinen. Timmy kniff ihn wieder, doch das hatte nicht die erhoffte Wirkung, es verstärkte nur Sams Geplärre. Eleonore seufzte, hob ihn hoch und streichelte ihm den zerzausten Kopf. »Hey, Großer, morgen bekommst du dafür einen Apfel *und* eine Orange, ist das nicht ein Deal?« ›Was für Zeiten sind angebrochen, Kinder weinen um ein Stück Obst, nicht um NDS und Playstations und Burger‹, dachten Luise und Hannah wieder gleichzeitig. Der Junge ließ sich nicht beruhigen. Irgendwann verlor George die Geduld und ermahnte den Kleinen streng. Das wirkte prompt und das Gekreische nahm zum Wohlgefallen aller ein Ende. Als der Vater daraufhin gähnte und sich die müden Augen rieb, streckte Sam ihm die Zunge heraus und kuschelte sich spitzbübisch an seine Mutter. Die Zeugen dieser ulkigen Geste lachten still in sich hinein. Timmy entging das Ganze jedoch ebenso wenig: »Papa! Ich habe gesehen, was Sam gemacht hat, aber nicht tun darf!« Sam erbleichte. Seine großen Augen spiegelten Furcht wider. Er wand sich aus den Armen der Mutter und wollte blitzschnell zurück auf den Boden gestellt werden. »Timmy, Timmy!«, rief er panisch. »Nicht sagen! Du kriegst auch meinen Apfel von morgen und von Montag und von gestern auch, ja, Timmy? Immer bekommst du meinen Apfel, ich esse keinen Apfel mehr! Nur Timmy esst Apfel!« Sam schaute den großen Bruder erwartungsvoll an. Die Zeugen verkniffen sich das Lachen. Der große Bruder grinste und auch die Eltern schmunzelten. »Na gut!«, George räusperte sich und bemühte sich um eine strenge Miene. Er schaute unnachgiebig drein: »Sam! Sag mir, was du getan hast! Sei ehrlich, Sam!« Der Kleine hatte inzwischen einen hochroten Kopf und schüttelte diesen so heftig, dass seine Locken tanzten. »Komm, flüster es mir wenigstens ins Ohr!« Seine Stimme klang schon weniger scharf. Der Junge schüttelte immer noch das Köpfchen. Und dann fuhr George belustigt fort: »Sam, wenn du dich das traust, ehrlich und aufrichtig zu sein, dann … dann bekommen Timmy und du morgen nicht nur *einen* Apfel, sondern auch die Äpfel von Mama und mir!« Sam verstand die Logik nicht. Wenn Papa die Wahrheit erfuhr, wurden sein Bruder und er belohnt? Sam schaute zu Timmy, der tiefenentspannt auf dem Hosenboden im Schneidersitz die Szene verfolgte. Dann nickte der kleine Bub, nahm seinen ganzen Mut zusammen, schaute dem Vater direkt in die Augen und sprach es laut, klar und deutlich aus: »Ich habe dir die Zunge ausstreckt.« Dann machte er ein betrübtes Gesicht und schaute zuerst kurz auf den Boden, dann wieder zu seinem Vater. »Es tut mir leid, Dad!« Der Vater lächelte ihn an, streckte die Arme nach ihm aus und Sam rannte freudestrahlend zu ihm. »Sam, und bei wem solltest du dich auch entschuldigen?« Der Junge überlegte. Ihm schien zuerst keine Antwort einzufallen. Zögernd fragte er: »Bei Timmy?« »Nicht, dass ich wüsste, Sam …« »Bei Ma?« »Ja, Sam, und warum?« »Weil ich den Apfel wollte?« »Ja, Sam. Mama muss viel arbeiten. Und sie bringt uns täglich von ihrer Arbeit Obst …«

»Äpfel und Melonen?«

»So ist es, auch Melonen. Und auch mal Tomaten.« Sam nickte. »Gurken?« Die Zeugen lauschten wie hypnotisiert. »Ja. Und heute hat sie diesen netten Menschen geholfen. Deine Mama ist eine Heldin, sie hat wie Kung Fu Panda diese Menschen vor den bösen Menschen gerettet. Sie hatte sicher große Angst. Frag sie später, sie hat es aber dennoch getan. Und da kann und darf es doch passieren, dass sie unsere Äpfel in ihrem Büro vergisst. Oder nicht?« Die letzten Worte sprach George mit Nachdruck und Härte aus. Der Junge wirkte beschämt und seine Augen füllten sich mit Tränen. »Mama, tut mir leid, Sam tut es leid.« Und er streckte seine Händchen nach ihr aus. »Was für ein süßer kleiner Mann!«, entfuhr es Sophie. Sam hörte es, schaute Sophie entrüstet an und antwortete mit fester Stimme: »Ich bin nicht ein süßer kleiner Mann! Ich bin ein Sam!« Nun brachen alle in Gelächter aus und der Bann war gebrochen.

»Wo sind wir stehen geblieben?«, fragte George und wischte sich die Tränen aus dem Gesicht. Dieses Mal waren es Lachtränen. »Du sagtest«, Konstantin meldete sich zu Wort, »wir wurden wie durch ein Wunder gerettet und die Mächtigen in ihren Luxusbunkern verstanden rein gar nichts mehr. Also schickten sie uns los?« »Richtig, Konstantin. Sie schickten euch sehenden Auges in die Gefahr. Und was ich ihnen vorwerfe, sie taten dies, ohne euch Informationen zu geben. Ihr wusstet nicht, dass die erwartete Apokalypse nicht eintraf. Ebenso wenig wusstet ihr, dass eure ›Arbeitgeber‹ feige und erbarmungslos zugleich sind. In Luxusbunkern mit Tageslichteinfall, Restaurants, Massagesalons, Palmenlandschaften und Traumpools sitzen sie und sehen dabei zu, wie ihr euch gleichzeitig den größten Gefahren aussetzt. Wer weiß, vielleicht haben diese Psychopathen vor Langeweile sogar Geldwetten abgeschlossen, nach dem Motto: Wer von ihnen stirbt zuerst? Bestimmt eine der Frauen. Welche ist wohl die Erste?!«

Hannah und Luise nickten mit Nachdruck, sie pflichteten ihm bei. Ja, durchaus vorstellbar, wen würde es wundern? Die anderen drei taten es ihnen nach und murmelten Unverständliches. »Eleonore, verzeih bitte, wir haben dir noch gar nicht richtig gedankt! Du hast unsere Leben gerettet! Danke, Eleonore!«, schaltete Luise sich ein und auch die anderen fanden warme Dankesworte. »Sehr, sehr gern tat ich es! Und immer wieder würd' ich es tun«, erwiderte Eleonore. »Als mein Chef meinte, dass eure Mission beendet sei, und ich erkannte, dass ihr einfach fallengelassen werdet, konnte ich diese Ungerechtigkeit nicht ertragen und beschloss, euch zu helfen. Trotz der Gefahr, der ich mich damit aussetzte.« »Wir sind dir so dankbar, Eleonore, wirklich …«, sprach Luise, »was wäre aus uns geworden ohne deine Hilfe? Wir wären verdurstet oder ermordet worden.« »Oder aufgefressen«, ergänzte Konstantin Luises Satz.

»Was glaubt ihr«, fragte Luise, »was mit unserem Planeten

passiert ist?« George schaute seine Frau an. Sie nickte. »Folgt mir!« Er fuhr mit seinem Rollstuhl voran in sein Büro. Es war ein großer Raum, in dessen Mitte ein gewaltiger Mahagonischreibtisch stand, auf dem Papiere mit zahlreichen Zeichnungen und Berechnungen ausgebreitet lagen. George zeigte auf eine der Zeichnungen und erläuterte: »Laut meinen Berechnungen befanden wir uns am Tag vor den erwarteten Sonneneruptionen noch in unserem Sonnensystem. Die Planeten zeigten dann exakt um 4 Uhr morgens plötzlich abweichende Bahnen.« »Ja, es war apokalyptisch! Bei uns war es Mittagszeit! Es wurde plötzlich dunkel am hellichten Tage!«, rief Konstantin aufgewühlt. Die Frauen erinnerten sich nur zu gut an jenen Tag, der ihnen inzwischen wie aus einem anderen Leben vorkam. »Wir Astronomen dachten zunächst, dass ein herannahender Himmelskörper, den wir seit Jahren unserem Sonnensystem zugehörig vermuten, die Bahnen der anderen Planeten stören könnte. Doch dann wurde uns ziemlich schnell klar, dass dem nicht so ist. Dass etwas die Verbindung zwischen uns und unserer Sonne kappte und wir uns folgerichtig immer weiter von ihr entfernten. Und als die Sonne um kurz vor 6 Uhr nicht aufging, war auch jedem Kind klar, dass etwas da oben nicht stimmte.« »Ihr Lieben«, unterbrach Eleonore ihren Mann, »lasst uns eine Pause einlegen! Ich fahre noch schnell zur Basis, brauche maximal eine Stunde, und dann reden wir weiter, okay?« »Warum, Darling? Doch nicht wegen dem Obst? Wir trinken heut unsere Vitamine!«, sagte George gut gelaunt. »Wegen *des* Obstes, Liebster, Alkohol lässt dein grammatikalisches Verständnis im Nebel verschwinden. In erster Linie möchte ich meinen Chef bitten, mir morgen frei zu geben. Ich habe sowieso sehr viele Überstunden angesammelt. Ich werde ihm sagen …«, ihr Blick fiel auf Sam, der mit seinem Bruder auf dem Teppich mit kleinen Autos spielte, »… dass Sam Durchfall hat. Nein, noch besser, Masern!« »Oder dass dein

Mann sturzbetrunken aus dem Rollstuhl gefallen ist und sich das Genick gebrochen hat?« »Ja, George, oder das! Ruht euch etwas aus, ihr Lieben, ich beeile mich!« Eleonore verschwand.

»Papa, liest du uns gleich vor?«, fragte Timmy gähnend. ›Sie müssen sehr erschöpft sein‹, dachte Sophie. ›Wir haben schon fast Mitternacht.‹ »Heute nicht, ihr Zwerge! Wir haben doch Gäste! Los, husch, husch ins Bettchen mit euch! Gute Nacht!« Die Kinder schmollten, trollten sich aber. »George, wenn du erlaubst, lese *ich* den beiden vor!«, schlug Sophie vor. »Nur zu, junge Dame, nur zu!« »Wir kommen mit dir, Sophie!«, antworteten Hannah und Luise gleichzeitig. George scherzte: »Habt ihr etwa alle Angst vor mir?« »Ich gehe auch!«, sagte schließlich Tom – manchmal konnte er unfreiwillig komisch sein. »Und du, Konstantin? Was ziehst du vor? Kindergeschichten oder Männerstoff?« Konstantin grinste nur und holte auf einen Wink des Gastgebers als Antwort eine Flasche Marsala aus dem Schrank. »Ich weiß es noch, als wäre es gestern, bekam ich früher mal ein Buch geschenkt«, erzählte der junge Mann lachend, »dann habe ich es in beide Hände genommen und kräftig daran geschüttelt, in der Hoffnung, dass ich auf diese Weise das richtige Geschenk zu Tage fördern kann. Na, wo steckt wohl die Überraschung? Schüttel, schüttel«, er imitierte die Geste mit einem imaginären Buch und lachte. »Nein, Bücher sind definitiv nicht meine Welt. Du, George, weißt du übrigens, an wen du mich erinnerst?« George grinste: »Ich glaub’ schon!« Plötzlich schaute er böse drein: »Erwache!« Seine Stimme klang rau, aber tief und kräftig. »Erwache!«, wiederholte er. Konstantin nickte anerkennend. »Erwache, grausamer Caradhras, dein blutgefärbter Gipfel …«, der junge Mann stimmte mit ein, »… soll auf die Köpfe der Feinde fallen!«

»Also, ihr zwei, wollt ihr euch schon in eure Bettchen legen?«, fragte Sophie die beiden Jungs. »Nein, wir machen es wie immer. Wir legen uns auf unseren flauschigen grünen Teppich, und wenn wir eingeschlafen sind, trägt Mama uns ins Bett«, erklärte Timmy und er ergänzte: »Und wenn Mama auf der Arbeit ist, bleiben wir auf dem Teppich.« Sophie lächelte. Sie liebte Rituale. »Gut, also, Mama, Hannah und Tom! Herhören! Ich schlage vor, dass *wir* uns hier auf die Couch setzen, wenn Timmy und Sam das recht ist.« Die Kinder nickten. »Und wir lesen abwechselnd vor. Ich würde sagen, jeder von uns vier Seiten!« Damit waren alle einverstanden. »Gut! Wer fängt an? Freiwillige vor!« »Ich!«, rief Tom. »Prima! Unser tapferer Soldat! Dann mal los! Auf die Plätze – fertig – Entspannung!« Die Jungen machten es sich auf dem Teppich bequem, beide hatten ein kleines Kissen in den Armen. Und jeder ein Kuscheltier. Tom begann. Er hatte eine angenehme, ruhige Stimme. Er las ihnen von den Abenteuern des Kung Fu Panda vor. Als er die vierte Seite umschlug, schaute er hoch. Hannah schnarchte bereits leicht, Luise schien ebenfalls im Reich der Träume zu weilen, und Sophie schlummerte auch. Sollte er sie wecken? Er entschied sich dagegen. Sie mussten höllisch müde sein. Er würde noch weitere vier Seiten lesen und dann auch ein Nickerchen machen. Seine Augenlider wurden immer schwerer. Sein Kopf schmerzte. Doch er hielt durch. Sophies Anteil hatte er auch geschafft. Die Kinder schienen gleichfalls schon tief und fest zu schlafen, sie rührten sich nicht. Er legte zufrieden das Buch zur Seite und lehnte seinen Kopf zurück auf die Polster. Im gleichen Moment ertönte eine protestierende Kinderstimme: »Wir sind noch wach!« Also blieb er tapfer und bewältigte auch noch Hannahs Anteil. Und Luises auch. Ihren zumindest teilweise. Er übersprang mehrere Absätze, so dass er Luises Seiten im Nu beendete. Und da sich keins der Kinder darüber beschwerte, dass der Text nun keinen Sinn mehr ergab, wertete er das als Indiz, dass sie schliefen. Also legte er das Buch endlich beiseite und wurde augenblicklich vom Schlaf übermannt.

»Hannah, Luise«, flüsterte Eleonore, »wacht bitte auf!« Die beiden Frauen regten sich und stellten überrascht fest, dass sie beide nicht zum Vorlesen gekommen waren. Sie kneteten den steifen Nacken und schauten auf die vier friedlich schlafenden kleinen und großen Menschen.

Eleonore trug die Kinder in ihre Bettchen und deckte dann Tom und Sophie mit einem Plaid zu.

»Kommt, ihr zwei, ihr seid zu alt hierfür, ähm … ach, ihr wisst schon, das Sofa ist zu unbequem, ich habe ein richtiges Bett für euch, kommt mit!« Die Frauen verließen dankbar das Kinderzimmer.

Tom, der von klein auf einen sehr leichten Schlaf hatte, wurde wach. Er rührte sich jedoch nicht und auch seine Augen ließ er geschlossen. Er genoss den freundschaftlichen Plauderton der Frauen, er genoss die Wärme, die ihre Stimmen ausstrahlten. Er fühlte Dankbarkeit. Wie wunderbar musste es sein, mit solchen Menschen aufwachsen und leben zu dürfen. Ob sich Timmy und Sam jemals dessen bewusst sein würden? Und Konstantin und Sophie? Waren sie sich darüber im Klaren, welch Glück sie hatten, von diesen wundervollen Menschen geliebt zu werden? Was hätte er für solch eine Familie gegeben!

Eleonore brachte die beiden müden Frauen in eine kleine Kammer, welche lediglich mit einem Bett und einem Nachttisch möbliert war. Die Aussicht auf ein richtiges weiches Bett ließ sie frohlocken. Sie umarmten die fürsorgliche Eleonore und wünschten sich Gute Nacht. Eleonore zog die Tür hinter sich zu. Hannah sank auf das Bett und schlief augenblicklich ein. Luise zog zuvor ihre Kleidung aus und versuchte nachzuvollziehen, wie lange es wohl schon her war, dass sie in einem richtigen Bett geschlafen hatten. Ach, egal. Sie wollte die nächsten Stunden genießen und legte sich zu Hannah. Die von Eleonore entzündete Kerze ließ sie brennen. Sie spendete Trost und Wärme.

Miau! Luise traute ihren Ohren nicht! Sie musste eingenickt sein! Fing Hannah jetzt an zu miauen? Sie setzte sich auf und schaute Hannah ins Gesicht. Sie beobachtete sie eine Weile. ›Luise, bleib ruhig! Fang nicht an zu halluzinieren!‹ Gerade als sie beschloss, sich wieder hinzulegen, hörte sie wieder ein Miauen. Es kam aus der rechten Zimmerecke. Da, wo sich der Nachttisch befand. »Hannah! Werd' wach!! Hannah!« Genau im richtigen Moment ertönte das Miauen wieder! Beide Frauen stürzten zum Nachttisch. In ihm lag ein Körbchen und in dem Körbchen jammerte ein Kätzchen – es war *ihr* Kätzchen, immer noch mager und mit verklebten Augen, doch es roch nicht mehr. Jemand hatte es gewaschen. Und das schmutzige Bündel Elend hatte dieser Jemand in eine flauschige schneeweiße kleine Kugel verwandelt. Hannah brach in Tränen aus und Luise drückte beide, Hannah und die Katze, an sich, und hielt sie fest.

Ein falsches Wort, ein falscher Blick, ein unbedarftes Grinsen an falscher Stelle von jemandem konnten in ihm einen Schalter umlegen. Er war eine tickende Zeitbombe. Ohne für den Jungen oder seine Mutter ersichtlichen Grund verwandelte er sich bisweilen unvermittelt von einem heiteren und manchmal gar charmanten Menschen in einen Tyrannen, der mit eiserner Faust sein Reich regierte. In einen Gewalttäter, der die beiden körperlich und seelisch folterte, sie erniedrigte, wann immer ihn danach dürstete. Er war der festen Überzeugung, stets im Recht zu sein, und dies Strafregime führen zu müssen. »Wer ist schuld? Die Katze oder der Hund?«, gab er oft eine seiner geistreichen Weltanschauungen von sich. »Die Katze natürlich! Der Hund kann nicht anders, als ihr hinterherzulaufen und sie zu zerfleischen, weil sie ihn reizt und provoziert.« Dieser Mann schien kein Gewissen zu haben. Reue oder Schuldgefühle waren ihm fremd. Er respektierte weder seine Frau noch seinen Sohn, noch schien er jemals mit ihnen Mitgefühl zu verspüren. Für seine Gräueltaten schämte er sich nie. Hatte der Sohn mal den Mut aufgebracht und gewagt, dem Vater mitzuteilen, wie sehr er unter dessen Verhalten litt, richtete dieser all seine Wut auf den Jungen und bezichtigte ihn der Lüge. Der Junge leide unter Wahnvorstellungen, schrie er, er müsse eingesperrt werden. »Dir Lügen ausdenken und dann diese Lügen glauben – ja, das tust du, du bist krank! Krank!!«, brüllte er und schlug ihn zu Boden. Dieser Mann hielt sich für unfehlbar, und wenn er seinen Sohn prügelte, so verdiente dieser nach seiner Überzeugung auch die Schläge. Er besaß auch das Recht dazu, wähnte er, denn beide – Sohn *und* Frau – gehörten ihm. Entschuldigt hatte er sich nie. Nicht ein einziges Mal. Und die Mutter … sie schwieg.

Seine Kindheit war ein Jammertal. Es herrschte der Terror der Willkür. An der Tagesordnung waren Angst, permanente Anspannung und stete Traurigkeit. Und die Frau, die mit diesem Gewalttäter verheiratet war, war eine Meisterin des Verdrängens. Sie hatte seine unkontrollierten Wutausbrüche, seine Unberechenbarkeit, die vielen Demütigungen und Erniedrigungen nicht nur ertragen, sondern auch schöngeredet. Und mit zunehmender Zeit flüchtete sie sich immer mehr in ihre depressive Welt.

Wie oft hatte er seine Mutter angefleht, sie solle mit ihm den Vater verlassen, das Weite suchen. Sie würden es schaffen, sich eine eigene Existenz aufbauen, sie und er. Vergeblich. Die Mutter blieb und ließ sich weiter unterwerfen. Sie ließ auch zu, dass sein Vater ihn schlug, oft grundlos. Einfach nur so. Weil man Kinder eben schlägt, wenn man sie liebt und erzieht. Weil man zornig ist auf Gott und die Welt. Sie war stumme Zeugin des Martyriums ihres Sohnes, niemals bot sie ihrem Ehemann die Stirn. Er hingegen, der Sohn, blieb nie stumm, wenn sein Vater seine Mutter erniedrigte. Wurde er Zeuge, so mischte er sich ein. Seine eigene Sicherheit war ihm in diesen Momenten egal, er konnte nicht zulassen, niemals, dass das Monster auf seine Mutter eindrosch. Er warf sich dazwischen und kassierte die Schläge, die ihr galten. Einmal brach dieser Mann ihm, als er seiner Mutter beistand, die Nase. Der damals Fünfzehnjährige erzählte dem Arzt, er sei vom Fahrrad gestürzt, zu groß war die Angst, sein Vater würde sich an ihm rächen, ihn in eine Anstalt stecken und dann die Mutter töten. Auch damals zeigte dieser Unmensch keine Reue. Im Gegenteil. »Ich hoffe, die Nase bleibt schief!«, höhnte er. »Dann wirst du jedes Mal, wenn du in den Spiegel siehst, daran erinnert, dass man seinem Vater nicht ungestraft widersprechen darf!«

›Durch ihn bin ich schmerzunempfindlich geworden, ja, ihm verdanke ich wohl meine Zähigkeit‹, dachte er lakonisch. Genau die richtige Eigenschaft für einen Kämpfer. Sollte er ihm dankbar sein? Ein ironisches Lächeln umzuckte seine Mundwinkel. Sein Vater litt an einer extrem schweren Form der dissozialen Persönlichkeitsstörung. So nannte man diese Erkrankung. Dies erfuhr er von einem Psychologen bei der Aufarbeitung seiner Geschichte, auf dem Weg zur Aussöhnung mit dieser.

Er sehnte sich stets nach klaren Strukturen und nach Ordnung. Er brauchte berechenbare Menschen um sich. Andere mied er.

»Und, hat es schon einen Namen?«, fragte ein blasser, chronisch gähnender Konstantin an der Küchentür lehnend. »Guten Morgen, Konstantin!«, antwortete Hannah fröhlich, ohne aufzublicken. Ihre uneingeschränkte Aufmerksamkeit galt der kleinen schneeweißen Kugel. Hannah hielt sie auf dem Schoß und fütterte sie geduldig mit Milch und Brot. »Ich würde es gern Hoffnung nennen. Aber *Hoffnung* klingt, na ja, irgendwie sonderbar? *Hope* vielleicht? Ach, nicht wirklich. Hört sich abgedroschen an, nicht wahr?« »Nenn es doch ›Asha‹!«, schlug Konstantin vor. Seine Mutter strahlte ihn an. »Großartig! Ja! Unsere kleine flauschige Kugel namens Asha! Finde ich gut! Und du, Hannah?« »Jaaa!«, und sie putzte dem frisch getauften Kätzchen zärtlich das Mäulchen. »Wie findest du denn deinen Namen, mein Liebling?«, fragte sie das Kätzchen. »Auch gut? Welche ausgestorbene Sprache ist denn das?«, erkundigte sie sich bei Konstantin. »Asha ist ein Hindi-Wort und bedeutet Hoffen«, antwortete dieser. Endlich schaute Hannah ihn an und erschrak über seinen Anblick. »Du siehst aber schlecht aus, Junge!« »Tja, wenn man bis tief in die Nacht Musik macht und Marsala trinkt, kein Wunder, nicht wahr?«, antwortete Luise grinsend. Hannah erwiderte das Grinsen und fragte: »Konstantin, magst du mit uns frühstücken? Eleonore hat uns einen köstlichen Frischkornbrei gezaubert!« Bei der Vorstellung, etwas zu sich nehmen zu müssen, wurde Konstantin ganz anders und er verschwand blitzschnell in Richtung Badezimmer. Die beiden Frauen zuckten schmunzelnd mit den Achseln, das kannten sie von dem jungen Mann. Die Sonntage verbrachte er regelmäßig pendelnd zwischen seinem Bett und der Toilette.

»Habe ich da eben euren Sohnemann verpasst? Erstaunlich, dass er schon aufgestanden ist. Mein George liegt noch im Koma! Hier, meine Lieben, noch ein Kaffee für uns! Ach, das tut gut, endlich mal frei zu haben! Ich freu mich so, dass ich nun ganze *drei* Tage zu Haus bleiben darf. Was erst die Kinder sagen werden. Sie schlafen übrigens auch noch und ahh …«, schloss sie beschwingt, »es tut mir gut, dass ihr da seid!«

Die Frauen verstanden sich auf Anhieb. Mehrere Male schauten sie sich die kleine Filmaufnahme an, die Eleonore gestern Nacht gemacht hatte, und jedes Mal brachen sie in schallendes Gelächter aus. Die Aufnahme zeigte Konstantin im Rollstuhl, wie er förmlich seine Seele herausrappte, und George auf dem Boden, akribisch auf verschiedene Tasten seines Rekorders drückend und dabei in einem – für die Frauen nicht nachvollziehbaren-Rhythmus johlend: »Das ist der Sound des Universums! Das ist der Sound des Universums!« Seine Schreie und Konstantins Rap-Einlagen wurden untermalt von seltsamen Klängen, die Luise und Hannah unbekannt waren; Eleonore erklärte sie ihnen. Die Klänge entsprangen Gravitationswellen, welche durch Explosionen von Sternen und andere gewaltige Ereignisse im All wie die Kollision zweier schwarzer Löcher entstanden und welche man messen und *hören* konnte. Sie wusste, dass George stolz war, zu der Forschungsgruppe zu gehören, die endlich die Existenz der Gravitationswellen nachgewiesen hatte. Zu Recht war er stolz.

30

Am frühen Nachmittag fanden sie sich alle wieder in Georges Büro ein, um das Gespräch vom Vortag fortzusetzen.

George hatte wieder einmal ein Glas Whisky in der Hand. Die anderen hielten sich an Tee und Kaffee.

»Die Pointe habe ich mir für heute aufgehoben!«, sagte der Astronom und prostete allen zu. »Ich hatte die Sonne rund um die Uhr observiert. Exakt um 4 Uhr nachts schob sich etwas Gewaltiges vor sie. Erst dachte ich, ich habe zu tief ins Glas geschaut, und schwor mir, den Alkoholkonsum in Zukunft einzuschränken. Ich rieb mir die Augen und schaute wieder auf meinen Monitor. Doch das gewaltige Etwas war immer noch zu sehen.« »Und dann hat George das ganze Haus zusammengeschrien.« »Ja, das habe ich – in der Tat. Es war unglaublich. Als Eleonore es auch sah und mich davon überzeugte, dass ich nicht fantasiere, wusste ich, dass wir Zeugen eines eigentlich unmöglichen Geschehens sind. Was ist das?, fragten wir uns immer wieder. Nach, ich weiß nicht, fünf Minuten etwa fiel mein Monitor aus. So schnell wir konnten, eilten wir zu meinem Teleskop. Was ich sah, verschlug mir den Atem. Ungewöhnliche Sternenkonstellationen direkt über uns. Ein Alptraum. Es musste ein Alptraum sein. Werd' wach, George, sagte ich mir immer wieder, werd' wach! Doch meine Frau bestätigte mir, dass der Moment real war. Ich sah, wie wir in die Milchstraße hineintauchten, gewaltig, eine Kollision und die totale Zerstörung unseres Planeten erwartend. Ich schwitzte, ich keuchte, die Geschwindigkeit, mit der wir uns bewegten, war schier unglaublich. Wir waren schneller als das Licht! Lichtgeschwindigkeit dagegen war …«, er suchte nach dem richtigen Wort, »absolutes Schneckentempo. Die Geschwindigkeit eines Bakteriums. Wie kann das sein? Wie kann es sein, dass unser Planet diese Wahnsinnsgeschwindigkeit, ohne zu zerbersten und ohne mit anderen Himmelskörpern zusammenzustoßen, übersteht? Die Erde war wie von Zauber gelenkt.« Er schenkte sich erneut ein. »Möchtest du nicht lieber einen Tee, George?« George ignorierte seine Frau, holte tief Luft und sprach weiter: »Wieso war die Atmosphäre noch da? Warum ersticken wir nicht? Und wie kann es sein, dass unsere Häuser bei diesem Tempo nicht davongeschleudert werden? Die Erdanziehungskraft kann doch bei *DER* Geschwindigkeit, die wir an den Tag legten, gar nicht mehr wirken!« Er schaute in die Runde. Seine Zuhörer lauschten sprachlos. »Nun zeige ich euch, was meine Kollegen und ich am Tag zuvor beobachtet hatten. Und nicht verstanden.« Er schaltete seine Kamera ein, richtete sie gegen die weiße Wand hinter seinem Schreibtisch und sagte leise: »Achtung! Es geht los!« Ein weiß-gelblicher Vollmond erschien. Der Himmel gräulich. Keine Wolke zu sehen. Nichts Spektakuläres. Hannah schaute zu Luise. Diese zuckte nur mit den Achseln. George war die Geste nicht entgangen und er sagte nur: »Geduld, meine Damen, Geduld!« Nach zwei Minuten erschien wie aus dem Nichts am oberen Ende des Mondes ein schwarzer Punkt. Dieser wanderte langsam über die Mondoberfläche nach unten und verbreiterte sich zu einer horizontalen Linie, die quer über die volle Ausdehnung des Mondes verlief und sich als eine solche im Zeitlupentempo den Mond hinunterbewegte, immer exakt an die Breite des Mondes angepasst, um dann schließlich am unteren Ende zusammenzuschrumpfen und zu verschwinden.

»Mein Gott!!! Was war das?!«, fragte Hannah entsetzt. »*Jetzt* brauche ich auch einen Whisky! Was um Himmels willen ist das bloß gewesen?«, stammelte sie. »Tja, zu dem Zeitpunkt wussten wir es auch nicht.« George verstummte wieder. »Mein George macht es gern spannend!«, kommentierte Eleonore. »Es sieht mir so aus, als ob der Mond gescannt worden wäre«, mutmaßte Sophie. »Ja, ja, richtig, Sophie, der Mond wurde gescannt! Aber wozu?!«, fragte eine sichtlich geschockte Hannah. »Ich gehe davon aus …«, alle blickten gebannt auf George, »ich gehe davon aus, dass es *etwas* war, was um den Mond und vermutlich auch um uns …«, er machte wieder eine Pause und gönnte sich einen großen Schluck seines Getränkes, »… eine Art Schutzhülle anbrachte. Ich schätze, sie ist direkt über unserer Thermosphäre versprüht worden. Ohne sie wären wir elendig verbrannt oder von allen möglichen Himmelskörpern bombardiert worden. Die Aufnahme zeigt genau dies: die kosmetische Behandlung des Mondes.« Er lächelte leicht ironisch. »Er wurde bewusst bei unserem Ausflug durchs All mitgeführt, denn ohne ihn können wir nicht sein. Er hält den Dynamo unserer Erde am Laufen, und dieser sorgt dafür, dass es ein Magnetfeld gibt. Dieses wiederum ist dafür verantwortlich, dass die Atmosphäre existiert: Es fängt den Sonnenwind ab, der sie abtragen würde. Abgesehen davon hält der gute Mond auch die Rotationsachse der Erde stabil und mit ihr die Klimazonen.« George verstummte. »Woraus besteht denn diese Schutzhülle, die ›versprüht‹ wurde, wie du sagst, welche Zusammensetzung hat sie, sie scheint unzerstörbar zu sein!?« »Das weiß ich auch nicht, junge Dame! Das übersteigt alles wissenschaftlich Vorstellbare! Noch immer komme ich mir vor, als würde ich dies alles nur träumen. Klar ist eins: Bei *dieser* Geschwindigkeit hätten wir ohne diese Hülle unsere Atmosphäre eingebüßt. Wir wären verloren gewesen und Kollisionen wären ebenfalls unvermeidlich gewesen.« Hannah kippte den Inhalt ihres Glases in einem Zug hinunter.

»Nur so konnte die Erde ihren Weg in Richtung galaktisches Zentrum nehmen.« »Mein Gott! Ich bin platt! Ich brauche noch ein Glas!« Auf Hannahs Wunsch reagierte niemand, alle starrten George an. »Was passierte dann, George?«, fragte Luise. »Das kann ich nur vermuten. Hier hören alle wissenschaftlichen Kenntnisse auf. Wir wissen ja nicht einmal genau, was das galaktische Zentrum ist und woraus es besteht. Man vermutet, aus schwarzer Materie, aber nicht mal da weiß man, was das ist. Nun, wir müssen das Zentrum erreicht haben, denn plötzlich und für einen kurzen Moment entdeckte ich keinerlei Sterne mehr am Firmament. Es klingt verrückt und unglaublich, wie der Plot eines schlechten Science-Fiction-Films! Aber ich glaube, wir sind durch das schwarze Loch gereist!« »Ich bin platt, Leute!«, rief Hannah erneut aus.

»Wir sind durch das schwarze Loch gereist!«, wiederholte George langsam. »Und sind in einer vollkommen anderen Galaxie herausgekommen. In dieser neuen Galaxie setzte sich der Flug der Erde fort.« Er rieb sich die Augen und gähnte ungeniert. »Es ist mir unbegreiflich, wie wir aus dem schwarzen Loch herauskommen konnten, denn schwarze Löcher sind gierig, sie verschlucken alles! ALLES! Und *dieses* Loch ist gigantisch, unvorstellbar gigantisch, es ist drei Millionen Mal so massiv wie unsere Sonne, unsere alte Sonne, meine ich.« Er hustete. »Wann erwache ich aus diesem Alptraum?«

»Ich bin platt, Leute! Ich brauche noch ein Glas Whisky!«, insistierte Hannah zum wiederholten Mal. »Hör auf, platt zu sein, und gieß mir auch einen ein!«, entgegnete Konstantin. »Mir auch«, verlangte George, »mir auch! Unsere Reisegeschwindigkeit«, dann hielt er kurz inne und reichte Hannah sein leeres Glas, »sie nahm peu à peu ab. Und trara! Seit ein paar Tagen beobachte ich gewisse Regelmäßigkeiten.« »Ja, richtig, wir haben wieder Tag und Nacht. Wenn auch die Nacht nur drei Stunden dauert«, stellte Konstantin bedauernd fest. »Und wir haben zwei Sonnen, eine kleine rote und eine große weiße«, ergänzte Hannah. »George, meinst du etwa, willst du damit sagen, wir sind am Ziel angekommen?«, wagte Luise auszusprechen, was die anderen auch dachten. »Ja! Exakt! Darf ich vorstellen?« Mit theatralisch erhobenen Armen schaute er aus dem Fenster: »Ihr seht unser neues Zuhause! Unser neues Heimat-Sonnensystem!« Ein Gefühl von Demut überkam alle. Beklemmung und Ergriffenheit zugleich waren förmlich greifbar. »Mist! Noch kürzere Nächte demnächst!« »Ach, komm, Konstantin, wofür haben wir Fensterläden? Und außerdem wäre es größerer Mist, wenn es umgekehrt wäre. Kurze Tage, lange Nächte. Nein, nein, nein, danke«, Hannah lallte schon nach dem ungewohnten Whiskygenuss. »So ist es!«, pflichtete Luise ihr bei. »Wir würden an Depressionen leiden.« Es trat Stille ein. Ein jeder schien in eigene Gedanken versunken. Irgendwann räusperte sich George. »Die große Frage ist, wer all dies vollbracht hat. Außer Gott fällt mir keiner ein.« »Wir haben uns auch schon darüber Gedanken gemacht. Und wir halten es für möglich, dass es außerirdische Intelligenzen waren, die die Erde gerettet haben.« »Nein, Luise, sicherlich sind manche außerirdischen Zivilisationen technologisch weiter entwickelt als die Menschheit, doch dass sie *DIESES* vermögen, halte ich für unmöglich. Und selbst wenn sie dazu in der Lage wären, warum sollten sie es tun, uns retten? Sind wir es wert?« »Vielleicht weil sie sich verantwortlich fühlen? Weil sie uns erschaffen haben?« »Nein. Luise, ich kenne diese Theorien, aber ich halte sie für schlichtweg falsch. Und Gott? War es Gott? Da ich weder auf meinen Monitoren noch durch mein Teleskop einen freundlichen weißhaarigen alten Mann mit Bart gesehen habe, scheidet Gott definitiv für mich aus. Also? Wer oder was war es? Eine Art unbekanntes physikalisches Phänomen, schätze ich. Irgendwann werden wir es verstehen. Eine Art Neuordnung der Dinge.« »Das ist möglich! Ja!!«, rief Luise aufgeregt. »Dieses *physikalische Phänomen* könnte zum Beispiel unserem genial funktionierenden Immunsystem entsprechen, richtig? Ich staune immer wieder darüber. Da gibt es verschiedene Arten von weißen Blutkörperchen und jede hat eine spezielle Aufgabe. Und sie kommunizieren miteinander.

Sie tauschen Informationen aus. Das ist schier unglaublich. Es gibt die Wächterzellen, die Killerzellen und die Abwehrzellen und wie sie alle heißen. Unsere Beschützer. Und wir Menschen ahmen, bewusst oder unbewusst, mit unserem Militär und unseren rechtsstaatlichen Prinzipien das Ganze nach. Was in uns ist, ist vielleicht auch außerhalb von uns.« »Großartig, Luise, ja, so könnten wir es vielleicht erklären! Die Erde als Teil, als Organ eines ganzen Systems.« George wirkte überglücklich. »Die Ufos und Außerirdischen sind also Zellen? Und was sind dann wir? Also doch nur Darmbakterien? Solange wir gut sind, ist alles gut. Und wenn wir schlecht sind oder aber überhandnehmen, ist es schlecht«, kicherte Hannah. Alle schmunzelten. »Lasst uns auf unsere neue Heimat anstoßen, Freunde!«, rief Hannah freudestrahlend. Zustimmendes Gemurmel ertönte. Eleonore holte Gläser und eine Flasche Champagner. »Ich habe mal gelesen, dass Eiter in einem einzigen Pickel aus *Millionen* weißer Blutkörperchen besteht …«, bemerkte Konstantin trocken.

31

»Was war dieses gewaltige Etwas?«, fragte Konstantin, als sich alle zuprosteten und die perlenden Tropfen auf der Zunge zergehen ließen. »Ich denke«, begann Hannah, »ein riesiges Ufo, und Luise denkt es auch.« Hannah lächelte etwas dümmlich. Und Eleonore warf ein: »Kann sein! Doch wir wissen es nicht! Aber was ich mit hundertprozentiger Gewissheit sagen kann, ist dies: Falls nicht bald wieder Normalität einkehrt, wird mein Mann Alkoholiker. Und ich eine Alleinerziehende.« Dabei funkelte sie ihren Mann an, der von ihrer Anspielung nichts mitzubekommen schien. Weder ihre Worte noch ihr Blick vermochten ihn anscheinend zu erreichen. Er studierte sein Glas, oder eher dessen Inhalt, und beobachtete die ausgelassen hüpfenden Bläschen, die mit jeder Sekunde immer träger wurden, wie ein Wissenschaftler es eben tut, durch und durch konzentriert, so als würde er sie erforschen. Er suchte eine Regelmäßigkeit, irgendein Gesetz, an welches er sich klammern könnte, um es dem Ganzen zuzuordnen. Ordnung. Disziplin. Er brauchte beides. Doch in den letzten Wochen waren ihm diese Werte abhandengekommen. Es gab nur eine einzige Konstante, nur eine einzige Regelmäßigkeit, seine Spirituosen, die ihn den Schmerz und die Ohnmacht vergessen ließen. Mein Gott, welch Lebensenergie sie zu Anfang versprühten, übermütig und keck wie kleine Kinder. Und dann, wenn sie der Realitäten gewahr wurden, wurden sie immer bequemer, gelangweilter. Er musste nur eine kleine Weile warten, dann würde es in seinem Glas keinen Tanz mehr geben. Das Getränk schmeckte dann nicht mehr. Ein Abbild seines Lebens. Lethargie und Frustration. Dass er seine Beine vor mehreren Jahren eingebüßt hatten, konnte er dank seiner jungen, schönen Frau und seiner erfüllenden Arbeit verkraften. Doch den Absturz als Wissenschaftler, wie sollte er diese Niederlage jemals verwinden? »Ich trinke auch zu viel! Meine armen Gehirnzellen«, sagte Hannah plötzlich. »Und meine Vokabeln vernachlässige ich auch«, fügte sie leise und reuevoll hinzu. Eleonore schaute sie verwundert an. Doch Hannah reagierte nicht, sie kämpfte gegen ihren inneren Schweinehund an, der eine Leidenschaft für alkoholische Getränke hegte. »Meine Hannah hat gelesen, dass das Erlernen von Fremdsprachen den besten Schutz vor Demenz bietet. Seitdem paukt sie lateinische Vokabeln«, erklärte Luise. Hannah, in Gedanken versunken und mit ihren inneren Dämonen kämpfend, entging die Belustigung, die sich auf Eleonores Gesicht widerspiegelte. Dann wurde die junge Frau wieder ernst und fragte: »Möchtet ihr wissen, was auf meiner Dienststelle gestern Nacht diskutiert wurde?« Sie nippte bedächtig an ihrem Glas und stellte es dann ab, während George die Augen verdrehte und Unmutsäußerungen von sich gab. Die junge Frau beachtete ihn nicht. Sie schaute gedankenverloren aus dem Fenster und begann zu erzählen. »Vor dreihundert Millionen Jahren herrschte der Gigantismus. Gigantische Wesen kreuchten und fleuchten in den Wäldern. In Wäldern mit bis zu fünfzig Meter hohem Bärlapp, meterlangen Tausendfüßlern, Libellen mit siebzig Zentimetern Spannweite, Spinnen mit armlangen Beinen und Killer-Sauriern. Der Sauerstoffgehalt lag zwischen dreißig und fünfunddreißig Prozent und die Atmosphäre war dichter als heute.« Sie räusperte sich und sprach dann weiter. »Einige Kollegen meinen, dass eine technologisch sehr weit entwickelte Zivilisation, nämlich unsere Nachfahren, beschloss, die Evolution zu überlisten. Sie reisten in ihre und unsere Vergangenheit, etwa zweihundertsiebzig Millionen Jahre zurück, und reduzierten den Sauerstoffgehalt der Erde. Sie wollten Reptilien und andere Giganten in Bedrängnis bringen und somit die Entwicklung der Säuger beschleunigen. Doch dank der Evolution überlebten viele Giganten, sie veränderten sich bloß. Die Evolution verhalf ihnen zu einem neuen Atmungssystem, sie entwickelten Lungen mit Luftsäcken und somit überdauerten sie trotz niedrigerer Sauerstoffwerte. Dann …« »Papperlapapp«, fuhr George dazwischen. Sie ignorierte sein Nörgeln und redete zur großen Erleichterung und Freude der anderen weiter: »Zweihundert Millionen Jahre später pfuschten sie wieder in das natürliche System hinein und rotteten mit Hilfe einer für uns unvorstellbaren Waffe alle Dinos aus. Systematisch. Saurier in der Luft, auf dem Land und zu Wasser. Es muss eine ganz besondere biologische Hightech-Waffe gewesen sein, die Kollegen meinen, es war eine Art DNA-Waffe, die speziell Dinos den Garaus machen sollte. Dies gelang. Die Dinosaurier starben. Reptilien, die den Säugern nicht im Weg standen, mussten nicht ausgerottet werden, etwa Krokodile, Schildkröten, Schlangen, Eidechsen. Sie durften überleben.« »Also ihr meint, der Meteor war nicht natürlichen Ursprungs, sondern solch eine Waffe?!« Eleonore nickte in Sophies Richtung, während George mit zusammengepressten Lippen den Kopf schüttelte. »So ist es. Ja. Sie rotten die Dinos aus, vermindern den Sauerstoffgehalt auf einundzwanzig Prozent, und den Rest kennt ihr ja. Das haben wir alle im Biologieunterricht gelernt.« »Wahnsinn! Wahnsinn! Dann waren das alles keine natürlichen Prozesse? Unglaublich!« »So ist es, Sophie, es ist in der Tat unfassbar! Tja, und genau diese Entscheidung unserer Nachfahren war fatal. Genauso fatal wie der Entschluss, der viel, viel später gefasst und umgesetzt wurde, als der erste Mensch die Szenerie betrat. Sie halfen nach, griffen wieder in die Evolution ein, spielten wieder Gott und …« »Ja, das ist doch das, wovon auch wir überzeugt sind, nicht wahr, Luise?«, rief Hannah euphorisch aus. »Genau das! Außerirdische haben die Erde besucht und dem Ur-Menschen ein Update verpasst! Ich bin platt! Es ist in der Tat wahr!« »Nicht Außerirdische, Hannah, sondern Menschen aus der Zukunft!«, korrigierte sie Konstantin. »Gut, dann waren es nicht Außerirdische, sondern Überirdische, denn wer so etwas kann, ist nicht irdisch!«, stellte Hannah grunzend fest. Konstantin gab auf, schlug sich auf die Stirn und verdrehte belustigt die Augen. »Nicht so stürmisch, Konstantin, die Geschichte ist noch nicht zu Ende erzählt«, lächelte Eleonore. »Verzeih die Unterbrechung, bitte rede weiter!«, bat Hannah. Eleonore nickte und fuhr fort: »Diese Einmischung ist ihnen und auch uns zum Verhängnis geworden. Wir sind missraten. Wir zerstören unsere Erde. Wir führen Kriege. Warum sind wir missraten? Meine Kollegen vermuten, weil wir nicht ein Produkt natürlicher Auslese sind. Weil wir genetisch manipuliert wurden. Nur eine natürliche Evolution hätte den perfekten Menschen erschaffen können, einen, der in Harmonie mit der Umgebung lebt, die Natur und alle Lebewesen dieser Erde gleichermaßen schätzt und ehrt.« »Durch den Pfusch sind wir also geworden, was wir sind, und sie haben sich dadurch ausgerottet?«, fragte Luise. »Du meinst, mit jedem Eingriff in ihre Vergangenheit haben sie mehr und mehr ihre Gegenwart und Zukunft zerstört?« Eleonore wiegte den Kopf hin und her. »Jein, ähm, nein. Wir sind zwar nicht dieser perfekte Mensch, wir sind nicht gut zu unserer Erde und den irdischen Lebewesen, wir missbrauchen sie. Doch wir werden überleben. Die Menschheit wird überleben. Wir – beziehungsweise unsere Nachfahren – werden technologisch sehr weit fortgeschritten sein und irgendwann werden wir unser Wissen nutzen, um Gutes zu bewerkstelligen. Die Menschheit braucht nur etwas Zeit, ähm, viel Zeit«, korrigierte sie sich. »Hmmm, unsere Nachfahren haben also drei Mal in die Evolution eingegriffen?« Eleonore schaute Sophie an und nickte nachdenklich. »Ja, richtig, Sophie! Ja, und …« »Hör doch auf mit diesem Scheiß!«, fiel George ihr barsch ins Wort. »Wehe, du erzählst diese dummen Märchen unseren Kindern!«, wetterte er. Hannah zuckte zusammen, sie mochte seinen aggressiven Ton nicht und die junge Frau tat ihr augenblicklich leid. ›Der Altersunterschied zwischen den beiden ist zu groß‹, dachte sie. ›Er könnte ihr Großvater sein‹, registrierte sie zum wiederholten Mal. Zum Glück wusste die junge Frau sich zu behaupten. Sie wirkte sehr selbstbewusst und ließ sich sicher nicht alles von ihrem Mann gefallen. Sie waren schon mehr als ein Mal Zeugen eines solchen Streitgespräches geworden, bei dem Eleonore sich nicht einschüchtern ließ, sondern sich durchzusetzen wusste. Darum würde Hannah auch jetzt nicht eingreifen müssen, hoffte sie. Und tatsächlich, Eleonore verstand es, sich zu wehren. »Drohst du mir etwa, George?! Weißt du was? Ich hab dich satt! Deinen Whisky und dich! Ich hab euch satt!!! Werd' wieder der Mann, der du mal warst!« George knurrte. »Warum gehst du nicht hinaus, wenn du es nicht mit anhören willst?«, fragte sie etwas gefasster. Da er nicht antwortete, sondern lediglich auf seine Hausschuhe starrte, stand Eleonore auf und bat ihre Gäste, mit ihr in die Küche zu kommen und dort das Gespräch fortzusetzen.

»Dank der Eingriffe in die Evolution, die einen Entwicklungssprung auslösten, war eine Elite in der Lage, kurz vor den Sonneneruptionen sich und eine Gruppe von Auserwählten auf einen anderen Planeten zu entsenden. Dort konnten sie sich weiterentwickeln, während die Erde zerstört wurde. Jahrtausende später reisten die Nachfahren dieser Überlebenden zurück in ihre Vergangenheit, die unsere Gegenwart ist. Sie retteten ihre alte Heimat, die sie nur aus Erzählungen und Computeranimationen kannten.

Die Rettung der Erde.«

Sie vernahmen ein vorsichtiges Klopfen an der Tür. George rollte hinein, ein Kaleidoskop auf dem Schoß, sein langes Haar zu einem Pferdeschwanz gebunden. Eleonore blickte gerührt auf das kleine Gerät und fiel ihm um den Hals. Es musste ein Symbol, ein besonderes Zeichen, eine gemeinsame Erinnerung der beiden sein, erkannten die anderen. »Sorry, I'm so sorry, Darling!«, beteuerte George immer wieder.

»Mama, Papa, Mama, Mama!«, riefen die Kinder aufgeregt. »Jemand hat den Himmel bekritzelt!«, krächzte Timmy. Der kleine Sam jammerte und zog an seinem Pullover. »Ich war's nicht!« »Was sagst du da, Timmy?« Eleonore starrte den Älteren erschrocken an. »Der Himmel, Mama, der Himmel!« Alle eilten zu den Fenstern und blickten nach oben.

32

Da waren sie wieder beisammen, Luise, Hannah, Konstantin, Sophie, Tom und selbstverständlich auch die kleine schläfrige Asha, in ihrem inzwischen lieb gewordenen Helikopter, und bereiteten sich auf den Rückflug vor. Endlich. Nach Hause. Nach Hause.

Sie schloss ihre Wohnung auf. Der wohlvertraute Duft stieg ihr entgegen. Sie schnupperte. Sandelholz-Myrrhe. Sie lächelte. Sie hatte ein Faible für Räucherstäbchen. Andere sammelten Briefmarken, sie Räucherstäbchen. Für jede Stimmung, für jede Tages- oder Jahreszeit hatte sie das passende Stäbchen parat. Sogar ihren zahlreichen Freunden und Bekannten hatte sie das jeweils geeignete Stäbchen zugeordnet.

Die Mission war beendet. Doch das Abenteuer war nicht vorüber. Was würde werden? Wie würde das Leben auf der Erde weitergehen? Was würde sich verändern?

Darüber sinnierend betrat sie ihre Küche. Sie gewahrte einen äußerst unangenehmen Geruch und die Erinnerungen kamen schlagartig hoch. Sie hatte lange gearbeitet am Tag vor *jenem* Tag und hatte sich noch am späten Abend ein schnelles Menü gezaubert. Doch zum Essen war sie nicht gekommen, so vertieft war sie in ihre Arbeit am KT gewesen. Da stand er noch, der Topf auf dem Herd. Sie schüttelte sich bei der Vorstellung, was sie darin gezüchtet haben könnte. Leben. Darin war Leben. Leben fand immer einen Weg. Um die Küche würde sie sich später kümmern, dachte sie. Zuerst war ihr Körper dran. Er hatte es dringender nötig.

Sie duschte lange. Zuerst warm, dann immer wärmer. Zum Schluss so heiß, wie sie es gerade noch ertragen konnte. Es kam ihr vor, als hätte sie das letzte Mal vor Jahren so ausgiebig

geduscht. Dabei waren gerade einmal ein paar Wochen vergangen. Sie fühlte sich schmutzig und ungepflegt. Es tat ihr
unendlich gut, sich Zeit zu lassen, die Hitze auf der Haut zu
spüren und unter der Dusche ihre Zähne zu putzen, ihre Beine
zu rasieren, ihre Achseln. Sie hatte ihren Körper vernachlässigt
in dem Heli … Heli … Was Tom jetzt wohl mit seinem Leben
anfangen würde? Er hatte ihr das Fliegen beigebracht, der fried-
fertige Tom. Er war so geduldig. So souverän. So höflich. Höflich
zu allen. Sie lächelte. Er schien ein lieber und aufrichtiger Kerl zu
sein, ihre Mutter und Hannah hatten ihn ins Herz geschlossen.
Nur etwas still war er. Unnahbar. Sie waren so viele Stunden zusammen geflogen, doch wirklich etwas über ihn erfahren, nein,
das hatte sie nicht. Ob er sie ein wenig mochte? Wenigstens ein
kleines bisschen? Ob er sie attraktiv fand? Sie schüttelte den Kopf.
Gewiss nicht. Er hatte sich nichts anmerken lassen. Er war so
ganz anders als der lärmende Chris. Sie dachte an den Astrophysiker, diesen so gänzlich aus der Reihe fallenden Mann, an
die vielen Gespräche mit ihm, die Küsse, doch sie weinte nicht.
Sie vermisste ihn nicht mehr. Vermissen. Was wohl ihre Mutter
und Hannah gerade machten? Sie beschloss, später zu ihnen zu
fahren. Die beiden Frauen fehlten ihr schon, ja, sie waren sich
in den letzten Wochen noch nähergekommen, als sie es ohnehin
gewesen waren. Ja, sie würde sie später besuchen. Sie würden gemeinsam essen. Vielleicht blieb sie sogar über Nacht bei ihnen.
Ja, und Wein trinken, jawohl, sie würde sich heute ganz viel Wein
gönnen. Genussvoll trinken. Genau, das würde sie. Danach war
ihr. Anstoßen auf ihre gemeinsame Mission. Sie hatten so viel
Gesprächsstoff. Gesprächsstoff, der für Jahrzehnte reichen würde.
Hannah, Luise, ihrem kleinen Bruder und ihr selbst. Ihr ›kleiner‹
Bruder, der so lässig und als Einziger von ihnen, ohne mit der
Wimper zu zucken, den Text zu entziffern vermocht hatte. Meine
Güte, wenn sie an das gigantische farbenfrohe Hologramm an
dem Himmel mit den zwei Sonnen dachte, bekam sie eine Gän-

sehaut am ganzen Körper. ›Gymbols‹, so nannte Konstantin
die Zeichen, sein Hobby. Dass sich seine Beschäftigung mit den
neumodischen dreieckigen Hieroglyphen lohnen würde, wer
hätte das gedacht? Sophie am allerwenigsten, wie oft hatte sie
ihm vorgehalten, sie hielte das für die reinste Zeitverschwendung.
›Willkommen in der neuen Welt! Macht was draus!‹, übersetzte er.
Sie alle waren starr vor Ehrfurcht und Entsetzen.

Sie schlüpfte in ihren weichen Bademantel, ohne sich abzu-
trocknen. Das machte sie immer so. Die Zeit muss man sich
einfach nehmen, das Wasser auf der Haut an der Luft trocknen zu lassen. ›Wer hat bloß Handtücher erfunden? Absolut
überflüssig sind sie‹, dachte sie. Sie rieb ihren noch feuchten
Körper mit ihrem Lieblingskörperöl ein, das so wunderbar
nach Orangen und Zitronen duftete und sie sogleich fröhlich
stimmte. Was für eine Wohltat. Dieses Öl vermochte stets ihre
Lebensgeister zu wecken. Sie würde noch ihre Nägel feilen, sie
lackieren, sich danach anziehen und losfahren. Sie war voller
Vorfreude. Und die Küche?, fragte die Kontrollinstanz in ihrem
Gehirn. Ach, die Küche konnte warten. Sie schmunzelte. Auf
die paar Stunden kam es nun auch nicht mehr an. »Hört ihr,
ihr Keime und Schimmelpilze, genießt die Zeit, die euch noch
bleibt! Macht was draus!«, rief sie laut lachend.
Mit frisch purpurrot lackierten Nägeln setzte sie sich auf ihre
Couch. Eine Viertelstunde musste sie warten, bis sie trocken
waren, dann konnte sie sich anziehen. Wie schaffte es ihre
Mutter eigentlich, immer so perfekt und gepflegt auszusehen?
Selbst in den letzten Wochen im beengten Heli? Dabei hatte
noch niemand sie beim Lackieren ihrer Nägel beobachtet.
Oder beim Schneiden ihrer Zehennägel. Oder beim Zupfen
ihrer Augenbrauen. Wo tat sie all das bloß? Es gab nicht einen
einzigen Moment, in dem ihre Nägel nicht perfekt lackiert,

ihre Füße nicht makellos gepflegt waren. Auch im Winter. Sophie war anders. Das Wort ›schlampig‹ kam ihr in den Sinn. ›Sei nicht so streng zu dir, Sophie, sei freundlich zu dir selbst, du bist nicht schlampig, nur ein wenig nachlässig. Oder halt mit anderen Dingen ausgelastet.‹ Sie war diesbezüglich eher so wie Hannah. Lackierte Zehennägel hatten die beiden nur im Sommer, und zwar ausschließlich, wenn sie offene Schuhe trugen. Wieder schmunzelte sie. ›Na, die Zeit des Wartens kann ich ja nutzen‹, dachte sie, ›mal schauen, ob ich zu meinen Kollegen Kontakt aufnehmen kann. Es ist an der Zeit, das Videtor-Projekt zu vollenden.‹ Mit spitzen Fingern, penibel darauf achtend, den frischen, glänzenden Lack nicht zu beschädigen, fischte sie ihren KT aus ihrer Reisetasche und lehnte sich auf der Couch zurück. Erneut sah sie das gigantische Hologramm vor ihrem inneren Auge, das in den buntesten Farben schillerte. Eine Gänsehaut erfasste ihren Körper. Sie öffnete den KT und stutzte. Welch Überraschung. Ihre Gänsehaut wurde stärker. Da klebte ein Zettelchen, ordentlich mit Tesafilm befestigt.

Ihr Herz hämmerte plötzlich. Mit zitternden Händen entfernte sie die Klebestreifen. Dann entfaltete sie das Papier und begann zu lesen.

Du, wenn ich dich hätte
vorher sehen können,
wie glücklich wäre ich gewesen.
Es hätte keine Träne mehr gegeben,
die ich hätte weinen müssen,
kein starrer Blick in die Ferne,
wo doch nur Leere schien,
die in sich selbst Erfüllung fand,
aber nicht in einem Gegenüber.

(Diese Verse sind nicht von mir. Aber sie sprechen mir aus der Seele.)

Du, die mir alles ist,
deinen Haarschmuck ich am Herzen trage,
wo er warm und umhüllt
ist von der Liebe,
die ich für dich in mir habe.

(Diese Verse habe ich für dich gedichtet, sie sind von mir.)

Ihre Augen füllten sich mit Tränen. Und sie lächelte.

Solch wundervolle Verse hatte sie noch nie gelesen. Sophie war aufgewühlt. Sie wusste nicht, wohin mit ihren Händen. Sie knetete sie, rieb sie nervös an ihren Oberschenkeln, spielte mit ihren Locken, während ihr Herz Sprünge machte. Immer und immer wieder las sie seine Worte. Mehrere Male laut und voller Inbrunst.

Sie sprang auf ihr Sofa, hüpfte und reckte die Arme in die Höhe, als sei sie auf einer Bühne. Und zu guter Letzt machte sie die Bolt-Pose, die wohl berühmteste Siegerpose der Welt, mal zur einen, dann zur anderen Seite, und brach schließlich in lautes und glückliches Lachen aus.

Irgendwann fiel ihr Blick auf ihre Finger und sie schmunzelte. Sie nahm einen Stift und schrieb unter seinem Namen nur einen Satz. *Diesen* einen Satz: Nun habe ich also doch <u>deinetwegen</u> meine schönen Nägel ruiniert. ›Deinetwegen‹ unterstrich sie. Fünf Mal.